기억의 빛

백미주 단편소설집

기억의 빛

실천문학

차례

만두

분명 잠결에 전화벨 소리를 들었다. 간신히 눈을 뜨고 보니 바람 소리였다. 14층 허공을 가르는 거친 바람이었다. 바람 소리가 좁은 골목길을 우르르 달려가는 구둣발 소리처럼 들렸다. 아파트 외벽에 부딪힌 바람이 무례하게 방문을 밀고 들이칠 것 같았다. 침대 등의 흐린 불빛에 에워싸인 방안이 미세하게 흔들렸다. 엄 여사는 이불 속으로 얼굴을 밀어 넣으며 몸을 웅크렸다. 48킬로그램의 몸이 낮은 봉분을 만들었지만, 그녀에게는 이것도 만성적으로 익숙한 고통이었다. 이런 날이면 시간의 나침반은 자주 길을 잃었다. 밑도 끝도 없이 급회전하던 노쇠한 바늘 끝은 기억의 한 지점을 가리키며 멈춰선 채 예민하게 떨리곤 했다. 그녀가 오래전 도망치듯 영(嶺)을 넘어 이 소도시로 숨어든 것도 사실은 살벌한 바람 때문이었다.

그녀는 뭔가를 다짐한 듯한 기세로 이불을 걷어내며 일어나 앉았다. 주름진 손가락이 짧게 커트한 머리카락을 빗질했다. 요가 매트를 깔고 손끝, 발끝까지 오랫동안 스트레칭을 했다. 몸의 관절이 부딪히는 소리를 냈다. 오늘은 그녀의 생일이었다. 주중이라 아들과 딸은 전화로만 안부를 챙겼다. 주말이면 남매는 어미 생일상을 차리려고 같이 내려올 것이다. 함께 할 사람은 없었지만, 그녀는 만두를 빚을 생각이었다.

냉동실 안은 속을 알 수 없는 크고 작은 검은 비닐봉지들로 한가득하였다. 그 속에 무엇이 담겼는지 알 수 없었다. 기억도 함께 봉지에 담아 검은 덩어리로 밀봉해 버린 거 같았다. 그녀는 한숨이 나왔다. 그때 초인종 벨이 울렸다.

세탁손데요. 남자의 목소리였다. 그녀는 세탁물을 맡긴 적이 없었다. 세탁물을 맡길 의사도 없었기 때문에 아무 기척도 내지 않았다. 남자가 초인종을 다시 눌렀지만 개의치 않았다. 그녀는 뒤죽박죽인 틈에서 갈아놓은 돼지고기가 든 봉지를 기어이 찾아냈다. 이유 없이 마음이 바빠졌다. 고기를 양푼에 담아 녹이고 배추김치를 썰어 체에 담아 국물을 빼고……

갔으려니 생각했던 남자의 목소리가 다시 들려왔을 때 그녀는 조금 놀랐다. 두부를 으깨던 손목이 움찔거렸다. 고향세탁손데요. 세탁물 가지러 왔어요. 그녀는 멀뚱한 표정으로 고개를 들었다. 고향세탁소라면 개업한 지 얼마 안 되는 가게였다. 단골 마트 옆에 위치해서 오가며 상호를 보긴 했지만, 세탁소를 찾은 적은 없었다. 할 수 없이 그녀는 손을 헹군 후 현관문 가까이 갔다. 그런 적 없어요. 그녀는 닫힌 문에 대고 소리 질렀다.

잠깐 문 좀⋯⋯보세요. 아주머니⋯⋯ 전화 받았거든요.

남자의 말 사이로 바람이 끼어들었다. 그녀는 답답해졌다.

아니, 정말 전화 안 했어요. 그만 돌아가 주세요.

그녀의 언성이 조금 높아지자, 남자의 언성도 조금 신경질적이 되었다.

어젯밤 전화 받고 아침에 오겠다⋯⋯요. 아침잠까지 설쳤는데⋯⋯ 곤란하죠.

대꾸할 가치도 없네요. 돌아가세요.

남자는 돌아가지 않았다. 남자가 복도 벽을 걸어찼다. 아, 미치겠네. 어떤 미친⋯⋯ 장난질이야. 남자가 화나서 내는 소리가 15층 옥상의 낡은 환풍기 소리와 섞여 드잡이했다. 잠시 조용하더니 결국 아침 댓바람에 소란 피워 죄송하다며 남자는 물러섰다. 욕설과 함께 남자가 사라지는 기척을 들은 후에야 그녀는 한숨을 내쉬었다. 정말 별일이다 싶었다. 그러나 으깨다 만 두부가 눈에 보이자, 신경은 곧 만두 만드는 일로 돌아갔다.

남편이 살았을 때는 가족 행사처럼 모여 앉아 만두를 빚곤 했다. 아이들도 똥 모양, 도넛 모양, 꽃 모양 등 자기 주먹보다 큰 만두를 빚으며 자랐다. 아이들이 결혼과 함께 수도권 도시로 분가하고 남편이 곁을 떠났지만, 그녀는 만두를 빚었다. 딸은 청승맞게 혼자 뭔 만두냐, 한두 개 먹고도 체기에 시달리면서, 그냥 사 먹으라고 타박했다. 그러나 그녀는 만두 만드는 동안은 식구들이 다 모여 앉아 있는 기분이었다. 만두는 기억이었다. 모든 걸 하나둘 떠나보내는 세월이었지만 기억은 보이지 않는 흔적으로 남아 있었다. 과거를 향해 절실하게 손을 내밀며 그때는 할 수 없었던 용서와 화해를 지금에서야 다시 채워 넣고 미완의 시간을 완성하고 있다는 만족감이 있었다.

그녀는 다 익은 만두를 일회용 접시에 담으며 응접실 벽에 걸린 가족사진을 바라보았다. 우와, 맛있겠다. 소파에 걸터앉은 남편과 소파 뒤에 선 아들과 딸이 모두 입을 벌려 감탄했다. 기억이 눈을 뜨고 그녀를 바라보는 순간이었다. 어렸을 때 엄마가 히스테리 비슷하게 냉담할 때면 사실 많이 외로웠거든. 근데 모여 앉아 만두 만들 땐 아, 우리 집도 행복한 가족이라고 위로받곤 했어. 언제나 딸은 거리낌이 없었다. 딸의 말을 떠올리며 그녀는 쓸쓸하게 미소 지었다.

그녀는 앞치마를 벗고 머리를 단장하고 외출복으로 갈아입었다. 무릎까지 내려오는 박스 티였다. 남편이 죽기 전 생일 선물로 받은 옷이었다. 감색 비로드 천이 그녀의 얼굴을 젊어 보이게 했다.

그녀는 만두 접시를 바구니에 담고 먼저 슈퍼로 향했다. 동네 슈퍼인데도 오후 시간 때면 늘 사람들이 붐볐다. 계산대 맞은편 벽에 붙어 있는 텔레비전 소리가 좁은 슈퍼 안을 더 소란스럽게 만들었다. 몇몇 사람들이 오이며 배추가 담긴 봉지를 든 채 텔레비전을 향해 서 있었다. 70대 노인 시신을 여행용 가방에 담아 유기한 사건 때문이었다. 그녀도 들은 얘기였다. 범인은 아직 잡히지 않았다. 경찰은 CCTV를 통해 범인으로 확실시되는 용의자를 확인했지만, 아직 범인의 도주로는 찾지 못한 상황이었다. 딸도 전화를 걸어 늘 사람 조심하라고 애들 타이르듯 했다. 일주일에 한 번 만나는 친구들 모임에서도 화젯거리였다. 범인이 평소 노인을 엄마라고 부를 정도로 가까웠다는 사실에 더 끔찍해했다. 평소 친분이 있더라도 함부로 믿으면 안 된다는 얘기를 서로 주고받았다.

그녀가 만두 접시를 내밀자, 슈퍼주인 여자는 그제야 시선을 텔레비전에서 떼어냈다.

어머, 엄 여사님, 또 만두 만드셨구나! 감사해요. 넘 맛있겠다. 그나저나 여사님도 조심하세요. 사람 일이란 게 모르 잖아요.

무슨! 난 누가 날 좀 잡아가 줬으면 좋겠구만.

슈퍼 여자가 농담하지 말라고 떠드는 것을 뒤로하며 그 녀는 슈퍼를 나왔다.

다음으로 14층 5호부터 7호 집까지 초인종을 눌렀다. 집 에서 세 번을 들락날락하며 만두 접시를 내밀었다. 음식 나 눠 먹는 게 늙어서 가진 취미라고, 맛있게 드시면 감사하 다고 했지만, 오늘이 생일이라는 건 밝히지 않았다. 최근에 이사 온 6호 집 여자는 의심의 눈길로 그녀의 얼굴과 음식 접시를 번갈아 바라보더니 마지못해 감사하다고 했다. 예 전에도 한두 번 그녀의 만두를 맛봤던 5호 집 새댁은 좋아 했다. 여사님, 오늘 너무 예쁘네요. 새댁의 칭찬에 그녀도 기분이 좋았다. 7호 집 우정 씨에게는 차를 얻어 마셨다. 아 파트 여자들 사이에서 서울 남자로 불리는 그는 한전 일 때 문에 이곳에서 2년째 혼자 거처하는 중이었다. 가끔 밑반 찬이나 김치를 얻어갔던 남자는 그녀에게 고급 과자나 조 각 케이크를 선물했다. 낯가림 없이 친구처럼, 아들처럼, 붙 임성 있는 남자가 그녀는 마음에 들었다. 그러나 집에 들어 가 본 것은 처음이었다. 강원도의 이 소도시가 그의 고향이 라는 얘기도 처음 들었다. 80년생인데 그해 10월, 아버지

일에 쫓겨 서울로 이사했고 까마득하게 잊었다가 38년 만에 돌아온 거라고 했다.

운명이 이곳으로 부른 거 같아요. 처음엔 떠밀려 왔다고 억울해했는데, 뭔가 잃었던 걸 다시 찾은 기분이거든요. 여기 산과 바다가 너무 좋잖아요.

옆집 남자가 80년생이라는 사실에 그녀는 만감이 교차했다.

나랑 비슷하네요. 난 그다음 해, 이곳으로 왔는데. 이 시골 도시 허름한 버스 터미널에 날 내다 버렸다고 생각했어요.

아, 여사님도 뭔 사연이 있군요? 80년이면 살벌할 때지요.

남자가 다정한 표정으로 관심을 보였다.

그땐 젊었죠. 흉흉했고. 이곳에 처음 왔던 날도 오늘처럼 바람이 심했는데…….

그녀는 해야 할 말과 숨겨야 할 말을 걸러내느라 몇 번 말을 멈추었다.

터미널에서 좀 내려가면 바다인데, 초속 20미터 넘는 바람이 뿌연 허공을 삼켰다 뱉었다 했어요. 바람이 바짓가랑이를 휘어잡는 통에 허우적대며 걸었던 게 지금도 선해요.

그녀는 자신은 그때 세상을 피해 도망치는 중이었고, ㅇ시에서부터 꾹꾹 눌러 온 감정이 물 밖으로 던져진 물고기처럼 버둥댔다는 건 말하지 않았다. 다만 그녀는 그날 이

후 지금껏 가슴 속에 불고 있는 바람에 대해 말하고 싶었다.

그때 봤어요. 갈매기 한 무리가 바닷바람에 맞서 죽을힘을 다해 날갯짓하는걸요. 놀라운 광경이었어요. 근데 새들은 계속 바람에 떠밀리고.

혹독한 바람이었다. 죽음을 불러오고 죽음에 맞서라고 강박하는 바람이었다. 새들은 절망적으로 날개를 퍼덕대며 바람을 향해 뛰어올랐다. 새들의 울음소리가 저들의 부리를 닮았다는 것을 그녀는 그때 알았다. 뾰족하고 긴 흉기처럼 사람 마음을 찔렀다. 저 저, 봐라! 지랄 같은 세상에 날개 가진 것들도 자유롭지 못하네. 바닷가 포장마차에서 나온 취객이 먼바다를 향해 가래침을 날리며 말했다. 날아! 날아! 옆에 섰던 취객이 새들을 응원했지만, 그날 바람을 이겨나간 새들은 한 마리도 없었다.

말하는 내내, 할 말을 선별하는 듯, 그녀의 손이 그녀의 입술이나 이마를 누르고 목을 만지곤 했다. 남자의 표정이 점점 흥미진진하게 변해갔다.

새들도 자유롭지 못한 게 충격이었는데. 그랬죠. 그땐 새들도 자유롭지 못했어요. 근데 그 밀고 당기는 고통을 보며 손안에 뭔가 악착같은 게 쥐어지더라고요. 그때 정말 빈손이었거든요. 근데…….

갑자기 그녀는 말을 멈추었다. 그녀는 당황했다. 남편에게도, 자식들에게도 꺼내놓지 못했던 이야기였다. 잠깐 정신을 놓은 자기 행동을 자책하며 이야기를 얼버무려 끝냈다.

결론은, 우정 씨 태어난 다음 해에 나도 이곳에서 다시 태어났다는 거지요.

아, 그렇군요. 그럼 여사님하고 확실하게 친구인 거네요. 하하하.

이야기에 골몰했던 남자도 그녀의 생각을 눈치챈 것 같았다. 찻잔을 비운 후 그녀는 일어섰다. 문밖까지 나온 남자를 들여보낸 후, 복도 한가운데 멍하게 섰다. 옥상 환풍기 돌아가는 소리와 바람 소리가 뒤엉켜 14층 복도는 위험한 난간처럼 느껴졌다. 까치발을 하고 창밖을 내다보았다. 아파트 주차장이 보이고 그 너머 6차선 도로와 수목원, 그리고 바다로 흘러가는 쌍천, 그 너머 세트장처럼 보이는 도심, 도심을 둘러싼 첩첩의 산들, 산을 넘고 넘어 또 산을 넘으면 그곳에 ㅇ시가 있다는 것을, 그녀는 분명하게 알고 있었다. ㅇ시를 떠난 후, 그녀는 한 번도 그곳으로 돌아가지 않았다.

경비실까지 만두 접시를 돌리고 나자 벌써 밤이었다. 겨울이라 날이 빨리 저물었다. 이만하면 오늘 잔치 괜찮았어. 그녀는 만족했다.

엄 여사는 혼곤한 잠 속에서 깨어나며 벌떡 몸을 일으켰다. 어둠 속으로 유선 전화벨 소리가 길게 이어졌다. 나름 생일 턱을 내느라 신경 쓴 탓인지 온몸이 쑤셨다. 시계를 보았다. 자정을 조금 넘긴 시간이었다. 그녀는 전화를 받고 싶지 않았다. 오래된 유선 전화는 마트나 미용실, 관공서 용도로 이용했기 때문에 잘못 걸려 온 전화임이 틀림없었다. 소리는 집요하게 이어졌다. 미심쩍은 눈길로 침대 옆 테이블에 놓인 전화기를 노려보던 그녀는 어쩌지 못하고 수화기를 집어 들었다. 상대가 먼저 말하기를 기다렸다. 상대가 어떻게 나오는지 한번 보자는 심정이었다. 그러나 어둠 너머, 저쪽도 아무 말이 없었다. 그녀는 곤혹스러워졌다. 침묵의 줄다리기가 이어졌다. 더 오래 침묵을 버티는 자가 이기는 거였다. 그러나 곧 그녀는 먼저 입을 열어야 할지 갈등이 일었다. 몸이 공중으로 조금씩 떠오르는 기분이었다. 뭔가 주저하는 긴장이 몸으로 느껴졌다. 이유 없이 전화를 잡은 손에 땀이 배어났다.

여보세요, 참지 못한 그녀가 말을 건네자, 전화는 보란 듯 툭 끊겼다. 저쪽에서도 뭔가 쫓기듯 급하게 전화를 끊은 느낌이 드는 건 무슨 까닭일까. 생각해 보니 이상한 일이었다. 이런 뜬금없는 장난을 할 사람은 주변에 없었다. 문득 며칠 전인지 가물가물했지만, 두 번의 전화를 연거푸 받았던 기억이 황망하게 떠올랐다. 그때도 유선 전화였다. 두 번다 여보세요, 라는 말이 끝나기도 전에 전화는 일방적으로 끊겼다. 그때는 낮이었고 잘못 걸린 전화라 여겨 대수롭지 않게 생각했다.

여전히 어두운 방 안을 휘돌고 있는 벨 소리가 환청처럼 들려왔다. 거실 어둠 속으로 뭔가가 천천히 움직이는 것 같았다. 그녀는 일어나서 안방 불을 켰다. 전화는 다시 오지 않았다. 다시 잠을 청하려 했지만, 의문은 의심으로, 의혹으로 커지며 그녀를 불안하게 했다. 한참을 전전긍긍하던 그녀는 결국 안방 불을 켜놓은 채 잠이 들었다.

창문으로 새어 나온 흐릿한 빛이 간신히 길의 윤곽만을 가늠하게 하는 밤의 골목길을 소년은 헉헉대며 도망치고 있었다. 공포로 벌어진 눈동자가 사방을 휘두르며 숨을 곳을 찾았다. 입술 사이로 고통스러운 신음이 새 나왔다. 그 뒤로 서너 명의 군홧발 소리가 달려들었다. 야, 개새끼, 안 서! 고함에 엄 여사는 목이 탔다. 항상 꿈은 비슷한 설정으로 시작했고 막다른 골목이나 잠긴 철문 앞에서 끝났다. 살려달라며 주저앉는 소년을 향해 빨리 도망쳐! 빨리! 울부짖는 여자의 목소리. 그녀는 꿈속에서 질러댄 헛소리를 들으며 눈을 떴다. 늘 그랬듯 귓바퀴를 적시는 눈물을 닦고 여전히 뛰고 있는 심장을 가라앉히려 심호흡했다. 요즘 들어 부쩍 예민해지는 신경을 탓하며 몸을 일으켰다. 근육이 빠져나간 노쇠한 다리를 오므리며 침대에 걸터앉았다. 죽은 남편이 그리워졌다. 방 안에 가득한 쓸쓸함의 냄새를 무연한 눈빛으로 맡았다. 이제 겨우 60 후반인데, 앞에 놓인 시간에 자신이 없어졌다. 리모컨을 들고 텔레비전을 켰다. 증권 투자에 실패한 가장이 아내와 아이들까지 살해한 사건 보도에 이어 70대 노인 살해 사건에 대한 뉴스가 이어졌다. 꼬리를 감춰버린 노인 살해범을 잡기 위해 결국 경찰은 범인의 얼굴을 공개했다. 가해자의 얼굴은 그야말로 평범했다. 엄 여사는 어디서 본 거 같다는 생각이 들었지만 기억나지 않았다.

정말 별일이었다. 다음 날 저녁 고향세탁소 주인이 다시 초인종을 눌렀다. 세탁물을 수거하러 왔다는 것이다. 남자의 무뚝뚝한 목소리가 뭔가 쎄한 느낌을 불러왔다. 엄 여사는 이번에는 주저하지 않고 현관문을 열었다. 저녁상을 차리다 말고, 옷 소맷부리는 걷어 올린 채, 한 손에는 국자까지 든 상태였다. 남자는 주춤 뒤로 물러서며 깜짝 놀란 얼굴이었다. 탐색하듯 그녀를 바라보던 남자가 겸연쩍게 웃으며 자신도 난감하다는 표정을 지었다. 개업한 지 얼마 안 돼 조금이라도 고객과 가깝게 지내려 직접 수거도 하러 다니는데, 왜 이런 장난 전화가 오는지 모르겠다고. 오늘 오후 3시쯤에 손님들로 경황이 없었지만 분명 14층 8호가 맞는지 재차 확인했다고 했다. 정말 전화한 적 없어요. 나이 탓에 자주 가물가물해도 치매는 아니라고, 그녀는 50대 중반의 남자를 향해 나무라듯 얘기했다.

세탁물을 맡기려면 그녀가 직접 세탁소로 가져가는 것으로 합의를 보고 남자는 돌아섰다. 그녀는 남자를 보내고 더욱 찜찜한 생각이 들었다. 부리부리하게 시원한 남자의 눈매가 머릿속을 헤집고 다녔다. 남자는 갔지만 남자의 눈빛은 집안으로 따라 들어온 거 같은 기분이었다. 뭔가 떠오를 듯 떠오르지 않는 기억이 그녀 주변을 맴돌았다. 얼굴 없는 눈이 허공에 떠서 자신을 뚫어질 듯 내려다보고 있었다.

엄 여사는 머리를 흔들며 웃옷을 벗어냈다. 가슴에 열이 오르며 온몸이 뜨거워졌다. 뭔가에 신경이 곤두설 때면 영락없이 심장에 무리가 갔다. 맥없이 식탁 의자에 털썩 내려앉았다. 도대체 이게 무슨 일인지, 와락 화가 치올랐다. 그러고 보니 어젯밤 전화 건도, 세탁소 장난 전화와 한통속일 거였다. 누군가 그녀를 사칭하며 장난치는 게 분명했다.

그새 차려 놓은 저녁상은 다 식었다. 식어 버린 저녁밥을 억지로 입안으로 떠넘기는 사이 베란다 밖은 금방 어두워졌다. 그녀는 문득 밤이 두려워졌다. 냉장고에서 소주병을 꺼내왔다. 오랜만이었다. 가끔 술을 먹어야만 잠들 수 있는 날들이 있었다. 그런 날들이 남편이 세상을 떠나고는 더욱 많아졌지만 어쩔 수 없는 일이었다.

전화벨이 다시 울렸다. 유선 전화였다. 그녀의 얼굴이 해쓱하게 굳어졌다. 이러다 전화벨 소리에 노이로제 걸리겠어, 혼잣말하며 안주도 없이 술잔을 들이켰다. 곧 칠십인 노인을 데리고 장난치는 인간이 누군지 이제 나서서 밝히지 않으면 무슨 일이 더 벌어질지 모른다는 우려가 용기를 불러왔다.

전화를 건 사람은 아들이었다. 그녀는 맥이 풀렸다. 아들은 많이 취한 목소리였다. 학교폭력 문제로 가해자 부모가 학교를 상대로 소송을 냈다고 했다. 아들은 수도권의 한 도시에서 교편을 잡고 있었다. 그녀의 고집스러운 만류에도 불구하고 아들은 교사가 되었다. 교사라는 직업이 참 멋있잖아요. 미래를 가르치는 일만큼 의미 있는 직업은 없다고, 이제 내가 엄마 뒤를 따르겠다고 교직 발령을 받던 날, 아들은 말했다. 교단에 섰다고 교사가 되는 건 아니라는 것을 모를 때 얘기였다.

아, 학교가 너무 슬프네. 길이 잘 안 보여.

아들의 자조적인 말투가 그녀의 마음을 아프게 했다. 당연히 힘들지, 대답하며 그녀는 올 것이 왔다고 생각했다. 교직 3년 차, 시스템 속에 갇혀서 갈등하는 자신의 한계를 발견할 때였다.

　답답해요. 애들도 답이 없고. 교사가 애들 밉게 보면 그거 정말 노답인데. 미래형 인간, 개뿔이예요. 애들에게 미래는 피하고 싶은 괴물 같은 건데 말이죠.

　엄마도 그랬어. 교사는 학교에서 길을 잃어. 교직에 있는 한 계속 그럴 거고. 근데 잃어봐야 찾는 법도 알게 되더라. 그러면서 한 인간으로, 교사로 더 단단해지고. 옆에 선생님들과 얘기해. 혼자보다는 여럿이 모이면 해결책도 더 잘 보일 거야. 잔소리 길어진다. 얼른 집에 들어가.

　아들은 엄마처럼 좋은 교사가 못 될 거라고 주절거리다 전화를 끊었다. 그녀는 요즘 자꾸 장난 전화가 온다고 하소연하려다 그만두었다. 아들이라고 뾰족한 수를 가진 건 아니었다.

　그녀는 30년 동안 선생으로 살았다. 아들 말처럼 좋은 교사였는지는 모르겠지만 좋은 교사가 되려고 했다. 그래서 교사로 사는 동안 큰 절망도 있었지만, 행복도 컸다. 그러나 지금은 어디서도 그런 이력을 말하지 않았다. 겉으로 드러내지는 못해도 누군가 자신을 교사로 알아보는 것도 불편했다. 학교를 떠난 순간 교사로서의 삶도 떠나보냈다. 우리에 갇혀있던 새를 방생하듯 과거를 떠나보냈다고 그녀는 생각했다.

기나긴 밤이 지나가고 있었다. 새벽 2시, 전화벨이 울렸다. 어쩌면 하며 기다렸던 전화였지만 정말 전화벨이 울리자, 엄 여사는 긴장했다. 잠을 자려고 술을 몇 잔 마셨지만 잠은 알코올 성분에 분해돼 버렸는지 정신은 되레 또렷해졌다. 이번에는 낚아채듯 전화기를 움켜잡았다. 반드시 어둠 속의 범인을 잡아야 한다는 의지가 솟구쳤다.

내가 잠을 못 자서요. 술 한잔했어요.

코맹맹이 소리로 울먹이는 목소리가 어둠 속으로 스며들었다. 낯선 목소리였다. 무뚝뚝한 고집이 느껴지는 목소리. 엄 여사는 당황스러웠다. 뭔가 신경이 곤두서는 기운이 가슴을 옥죄는 게 느껴졌다. 자신보다 연배가 위일 듯한 목소리는 그동안 걸려 왔던 전화기 너머, 침묵의 당사자가 분명한 것 같았다. 이 늦은 시각, 무슨 연유인지 묻고 싶었지만, 섣불리 말을 꺼내서는 안 될 거 같았다.

김숙희 선생님이시죠? ㅇ공고 선생님요?

ㅇ공고는 그녀 교직 생활의 첫 부임지였다. 먼, 그러나 너무나 가까운 과거에서 걸려 온 전화였다. 그녀는 수화기를 귀에서 멀리하며 호흡을 가다듬었다. 반쯤 열린 커튼 밖으로 보이는 밤하늘에는 별 하나 보이지 않았다. ㅇ공고에서 그녀는 3개월 임시교사로 복무했다. 지나간 한 시절이 깜깜한 맨얼굴로 그녀를 마주 보고 있었다. 누구인지, 어떻게

집 전화번호를 알았는지 그녀는 알 수 없었다. 동여매 놓은 침묵의 압박이 가슴을 조여 왔다. 엄 여사는 한 손으로 관자놀이를 누르며 냉정을 유지하려 애를 썼다.

선생니임, 우리 형무 생각나서 술 좀 마셨어요. 선생니임.

형무라니, 엄 여사는 전화기를 귀에 댄 채 다른 팔로 가슴을 누르며 허리를 접었다. 가슴에 이는 작열통에 그녀의 얼굴이 일그러졌다. 30년, 그녀의 교직 생활을 질책하고 이끌었던 이정표였던 형무라는 이름이, 매일 잊었지만, 잊을 수 없던 이름이 그녀의 입안에서 맴돌았다.

전화하자, 말자, 망설였어요. 사실 몇 번 전화했는데 입이 안 열려요. 몇십 년 동안 자물쇠로 내 입을 잠가 놨거든요. 그때 일들을 말로 뱉기 너무 무섭고 가슴에 사무쳐서…… 하, 그 긴 세월, 어찌 살았나 몰라요. 선생니임은 편안했나요? 선생니임, 그때처럼 또 도망치고 싶은가요?

노파는 낮은 소리로 울기 시작했다. 쏟아지는 울음 덩이를 입속으로 밀어 넣으며 누군가가 듣지 못하도록 최대한 소리를 낮추려고 애쓰는 울음이었다.

형무 어머니, 죄송합니다. 정말 죄송해요. 그녀는 말하고 싶었지만, 입술만 떨려왔다. 형무라는 두 글자가 목에 걸려 호흡 조절이 잘 안 되었다. 이대로 모른 척, 눈 딱 감고 전화를 끊고 싶은 생각이 밀려들었다. 갑자기 노파의 울음소리가 뚝 끊겼다.

선생님, 왜 아무 말 없으세요? 설마 우리 형무, 잊은 건가요? 아니, 어찌 잊겠어요! 나도 잊으려 했어요. 근데 과거는 우릴 잊지 않아요. 그림자처럼 뒤를 밟거든요.

노파의 언성이 떨리며 높아졌다. 그녀는 더 이상 어둠 뒤에 숨어 있을 수는 없었다. 어쩌면 ○공고를 떠난 후, 내내 이 전화를 기다렸는지 몰랐다. 오래전부터 불어온 바람이었다. 그녀는 전화기를 바투 잡았다.

아닙니다. 어머니. 저 형무 담임입니다.

하, 선생니임, 목소리는 여전 그대로네요.

노파의 목소리에 반색이 돌았다.

선생니임, 제가 한 번 찾아뵐까, 해서요. 한 번은 만나야 할 것 같고. 또…….

엄 여사는 기억의 문턱을 넘어서려던 발걸음을 순간적으로 멈추었다.

아녜요, 어머니. 전 만나고 싶지 않습니다. 그때 일은 정말 죄송합니다만…….

그녀는 완곡하게 거부의 뜻을 밝혔다. 노파의 한숨 소리와 함께 전화기는 조용해졌다. 다시 들려온 노파의 목소리는 냉담했다. 여전히 죄책감을 무기로 그녀를 몰아붙였다.

그때 가겟집 절도는 우리 형무 짓이 아녔어요. 형무는 옆에 있다 덤터기 쓴 건데 선생님은 그 부분을 강력하게 변호하지 않았어요. 그래서 그 끔찍한 삼청교육대로 끌려간 건데. 어떻게 선생님은……. 애가 반병신 된 건 아세요?

어머니, 그 일은 정화위원회에서 결정한 거예요. 제겐 아무 권한도 없었어요. 저도 피해자였어요. 그때 형무를 사지로 내몰았다는 자책으로 지금도 삶을 허물며 살아요. 그때 일을 자식들한테도 남편한테도 털어놓지 못하고 절 벌줬어요. 어머니, 지금 만난다 한들 더 고통스러울 거잖아요. 제가 갈게요. 제가 먼저 형무를 만나지요. 형무는 잘…….

그때도, 그 난리 통에도 그렇게 말씀하시더니, 당신네들은 여전히 이 일을 감추고, 숨기고, 없던 일로 만들고 살고 있군요.

전화는 끊겼다. 노파의 목소리는 카랑카랑했다. 노파에게 엄 여사는 여전히 방임자이고 가해자였다. 교직을 그만두며 오랜 죄책감도 그만 내려놓아도 된다고 생각한 것이 허망하게 여겨졌다. 형무를 만나야 한다는 생각이 들었다. 이제 더 이상 도망칠 수는 없었다.

산골짜기를 타고 내려온 바람이 검푸르게 밝아오는 허공을 거침없이 갈랐다. 30년 넘게 불어온 바람. 그녀가 ㅇ시를 떠나 연고도 없는 이 북쪽 도시로 숨어들었을 때부터 불기 시작했던 바람. 그해의 열세 번째 태풍에 바닷가 마을 입구에 세워진 산불 조심 깃발 모서리가 점점이 찢겨 흩어졌다. 자신의 살점을 먼지 알갱이로 풍화시켜 나가는 고통이 그녀를 끌어당겼다. 죄책감과 모멸감, 무기력한 분노로 고통스럽지 않았다면 결코 그 죽음의 시대를 살아낼 수 없었을 것이다.

1980년 9월, ㅇ공고는 문교부의 지시로 삼청교육대에 입소시킬 학생들을 차출하라는 공문을 받았다. 불량 학생 순화 교육의 명목이었다. 학교에서 지도가 힘들다고 학교 밖의 물리적 힘으로 순화시킨다는 것은 비교육적이라고 반발하는 선생님들도 있었지만, 국가가 하는 일에 반기를 들기는 어려운 상황이었다. 삼청교육 사업을 거부할 경우, 압력이 행사되었고 학교도 예외는 아니었다. 아니 학교야말로 매 순간이 역사적 현장이었다. 공권력이 치고 들어올 때 가장 약하고 예민한, 그래서 속수무책으로 무릎 꿇을 수밖에 없는 현장. 그 속에서 교사는 무력한 개인일 뿐이었다. 무엇보다 학생들이 받게 될 삼청교육이 참혹한 인권유린의 현장이 될 거라는 사실을 그때는 그 누구도 짐작하지 못했다. 언론은 연일 삼청교육 입소자들이 눈물에 젖은 반성문을 쓰며 불량배에서 새로운 인간으로 재생됐다는 식의 보도를 쏟아냈다. 정말 정부의 홍보대로 삼청교육 4주 후면

아이들이 참회하며 돌아와 새 인생을 열어갈 거라고 믿고
싶어 했다.

ㅇ 공고는 2명의 학생을 보내야 했다. 정화위원회가 만들
어지고 누구를 보낼 것인지 선별 작업에 들어갔다. 도교육
위원회에서 내려온 고등학교 검거 지침에 의하여 학교 교
칙을 잘 안 지키거나 학교폭력, 절도 경험이 있는 학생들
이 사회악으로 선별되었다. 한 달 전 가게에서 과자를 훔치
다 잡힌 건으로 징계받았던 형무와 명준이 선별되었다. 옆
반 명준이는 수업 도중 불려 나가 버둥버둥 끌려갔다. 형무
는 그날 무단결석이었기 때문에 사복형사들이 나서서 형무
를 찾아다녔다. 형무 어머니가 담임인 그녀를 찾아왔다. 형
무를 삼청교육대 명단에서 빼달라고 하소연했지만, 담임이
할 수 있는 일이 아니었다. 체포된 학생들은 반론권도 없었
고 가족 면회도 금지되었다.

4주 교육 후 명준이는 돌아왔지만, 형무는 돌아오지 못했
다. 어김없이 한 계절이 지나가고 은행잎이 노란빛으로 도
로를 흩날리며 마지막 계절을 향해 날아갔다. 명준이 돌아
온 지 며칠이나 지났는데 형무는 왜 안 오냐고 형무 어머니
가 학교로 출근하다시피 했다. 어디서 들었는지, 전쟁터로
애를 몰아넣었다며 울분을 터뜨렸지만, 학교에서도 대답
해 줄 말은 없었다. 가끔 어스름이 내리는 운동장 화단 가

에 앉아서 울먹이곤 해서 선생의 애간장을 태웠다. 그런 날이면 선생은 형무 어머니가 돌아간 후라야 퇴근할 수 있었다. 아이를 귀가시키지 않고 교실 문밖이나 복도 끝 어둠 속에 벌을 세워 둔 채 퇴근하는 기분에 사로잡혀 그 시절을 살았다. 큰 꿈을 안고 선택했던 교사라는 역할이 한없이 두렵고 수치스러웠다.

삼청교육대에서 돌아온 명준이는 한동안 집 밖으로 나오지 못했다. 학교에 나와서는 아예 입을 닫았다. 어느 날 방과 후였다. 녀석의 울음소리를 들었던 것은. 겨울이라 해가 짧았다. 교실과 복도에 내려앉은 어둠의 결을 저미듯 괴괴하게 들려오던 흐느낌 소리. 엄 선생은 교실 뒷정리를 하다가 등골이 서늘해졌다. 소리의 진원지를 찾아 교실 복도를 잰걸음으로 걸었다. 형무의 얼굴이 떠올랐다. 세상 끝에서 형무가 울고 있었다.

어스름한 빈 교실에 명준이는 어둠에 달라붙은 시꺼먼 덩어리로 보였다. 그녀가 가까이 가도록 녀석은 꿈에서 헤어나지 못했다. 헛소리와 흐느낌이 뒤섞인 소리에 휩싸인 채 선생은 마치 자신이 명준의 꿈속에 서 있는 듯한 느낌이었다. 선생은 다급하게 어깨를 흔들었다. 빨리 깨우지 않으면 영원히 악몽 속에 갇힐 것 같은 조바심이 선생의 손을 바쁘게 했다. 명준이는 놀라 눈을 떴다. 정신이 반쯤은 나간 듯

한 혼곤한 표정으로 그녀를 바라보았다. 그녀는 명준이 앞에 앉았다. 녀석이 정신을 차리며 손등으로 눈물을 닦았다.

왜 학교에 남아 있어?

형사들이 감시하러 집으로 오는 게 싫어서요.

한 번도 삼청교육대에서 무슨 일이 있었는지 대답해 주지 않던 녀석이 처음으로 입을 열었다.

악몽을 자주 꿔요. 시발, 꿈속에선 아직도 그 부대에 있어요. 난 사회의 쓰레깁니다. 그니까 죽도록 맞아야 사람이 됨다 하고 외쳐요. 목소리 작다고 훈련 조교들이 몽둥이로 마구 패고. 더 크게, 정말 온 힘 다해서 소리 질러요. 실제로는 한 번도 부대를 도망친 적이 없는데 꿈에선 늘 도망치다 잡혀서 질질대요. 뭔가, 더럽고 미친 것들이 문신처럼 머리에 새겨졌어요.

거무레하게 보이는 얼굴선처럼 명준의 목소리는 자주 어둠 속에 잠겼다 다시 들려오곤 했다. 그녀는 가만히 녀석의 손등을 잡아주었을 뿐 아무 위로도 해주지 못했다.

선생님, 형무는 어떻게 됐을까요?

명준이 가방을 메고 일어서며 말했다. 선생의 대답을 바란 말이 아니었다. 4주 순화 교육이 제대로 이뤄지지 못하면 6개월 근로봉사로 이어진다는데 혹시 형무가 그렇게 된 건 아닌지, 혹시 영영 돌아오지 못하면 어쩌냐고 말하고 싶은 걸 차마 입에 담지 못한다는 것을 선생은 알았다. 명준이 교실 밖으로 나간 후에야 선생은 간신히 책상에 머리를 대고 엎드렸다. 자신이 돌이킬 수 없는 큰 범죄에 연루되었다는 생각이 들었다. 그녀는 임시교사 기간이 빨리 끝나기를 기다렸고, 주말이면 무작정 버스에 올랐다. 잠시라도 ㅇ시를 벗어나면 숨통이 트였다.

그녀가 ㅇ시를 떠날 때까지도 형무는 집으로 돌아오지 못했다. 다음 해 정식 발령을 받았지만, 무언가에 쫓겨 다니는 답답함은 사라지지 않았다.

다음날 그녀는 정오가 되도록 집안을 안절부절 서성거렸다. 어제는 절대 안 될 것 같던 마음이 오늘은 형무 어머니 말대로 한 번 만나는 게 올바른 처사라는 생각이 들었다. ㅇ시에 다녀와야겠다고 생각하면서도 일단 기다려 보기로 했다. 분명 형무 어머니는 다시 전화를 걸어 올 것이었다.

그러나 예상은 빗나갔다. 온종일 그녀는 유선 전화기만 뚫어지게 바라봤다. 밖으로 외출도 하지 않았다. 냉장고 안에 반찬거리도 떨어졌지만 대충 때웠다. 딸 아들에게 전화를 걸어 생일 계획을 취소했다. 친구들과 주말에 온천 여행을 간다고 거짓말했다. 그렇게 이틀이 흘렀다. 그녀의 두문불출에 슈퍼집 주인 여자가 전화를 걸어왔다. 무슨 일이냐, 아픈 거냐, 시시콜콜 묻더니 지금 슈퍼로 오라고 했다. 벌교 피조개 장사가 왔는데 살이 꽤 올랐다고 했다. 그러고 보니 밖에서 벌교 피조개 판다는 녹음 목소리가 트로트 가락에 실려 들려왔다.

슈퍼 앞에 피조개를 실은 소형 트럭이 서 있었다. 바람이 찼다. 트럭 주변에 서너 명의 여자가 모여서 피조개 바구니를 놓고 흥정하고 있었다. 엄 여사도 트럭 옆으로 다가섰다. 그때였다. 피조개를 담은 검은 비닐봉지가 그녀의 얼굴을 향해 날아든 것은. 봉지를 빠져나온 둥글둥글한 피조개들이 그녀의 몸을 타고 우르르 쏟아져 내렸다. 피조개에서 흘러나온 붉은 핏물과 진흙이 그녀의 목을 타고 흘렀다. 트럭을 가운데 두고 맞은편에 섰던 노파는 적의에 찬 눈빛으로 그녀를 노려보았다. 그녀는 멍하니 서서 노파를 마주 볼 뿐이었다. 트럭 주변에 있던 여자들이 비명을 지르며 엄 여사에게로 달려들었다.

선생님, 이래야 우리 형무가 떠오를 것 같아서요.

그녀는 노파가 형무 어머니라는 걸 그제야 알아보았다. 그동안 오가며 한두 번 마주쳤는데 전혀 눈치채지 못했다. ○시에 살았던 형무 어머니가 어떻게 이곳에 있는지 물어볼 엄두도 내지 못하고 그녀는 턱을 덜덜거리며 서 있었다.

아니 할머니, 왜 그러세요? 세탁소 사장님! 얼른 나와 보세요!

슈퍼 여자가 세탁소를 향해 급하게 소리쳤다. 이게 뭔 봉변이냐며 그녀의 얼굴과 옷을 수건으로 닦으며 수선스럽게 했다. 세탁소 주인이 허겁지겁 달려왔다.

엄마, 이게 뭔 일이래요? 아니 치매도 아니고…….

노파가 세탁소 남자의 손을 거칠게 뿌리치며 그녀를 향해 울부짖었다.

선생님, 그게 우리 형무 피눈물이에요. 그때 기억들이 내 몸에 죽은 피처럼 고여있는데 왜 아무 일도 없었던 거처럼 사느냐구요!

엄 여사는 노파를 향해 울지 말라고, 내가 잘못했다고 말하고 싶었으나 손가락 하나 움직일 수 없었다. 아, 그래서 세탁소 사장 얼굴이 낯익게 느껴졌구나, 라는 생각이 머릿속을 흘러갔다. 그는 제 어머니를 등 뒤에서 안듯 부여잡고 가며 고개만 돌려 죄송하다고 했다.

형무야? 너, 형무니?

그녀는 세탁소 주인을 뒤따르며 떨리는 목소리로 물었다.

아네요. 동생이에요.

남자는 무뚝뚝하게 말하며 빠른 걸음으로 제 어미를 등 뒤에서 밀었다.

그녀는 간신히 집으로 돌아왔다. 슈퍼집 여자가 그녀를

부축했다. 그녀는 옷도 갈아입지 못한 채 의자에 주저앉았다. 추위에 뻣뻣했던 관절이 풀리자, 온몸이 녹아내리듯 멍할 뿐이었다. 마취에서 깨어날 때처럼 정신이 몽롱했지만, 갯비린내는 선명하게 코끝을 자극했다. 저녁이 들면서 바람은 더 거칠어졌다. 그러나 그녀는 꼼짝하지 않았다. 방안의 사물들이 하나, 둘씩 어둠 속으로 사라지는 것을 지켜보았다. 식탁에 머리를 대고 엎드렸다. 바람 소리가 늙은 골짜기가 돼 버린 그녀의 몸속을 돌아 귓바퀴를 타고 나갔다.

저녁 9시면 골목길은 인적이 끊어졌다. 10시가 넘으면 들창으로 새어 나오던 촉 낮은 불빛도 모두 사라졌다. 어두운 골목길을 무장한 경찰이나 군인들의 급박한 발걸음이 휩쓸고 다녔다. 어둠이 숨죽인 채 그들을 지켜보았다. 잠자리에 든 사람들은 누군가 체포되어 질질 끌려가는 기척을 들으며 잠을 설쳤다.

밤 10시가 넘은 시간, 형무가 엄 선생 집으로 숨어들었다. 자취방으로 세를 주어 생활했던 주인집은 통금 시간이 되기 전까지는 대문을 잠그지 않았다. 그녀도 잠을 뒤척거리던 참이라 형무 목소리를 금방 감지했다. 혹시나 형사들이 들이닥칠까, 전등도 켜지 못하고 책상 불빛을 앞에 두고 앉았다. 형무는 며칠 사이에 얼굴이 말이 아니었다. 얼굴

살이 빠져서 두 눈만 도드라져 보였다. 선생보다 훌쩍 큰 키를 낮추고 적의의 눈빛으로 사방을 두리번거렸다. 형무는 집에 형사들이 진을 치고 있어, 갈 수 없다고 잠깐만 쉬었다 가겠다고 했다. 미안해, 형무야. 선생님이 아무 도움이 못 돼서. 그녀는 형무 손을 잡고 낮은 소리로 울먹였다. 선생님이 어쩔 수 있는 일이 아니라는 거, 알아요. 제 잘못인데, 근데 너무 화난다고, 이렇게 몽둥이로 두들겨 맞으면서 잡혀가고 싶지 않다고 중얼거리며 형무는 정말 벽에 머리를 대자마자 잠 속으로 빠져들었다.

불현듯 그녀는 만두를 만들어야겠다고 생각했다. 돼지고기를 저미고 두부를 으깨고 김치를 잘게 썰어 급하게 만두소를 만들었다. 형무를 깨워 만둣국을 먹게 했다. 통금 해제를 기다리며 이런저런 얘기를 나누었다. 도망쳐 다니느니 교육받고 나오는 게 낫지 않겠냐고 그녀는 말했지만, 형무는 대답하지 않았다. 삶에 대한 후회와 곧 들이닥치게 될 두려움으로 떨고 있는 제자를 바라보며 선생은 입안이 바짝 마를 뿐이었다. 사람살이가 밤새도록 집 천장을 달리며 아귀다툼을 벌이는 쥐들과 다를 바 없었다. 통금이 해제되자 형무는 집을 나섰다. 그녀는 형무에게 찐만두 봉지를 내밀었다. 어디로 갈 건지 묻지 않았다. 다시 만둣국 먹으러 꼭 돌아오겠다며 형무는 불안하게 웃었다. 엄 선생이 형무를 마지막으로 보았던 모습이었다. 그 새벽에 형무는 경찰의 불심검문에 걸려 삼청교육대로 이송되었다.

세탁손데요.

세탁소 남자의 목소리가 들려왔다. 그제야 엄 여사는 어둠을 휘저어 간신히 전등 스위치를 올렸다. 피조개 세례를 받았던 옷을 그대로 입고 있었지만 어쩔 수 없었다. 남자는 모친을 진정시키느라 늦었다고 했다. 그녀는 남자를 소파에 앉게 하고 자신은 조금 떨어진 창가 쪽 소파에 앉았다.

김형주예요. 어렸을 때 선생님을 뵌 적 있었는데 저도 선생님을 못 알아봤어요. 죄송합니다. 노친네는 선생님을 첫눈에 알아봤는데 선생님은 그냥 지나쳤다고, 일부러 부딪쳐도 봤는데 모르더라고, 어떻게 모를 수 있냐, 그래서 야밤에 전화…….

형무는 어떻게 됐어요? 형무도 이곳으로 왔나요?

그녀는 형주의 말을 끊으며 다급하게 물었다.

역시 모르셨군요. 형은 그 해, 12월 초에 돌아왔어요. 뭐, 거기 갔다 제정신으로 온 사람 있나요? 몸도, 마음도 성한 데가 없었죠. 나와서도 요주 인물로 형사들이 계속 따라다녔고요. 많이 외로워했죠. 1년 정도 버티더니 산에 올라가 목맸어요. 고작 삼청교육대 개로 살려고 태어났다고 세상

원망하다 간 거죠.

그녀는 소파 모서리를 부여잡았다. 손등에 힘줄이 곤두섰다. 누군가에게 멱살을 잡혀 마구잡이로 흔들리듯 시야가 까마득해졌다. 가슴에 열이 오르며 심장박동이 빨라졌다. 형주가 놀란 표정으로 엉거주춤 일어섰다. 그녀는 손을 들어 형주가 다시 앉도록 했다.

죄송합니다. 마음이 너무 아프네요.

형도 선생님이 자기 때문에 힘들어할까 봐, 걱정했어요. 꼭 돌아와야 할 장소 같은 존재였다고, 선생님에 대해 그런 식으로 말했던 거 같아요.

죄송합니다. 정말…….

배후야 따로 있죠. 그땐 어려서 몰랐지만, 삼청교육 증언들 나오는 거 보면 피눈물 나잖아요. 국가가 국민을 쓰레기 취급한 거죠. 그러니 그래 잔인하게 짓밟을 수 있었겠죠. 총으로 쏴 죽여도 법에 저촉되지 않았으니. 책임은 국가가 져야 하는데……. 엄마도 알죠. 아는데도 미운 건 선생님인 거예요. 국가는 너무 무섭고 멀리 있거든요. 우리가 다 약해서 그래요. 저도 그랬어요. 회사에서 부당 해고됐을 때 제일 미운 건 같이 술 먹고 고생했던 동료였거든요. 병신 짓인 거죠. 진짜 가해자는 까딱도 없는데. 아직도 형 떠오르면 순간적으로 숨이 멎는데 엄마는 더하겠죠. 형은…….

형주는 갑자기 말을 멈추었다. 고통이 그의 얼굴에 주름진 잔상을 남겼다.

형은 그야말로 뼈만 간신히 돌아왔어요. 그 성질에⋯⋯, 하도 맞아서 살 거죽이 시꺼멓게 죽어서, 무슨, 닳고 닳은 껍질처럼 붙어 있었어요. 한 번 도망쳤다 잡히고는 계속 맞고 또 맞고 했대요. 끔찍했죠. 땅에 묻혀도 썩을 것도 없다고 어른들이 했던 말이 아직도 기억나요. 엄마는 가슴에 묻겠다면서 장례도 하지 않았어요. 매일 매일이 초상집인 거죠. 그래 살았어요. 그러다 이쪽으로 온 지 십 년 넘었는데, 이렇게 만날 줄은⋯⋯. 여기가 엄마 고향이거든요.

엄 여사는 베란다 창밖으로 시선을 돌렸다. 도시 외곽을 돌아나가는 불빛들이 멀게 느껴졌다. 우연히 찾아들었던 이 도시가 형무 어머니의 고향이었다니. 손아귀에 꼭 움켜잡고 절대 펴보고 싶지 않았던 비밀은 한순간에 자명해졌다. 오래전, ○ 시에 사는 지인으로부터 형무의 죽음을 전해 들었던 기억이 그제야 떠올랐다. 그러나 인정하지 않았다. 감당이 되지 않으니, 차마 인정할 수가 없었다.

형주가 일어섰다. 어머니 뵈러 가도 될까요? 그녀도 따라 일어서며 다급하게 물었다. 형이 우리를 한자리에 불러 놓고 다시 만나게 한 걸까요? 그는 되레 질문을 던지며 현관 쪽을 향해 걸었다. 형무가 만두를 좋아했어요. 만두 먹으러 다시 오겠다고 했는데……. 그녀가 울먹이며 하는 말에 형주가 돌아섰다. 무슨 말이냐는 표정으로 그녀를 보았다. 그러나 그녀의 시선은 이미 냉장고 쪽으로 향해 있었다. 형무에게 만두를 먹이기 위해 흐린 불빛 아래서 서둘러 칼질했던 그날 밤 기억 속으로 그녀는 바삐 걸어 들어갔다.

* 삼청교육대 자료와 증언을 참조했습니다.

고백

참 이상한 건 아무도 라나를 기억하지 못한다는 거예요. 더 이상한 건 나만 라나를 기억한다는 겁니다. 라나를 기억한다고 했지만 사실, 나도 라나에 대해 잘 모릅니다. 학기 초 수업 시간에 보수주의자와 진보주의자에 대한 개념을 얘기하다 라나한테 질문한 적이 있었어요. 너무 말이 없는 아이라 한번 말을 시켜보고 싶었는데 라나는 아주 경쾌하게 대답했어요. 보수주의자는 보스를 추종하는 무리들이고, 진보주의자는 음, 진부함을 경멸하는 무리들 아닌가요? 라고요. 한 치의 머뭇거림도 없이 말이죠. 며칠간 라나를 볼 때마다 그 말이 떠올라 혼자 웃음을 흘렸던 기억은 나요. 정말 이상한 건 그 애에 대해 아는 게 없다고 생각했는데 전혀 뜻밖의 실마리에 엮여 뜻밖의 기억이 떠오르곤 한다는 거지요.

나는 지금 책상에 딸린 삼단 서랍을 순서대로 열어 마구 휘저어 놓은 다음 멍해졌어요. 마치 몸속의 장기들이 갈비뼈를 뚫고 서랍처럼 밖으로 삐져나와 있는 기분입니다. 라나에 대한 생각으로 머리가 어지럽군요. 뭔가 하려고 했는데 그게 뭔지 잊어버렸어요. 나란 인간이 늘 이런 식이예요. 어쩌면 나는 작년에도 썼던 이 삼단 서랍 속에 라나에 대한 비밀을 숨겨 놓았다고 생각했는지 몰라요. 그러나 찾은 건 아무것도 없습니다.

다시 차례대로 서랍을 닫으며 뭔가 울컥하는 심정이 올라오네요. 답답하고 억울하고 참담한. 생각해 보니 라나는 서랍 같은 아이였어요. 말을 시작하면 뭔가, 숨겨져 있는 뭔가를 애써 열고 보여 주려 하다가도 그냥 닫아버렸다는 느낌을 동시에 받았거든요. 잘 모르겠어요. 어쨌든 지금 급한 것은 라나를 찾는 것인데……. 아니 꼭 찾아야 하는지 모르겠습니다. 라나를 찾으면 찾을수록 나는 이상한 놈이 될 거라는 건 분명해 보여서 머리로는 그냥 덮어라 하는데 내 안의 뭔가는 그건 아니지이, 하는 거지요.

좀 전에도 나는 작년에 함께 3학년부를 맡았던 고 선생을 만나러 음악실에 갔다가 낭패를 보고 돌아왔어요. 이미 한 차례, 작년 우리 반 아이들로부터 이상한 사람 취급을 당했던지라 선생님에게는 은근히 접근했어요.

선생님, 작년에 황라나라고…… 저희반 아이 기억하세
요?

작년 학년 주임이었던 고 선생님도 모른다고 할까 봐 사
실 겁이 났어요.

황라나? 기억 안 나. 난 애들 이름 다 몰라. 말썽쟁이 몇
명이나 알지. 150명 넘는 애들을 뭘 수로 외워. 왜? 고등학
교에서 전화 왔어? 벌써 무슨 문제 일으켰대?

아뇨, 그냥…….

나는 황망해졌지요. 입안이 텁텁해지며 말이 잘 안 나왔
어요. 아무도 라나를 아는 사람이 없는 게 너무 이상해서
요, 라고 대답할 순 없었어요.

처음 들어보는 이름인데? 나이스 뒤져봤어?

나이스는 진즉에 뒤졌어요. 졸업생 자료는 이미 이간 된
상태라 문서 보관 창고에서 작년 문서철까지 찾았지만, 라
나에 대한 자료는 없었어요. 문제는 내가 그걸 인정할 수가
없다는 거지요.

선생님들은 모두 퇴근하고 교무실의 적막이 무거운 물처
럼 출렁이며 나를 가둡니다. 천천히 호흡을 가다듬습니다.
불안할 때 느끼는 증상이지요. 이제 창밖은 어두워져서 아
무것도 안 보여요. 퇴근해야 하는데……. 나는 뭔가를 확인
하려는 듯 벌떡 일어서 교무실 유리창에 얼굴을 갖다 댔어

요. 손바닥으로 교무실 안의 빛을 차단하고 눈동자에 힘을 주어 창밖 어둠 속으로 길게 시선을 늘이면 거기, 운동장 넓디넓은 어둠 속에 라나가 핸드폰을 높이 쳐들고 샘, 여기요! 여기! 하고 소리칠 것 같았어요. 정말 어떤 아이들은 어두운 창가에 얼굴을 바짝 갖다 대고, 눈에 잔뜩 힘을 줘야만 보이는 아이들도 있거든요. 내 어떤 시절도 그랬고요. 그러나 간신히 내다보이는 운동장은 꽃샘바람의 으스스한 소리와 의문스러운 어둠만이 떠돌고 있군요. 나는 자리로 돌아와 컴퓨터를 끄고 서랍을 잠갔어요. 그만 덮자! 이렇게 결론을 내야 할 것 같아요. 이제 그만 하자고요.

며칠 전 졸업한 애들이 찾아왔어요. 그때, 라나에 관한 얘기를 꺼내지 않았다면 하고 후회해 봐야 소용없는 거지요. 그때 라나 얘기를 꺼내지 않았다면…… 라나는 영원한 부재가 되었겠죠. 제 기억 속에 묻혀버렸을 거고요. 기억에 없으면 존재하지 않는 거니까요.

작년 우리 반 범생이 대여섯 명이 갑자기 교무실로 들이닥친 바람에 애들을 데리고 학교 앞 햄버거집으로 갔어요. 고등학교 생활이며 처음 본 3월 모의고사, 남친과 이별했다느니 하는 얘기들이 오고 갔지요. 입학한 지 이제 한 달 조금 지났는데 벌써 자퇴한 학생도 있더군요. 다행히 우리 반 아이들은 모두 잘 적응하고 있다기에 안심했고요. 그러다 문득 라나가 떠올랐어요. 라나는 교실 안에서도, 교실 바깥에 있는 아이였거든요. 늘 혼자였고. 지금 생각하면 라나가 많이 외로웠겠다 싶어요. 그렇다고 문제아는 아닙니다. 조용하고 자기 일은 알아서 처리하는, 그래서 오히려 선생님들 눈에 안 띄는 아이였어요. 성적도 중상위 정도에, 수업 시간을 망친다거나 선생님과 친구들을 괴롭히는 아이도 아니었고 자기애가 강해서 욕망을 주체하지 못하는 말썽꾸러기도 아니었고요. 시험 때마다 성적 통지표를 보내면 부모님은 아이에 대한 애정과 걱정을 드러냈고요. 변명 같지만, 작년에 나는 첫 발령을 받았고, 3학년 담임을 처음 맡은 초짜였어요. 성적이며 친구 문제, 생활지도 문제, 문제들 사이에서 최선의 해답을 찾느라 우왕좌왕했던 때라, 라나 같은 아이는 날 도와주는 아이였어요. 제 손이 안 가도 혼자서 잘했으니까요. 오히려 그래서 마음 한편에는 미안한 생각도 많았어요. 미안하고 안타깝고……. 여전히 내 속에 남아 있는 미안함, 안타까움이 어쩌면 그 애 이름을 불러온 계기였을 거예요.

황라나는 좀 달라졌니? 여전히 애들하고 못 어울려?

제 말에 아이들이 모두 어리둥절해하며 서로의 얼굴을 쳐다보더군요. 우리 반에 그런 애가 있었냐는 표정이었어요.

황라나, 처음 듣는데요.

반장 아이가 의심 가득한 눈빛으로 날 봤어요.

야, 넌 반장이란 놈이 벌써 애들 이름도 잊어버렸냐?

내가 한마디 했어요.

뭥미?

동주도 의아한 표정이었어요.

샘, 또 마음이 헛헛하신 거죠? 올해 애들이 초짜라고 막 힘들게 하는 거죠?

날 많이 좋아해 줬던, 사생팬을 자처하는 은영이가 걱정스럽게 언성을 높였어요.

야, 니들 뭐야? 말 한마디 않고, 조용히, 늘 복도 창가 쪽에 앉던 아이 있잖아.

난 정말 깜짝 놀랐어요. 어떻게 아무도 라나를 기억하지 못하는지 답답했어요.

정말 그런 애 없었다니까요!

그런 이름 처음 들었다고 애들이 흥분하며 이구동성으로 달려들었어요. 애들한테 너무 신경 써서 기억회로에 이상이 생겼다느니, 영양제를 사 줘야 한다느니, 빨리 결혼해야 한다는 말까지 하면서요.

야, 몰랐다고, 기억에 없다고, 엄연히 있던 애를 없던 걸로 만들면 안 되지.

샘 혹시 유령 만난 건 아니죠? 아니면 지금 우리 앞에 있는 샘이 유령이든가요.

뭐야, 너희들 혹시 작심하고 라나를 유령으로 만든 거 아냐? 작년에 라나가 왕따를 당했니? 내가 모르는 뭔가가 있었던 거야? 26번, 맨 끝번이었잖아.

나도 덩달아 흥분이 되더라고요.

아, 샘! 작년 우리 반 끝번은 황나미였어요. 에이, 샘, 나미하고 헷갈렸나 보네요. 나미야 지금도 혼족이죠. 혼자서도 잘 놀아요.

반장이 나서서 아웅다웅하는 다툼을 진화하는 게 보였어요. 은영이도 덩달아 아, 라나! 나미! 비슷하네, 하면서 맞장구를 치더군요.

자, 헛헛샘, 그래서 저희들이 샘 원기보충 시키려고 홍삼 드링크 사 왔잖아요.

헛헛은 제 웃음소리를 가지고 작년 아이들이 붙여준 별명이에요.

작년에도 그랬어요. 여학생들이라 총각인 날 오빠처럼 따르기도 했지만, 의견 차이가 날 때는 무섭게 끈질기게 집요하게 처절하게 공격했거든요. 원래 여학생은 여선생님 앞에서, 남학생은 남선생님 앞에서 더 긴장한다더군요. 사람마다 차이는 있겠지만요. 어쨌든 그럴 때마다 반장이나 은영이 같은 애들이 중간에서 처리해 줬어요. 모두 제게는 누나 같은 아이들이지요.

샘, 자꾸 착각하시는 거 같은데요. 작년 우리 반 25명이었거든요.

동주가 따끔하게 마무리했지만, 나는 헛헛 웃으며 더 이상 토를 달지 못했어요. 반장 녀석과 은영이가 눈빛으로 저를 쏘고 있었거든요.

야, 그렇구나. 내가 벌써 치맨가 보다야. 샘이 정말 미안해.

그렇게 너스레를 떨었지만, 한순간에 팍 늙어버린 기분이었지요. 문득 할머니 얼굴이 떠올랐어요. 치매기가 들락날락하면서 새벽 1시나 2시쯤이면 장거리 전화를 걸어 돌아가신 할아버지 얘기를 늘어놓거든요. 피곤한 날은 못 받기도 하고 가끔은 안 받기도 하고 그러지요.

어쨌든 그날 일은 애들에게 애교를 부리고, 햄버거를 쏘고, 노래방까지 탈탈 털린 다음에야 마무리됐어요. 다음 날 아침 출근하자마자 작년 출석부를 뒤졌지요. 어이없게도 우리 반 재적이 25명이더군요. 애들 말이 맞더군요. 작년 앨범을 뒤져보고는 다리가 후들거릴 지경이었어요. 제가 실수로 라나를 앨범에서 빠뜨렸나 하는 걱정이 앞섰거든요. 애를 제대로 챙기지 못했다는 자책은, 내 자신에 대한 두려움으로 바뀌었어요. 나이스 자료를 뒤지고 작년 문서를 몽땅 뒤졌는데 라나에 대한 어떤 자료도 발견하지 못했어요. 뭐야, 이거 정말 치맨가! 내 정신에 무슨 문제가 있지 않고서야 하는…… 두려움요. 그러니 더 포기가 안 됐어요. 분명 존재했던 아이였는데, 없다니요? 말이 되냐고요? 두려움과 조바심의 감정이 제 속에서 전속력으로 페달을 밟고 있었어요. 내 감정에 내가 치여서 뒤집어질 거 같았어요. 확인이 필요했어요. 그래서 몇몇 선생님들을 쫓아다녔는데, 낭패였지요.

덮자고 덮어지는 건 아니라는 게 더 큰 문제였어요. 며칠간 라나에게로 향하는 모든 생각을 차단하려고 무척 노력했어요. 얇게 언 얼음판 위를 걷는 심정으로, 두 발에 힘을 줘야 하는지, 빼야 하는지 몰라서 엉거주춤요. 실패였어요. 오히려 뇌는 내 의지를 무시한 채, 라나를 찾기 위해 온 기억을 헤집고 다니는 겁니다. 내 속에 있는 집요한 광기가 날 끌고 갔어요. 그럴 때 나는 내가 아닌 것 같았죠. 나도 모르는 타인이 내 속에 들어와 있어요. 그러다 놀라서 그만해! 화내고 짜증 내는 나를 넋 놓고 마주 보게 되더군요. 이젠 그만해도 된다는 누군가의 위로를 받고 싶었어요.

앞서 제가 말했던가요? 사실 저도 사람들과 관계를 잘 못하는 편이에요. 오랜 시간, 사람들이 날 알아볼까 봐 두려워하며 살았던 적도 있었지요. 엄마 말에 의하면 그 시절 저는 한 손에는 삶을, 다른 한 손에는 죽음을 움켜잡고 있는 것처럼 보였다고 하더군요. 아버지도 그런 저를 데리고 병원을 오가며 더 큰 병을 얻었지요.

그래서 교사가 된 게 더 뿌듯했어요. 바닥까지 떨어져 봤기 때문에 애들이 더 잘 보였거든요. 우리 반 애들 전체가 내 속에서 산통을 거쳐 태어난 것처럼 아이들의 생각과 고민이 한 눈에 보였어요. 공무원으로서는 초짜였지만, 교사로서는 그래도 잘했다고, 작년 한 해를 평가하며 애들을 졸업시켜 떠나보냈어요. 한 해의 출석부와 문서들을 이관하듯 제 머릿속도 비워냈고요. 그런데 한 놈을 잃어버린 걸 눈치도 못 챘다니요! 숨 가쁘게 달려온 시간이 모두 무효였다니요! 양손에 기억을 움켜잡고, 잠을 잘 수가 없는 거지요. 그러나 어쩌겠어요. 시간을 되돌려 확인할 수도 없고. 접자, 접어야죠. 하지만 쉽진 않아요. 퇴근 후, 집으로 오면 나는 더 의혹에 휩싸여 기다, 아니다, 사이로, 그 혼란의 틈새로 나를 밀어 넣고 괴롭힙니다. 욕실 거울에 어린 김 속에 부옇게 흘러내리는 얼굴을 보며 거울 속으로 손을 넣고 그 얼굴을 직접 만질 수 있다면 인정하겠냐고 오기를 부리는 거죠.

그러나 오늘도 나는 두 손으로 젖은 머리통을 움켜잡고 잊어버리자고, 내일은 꼭 잊어버리고 말겠다고 다짐합니다.

꽃샘추위가 물러나더니 사월의 봄볕이 완연하군요. 매일 걸어서 출퇴근했는데도 학교 밖으로 처음 나온 느낌입니다. 사월의 끝에 와서야 하늘을 올려다볼 여유가 생겼어요. 개들처럼 허공에 대고 코끝을 벌렁거려 봄 내음도 맡고요. 며칠 전만 해도 교문 입구며 버스 정류장으로 이어진 도로마다 검은 먼지로 뒤덮인 눈더미들이 사납게 길을 방해했는데 지금은 흔적도 없네요. 그게 너무 이상해서 나는 또 멍해집니다. 출근하다가 그곳에서 삐끗하며 엎어진 기억도 떠오르고요. 등교하는 애들에게 반나절 정도의 웃음거리를 준 거지요.

3, 4월, 학교는 정신없이 흘러가는 시간입니다. 1년 동안 항해할 선박에 아이들을 싣고 각자 역할을 맡고 앞으로 일어날 사고에 대비하여 안전 규칙과 생활지도 방법을 세워야 하지요. 학습지도와 학습 진도를 정리하고 평가에 대한 논의도 해야 합니다. 배가 잘 항해하도록 평형수를 채우는 것도 중요합니다. 교사는 빠른 시간 안에 상담을 통해 덩어리로 모여 있는 학생들을 떼어내 개별자로 만나야 합니다. 아이들의 성향과 비밀스러운 고민, 나아가 친구 관계, 부모님 관계까지 꼼꼼하게 체크합니다. 그리고 선생님들도 만나야 합니다. 동료, 선배. 같은 과목, 같은 학년 등 다양한 조건들 속에 있는 선생님들의 입장을 알아야 하고 일정한

거리 두기를 통해 서로를 존중해야 합니다. 교사 자신도 만나야 합니다. 교사도 감정 노동자라 자기감정에 부딪혀 더 크게 다치는 일들도 많거든요. 그런 관계들 속에 만들어진 공감과 믿음, 존중이 항해 중에 일어나는 사고에 대처하고 침몰과 위기에 대한 복원력을 길러줍니다.

마트 식품 코너는 2층 매장에 있어요. 텅 빈 냉장고를 떠올리며 마트로 들어서는데, 입구에 선 여자가 뚫어지게 날 바라보는 시선이 느껴져요. 모르는 사람이에요. 모른다는 것은 상대가 날 아는지 모르는지, 그것을 내가 모른다는 의미도 있지요. 나는 살짝 고개를 숙여 낯선 시선을 밀어내요. 누군가 날 보고 있다는 생각이 들면 몸이 뻣뻣해지고, 입안에서 쇳내가 나는 증상은 지금은 많이 나아졌지만, 여전히 희미한 가려움처럼 내 몸에 남아 있어요. 고딩 때는 더 심각했어요. 아이들한테도 가끔 고백하지만, 그 시절의 나는 선생님들이 뭔가 질문하려고 내 이름을 부르는 그것을 견디지 못했어요. 잘못 호명된 거 같았고 마치 17년 내 인생 전체를 들어 올리며 의자에서 일어서는 기분이었거든요. 그런 나를 숨기려고 한동안 아예 책상 위에 엎어져 살았다고 아이들에게 비밀스럽게, 얘기해 줍니다. 어떤 선생님은 애들한테 약점을 보이면 안 된다고 하지만 난 그게 약점이라 생각 안 하거든요. 중고등학생으로 산다는 거, 정말 힘들잖아요. 특히 도시와 농어촌이 혼거해 있는 지방 도시의 아이들은 더 무기력하거든요. 나만 힘든 게 아니라 너도 힘들었구나, 하는 공감이야말로 아이들을 안심시키고 위로하게 된다고 믿지요.

식품 코너에는 별로 손이 가는 게 없어요. 마트에 들어서기 전까지 의욕적이던 식욕은 온갖 종류의 먹거리 앞에서 주눅이 들었는지 의무적인 식단에 필요한 양배추, 우유와 계란, 포장 삼겹살만 들고나왔어요. 에스컬레이터를 타고 내려가다가 에스컬레이터를 타고 올라오는 나미를 봤어요. 어, 25번 황나미! 나도 모르게 엄청 반갑더라고요. 시선을 에스컬레이터 옆의 벽면 광고에 두고 있던 나미가 돌아봤어요. 학기 초에는 자신의 감정을 잘 표현하지 않았던 아이였어요. 교실에서는 사람이 아니라 책상이 되는 게 자기 작전이라고 말했던 아이가 시간이 지나면서 조금씩 말문을 열기 시작했어요. 난 부러 나미에게 작은 부탁들을 했고요. 그래선지 나미도 반갑게 인사하더군요. 하지만 곧 에스컬레이터가 멀어지자, 고개를 돌려요. 거기까지였던 거죠. 나는 나미랑 더 얘기하고 싶었지만요. 사실 나미에게 라나에 관해 묻고 싶었어요. 단체로 체육대회 반티를 주문하거나 영화 관람 티켓 예매 같은 일들은 반장 아이가 알아서 잘했기 때문에 내가 관여를 안 했는데 그래도 몇 번, 뭣 때문인지 기억은 안 나지만 나미에게 라나 의견을 물어보라고 한 적이 있었거든요. 나미 다음 번호가 라나였으니까요. 그럼 나미는 네, 대답했고요. 나미야말로 라나를 알고 있는 유일한 증인이 될 수 있다는 생각이 들었지만 난 망설였어요. 또 마주 서게 될지 모를 벽이 두려웠거든요. 그 두려움을 죽이려고 난 처음으로 라나는 존재하지 않는 사람이라고 중얼대며 나를 다그쳤어요. 나에 대한 두려움과 라나에 대한 의심으로 두 다리가 휘청거렸어요. 왜 아이들이 라나를 유령으로 만들었는지 몰라 머리를 쥐어뜯었는데 그게 아니라 정말 라나가 유령이었을지 모른다는 생각에 난 한동안 마트 비닐백을 들고 멍청해졌어요. 그리고 쫓기듯 그곳을 빠져나왔지요.

오늘은 늦게까지 남아 상담을 했어요. 그동안 바쁜 와중에도 아이들 상담에 매달렸는데 오늘 마지막 번호까지 끝냈어요. 23번 종은이는 애들 말대로 혀 속에 모터 보트를 단 것처럼 말이 빨라 계속 말의 속도를 늦추게 조절해야 했지요. 그래서 오히려 말하기 싫게 됐다는 종은이와 오래 얘기했어요. 마지막 번호인 유미는 결국 울음을 쏟아냈지요. 개학 날부터 책상에 엎드려 있었어요. 공부하고는 담을 쌓은 아이였는데 또래보다 몸집이 크고 눈도 부리부리, 머리는 짧게 잘라서 마치 남자애를 연상시켰어요. 술, 담배, 그 밖의 어른이 돼서 해야 할 경험들까지 벌써 다 끝낸 것 같아 더 마음이 쓰였어요. 경제적으로는 풍족한데 마음은 몹시 가난한. 물론 부모와의 관계는 최악이었지요. 관계의 악순환. 아이가 제대로 못 하니 엄마는 아이를 혼내고 아빠는 손에 잡히는 물건이 뭐든 가리지 않고 화풀이하고. 프라이팬으로도 맞아봤다고 하더군요. 아이는 더 어긋나고. 부모는 더 분개하지요. 그 악순환의 쳇바퀴 안에서 돌고 있는 아이와 부모의 모습을 조감도를 내려다보듯 유미에게 알려주고 싶었어요. 유미는 어렸을 때부터 학원이란 학원은 다 다녔다고 해요. 피아노, 미술, 개인 과외, 주말에는 무용과 태권도 학원까지. 어릴 때부터 여러 학원으로 내돌린 아이들은 어릴 때는 고분고분하지만 사춘기를 통과하면서 전혀 엉뚱한 방향으로 완전히 돌게 되는 경우가 종종 있습니다. 어쨌든 첫 번째 상담에서 이 정도면 성공한 거라 생각해요. 유미가 앞으로 크고 작은 사건에 연루되더라도 담임에 대한 믿음은 버리지 않았으면 하는 게 이번 상담 목표였거든요.

아이들을 다 보낸 교실에 남아 있는 것만큼 기쁜 건 없어요. 선생이 되지 않았으면 느껴보질 못할 감동입니다. 그것은 참 이상하게도 교사는 빈 교실에서 아이들 한 명 한 명이 더 잘 보이거든요. 아이들 하나하나의 소망, 아이들에 대한 걱정, 동시에 아이들의 현재와 미래에 대한 기대. 이런 복잡한 감정들이 뒤엉켜 만들어 내는 기쁨인 거겠지요. 아이들만 없으면 학교도 좋은 직장이에요, 하는 선배 교사들의 말도 그런 의미일 겁니다.

반에 너 같은 울보는 없냐고 엄마는 전화로 장난스럽게 말씀하세요. 나는 대답 대신 엄마 안부를 물어요. 여긴 저녁 8시면 도로 한복판에 앉아서 삼겹살 구워 먹어도 될 만큼 조용해, 라고 하세요. 엄마 어릴 때랑 똑같다고요. 그 적요가 예전에는 무섭고 싫었는데 지금은 그렇진 않다고요. 가끔 들려오는 대포 소리가 마음을 휘젓는 것도 견딜만하다고요.

3월 첫 월급을 타고 할머니 댁에 다녀왔어요. 할머니를 모시던 외삼촌께서 돌아가시고 엄마는 할머니를 모시기 위해 그곳으로 갔지요. 엄마 고향이에요. 7번 국도인 해안 도로를 따라 동해 최북단, 도달할 수 있는 가장 멀리까지 밀고 온 바다가 있는 곳이지요. 북쪽과 접경지역이라 자주 군인들이 훈련하는 소리가 들려오곤 합니다. 우리나라 보병 22사단이 주둔한 곳이에요. 제가 근무하는 S시에서 2시간이면 갈 수 있는 그곳은 내게는 참 비현실적으로 먼 곳이지요.

내가 내려간 날은 한미 연합훈련으로 대포 소리가 집안을 통째 흔들며 날아들었어요. 소리의 여진은 하루 종일 보이지 않는 쇳가루처럼 방안을 떠돌아요. 거기에 할머니까지 한술 더 떠, 간밤에 할아버지가 몰래 휴전선 넘어와 잠깐 집에 들렀다 가셨다고, 너 선생 됐다고 얼마나 기특해하셨는지 모른다고 말하는 지경까지 가면 난 정말 그곳이 어디인지 모르겠더군요. 할머니, 할아버지는 모두 북쪽이 고향인 실향민인데 할아버지 마지막 유언이 고향에 먼저 가 있겠다, 했기 때문이라고 엄마는 제게 해석해 줍니다. 엄마 좋았겠네, 라고 엄마가 맞장구치면 할머니는 정말 행복한 소녀가 됩니다. 나는 어릴 때 고추장을 풀어 그 맵고 짠 붉은 물을 강제로 먹게 했던 할머니가 생각나더군요. 내가 동네 아이들 사이에서 자주 맞고 다녔기 때문이었지요. 나는 할머니를 좋아하지 않았어요. 할머니도 그랬지만요. 가끔 집에 오실 때마다 사내놈이 비리비리해서 지 앞가림도 못한다고 매섭게 야단치곤 했지요. 엄마는 아니라고 하지만 아마도 할머니는 아빠가 돌아가신 게 나 때문이라고 생각할 거예요. 엄마만 생고생시켰다고 화내곤 했거든요.

한 번은 엄마가 먼저 그 얘기를 꺼내놓고 할머니에게 기억나느냐고 물었던 적이 있어요. 엄마, 우리 준서 어릴 때 울보라고 구박했던 거 기억나? 그럼 할머니는 눈에 넣어도 안 아픈 귀한 손자를 어떤 년이 함부로 험을 보고 다녔냐고. 그년 나불대는 혀를 뽑아⋯⋯. 입에 담기 힘든 욕설을 곁들여 야단치는데, 내 입안이 마르는 거지요.

어머니는 할머니가 정신이 들락날락해도 남은 시간이 많지 않은 걸 아는 것 같다고 해요. 그래선지 한 손에는 삶을, 다른 한 손에는 죽음을 붙잡고 있는 것처럼 보인다고 하더군요. 그 모습은 오래전 제게서도 보았던 모습이라고, 그래서 더 마음이 아프다고요. 할머니가 밤에 내게 전화하는 것도 과거에 못되게 한 행동이 너무 미안해서, 돌이킬 수 없다는 절박함에 할머니가 그런 행동을 하게 된다고 하시더군요.

엄마랑 통화하는 내내 전화기를 빠져나온 대포 소리가 창문을 흔들며 교실로 날아드는 것 같았어요. 저녁 해가 넘어가는 시간이면 거리를 오가는 차량은 한 대도 없고, 노란 신호등만 점멸하는 북쪽 끝 동네의 도로 위로 간간이 들려오는 대포 소리가 순간을 휘젓고 영원을 불러오는 것이 눈앞에 펼쳐집니다. 북동쪽에서 불어온 바람이 비릿한 바다 냄새를 이끌고 온통 민박과 펜션으로 정비된 텅 빈 시골 도로를 휩쓸며 지나가는 것을 나는 어정쩡하게 서서 바라보는 거예요. 집에서 사라져 버린 할머니를 찾아 저물어 가는 거리를 헤맬 때면 마치 라나를 찾아 헤매는 거 같아서 그냥 멈춰 선 채 숨을 고르곤 했어요.

할머니는 가로등 아래, 텅 빈 도롯가에 앉아 있습니다. 그 모습이 제게는 마치 자신의 장례 행렬이 지나가기를 기다리는 영혼처럼 보이는 거지요. 우리 남편이 날 데리러 온다며 나를 외간 남자 취급하는 할머니의 고집스러운 손을 잡아끌며 한때의 내 미래의 어느 지점을 보고 있는 거 같았어요. 기억의 가장 쓰라린 정수만을 곱씹고 있는 할머니처럼 그때가 돼서야 나도 온전한 존재로 라나를 만나고, 라나만이 내 남은 삶을 살게 할지 모른다고 생각하니 너무 무서워지는 거지요.

좋은 선생님 돼야 해. 엄마가 전화를 끊은 후에도 나는 오랫동안 그곳을 배회하며 다녔지요.

사실 미나와의 만남 후에 며칠간 완전히 다운된 상태입니다. 이제는 전적으로 나 자신을 의심해야 하는 상황이 됐어요. 내 눈이 삐었거나 병들었거나 귀신에게 홀렸거나 아니면 내가 통째로 미친 거요.

사월의 그날, 마트를 나와서 집으로 가다가 나는 마음을 돌려 미나를 만나기로 했어요. 그때는 잘 몰랐는데 지금은 너무나 생생하게 느껴지는 내 감정을 확인하고 싶었거든요. 라나가 유령이 아니라면 내 정신이 정상이 아니라는 건데, 라나를 유령으로 만들고 살아야 한다면 그 또한 정상은 아니라는 거였어요. 그래서 미나를 만나 정말 마지막으로 확인해야 했습니다.

라나요? 아는데요. 왜요?

미나는 마트 앞 주차장 바닥을 운동화 끝으로 툭툭 건들며 그렇게 얘기하더군요. 그날 미나가 마트에서 나오기를 기다리며 나는 라나에 관해 어찌 얘기를 꺼내야 할지 고민했어요. 마치 연애를 처음 해보는 중 3짜리가 된 기분이었지요. 막상 미나를 보자 단도직입적으로 말이 나오더군요. 미나도 노라고 대답하면 정말 학교 때려치우고 병원으로 가야 한다는 심사였어요. 근데 라나를 안다는 거예요. 너무 기뻐서 애들처럼 앗싸! 하고 소리 질렀어요. 여고 교복을 입은 아이들이 미나와 나를 힐긋거리며 지나갔어요. 일단 가까운 카페로 가기로 했어요. 차량이 즐비한 상가 도로를 따라 걸으며 난 솔직히 말했죠.

정말 알지? 분명 작년 우리 반에 황라나가 있었는데 다들 걔가 없는 아이라는 거야. 환장하겠지? 샘이 무지 곤란했어. 정말 미친 사람 취급받고 학교에서 퇴출당할 판이었거든.

말해놓고 보니 그동안 괴로웠던 이유가 라나의 존재 여부보다 미친놈 취급받고 세상 밖으로 퇴출당할지 모른다는 두려움 때문이었던 거 같아 내가 속물처럼 느껴졌어요. 라나에게 미안하더군요.

샘, 근데요…… 라나 알지만 저도 본 적은 없어요. 한 번도요.

이어진 미나 말에 다리가 휘청거리더군요. 나도 모르게 걸음을 멈춰야 했어요. 태권도 학원 앞이었는데 마침 수업 시간이 끝났는지 건물 입구에 검은 줄, 빨간 줄이 테두리 쳐진 태권도 도복을 입은 꼬맹이들이 우르르 몰려나왔어요. 검은 띠를 맨 사부가 학원 버스에 애들을 태우기 위해 차렷! 차렷! 줄 서세요! 라고, 외쳤어요. 나도 차렷 자세로 줄 서버린 꼴이었죠. 눈앞의 정경들이 서서히 닫히는 거 같더군요.

미나가 제 팔목을 잡아끌었어요. 다행히 카페는 정신을 차릴 만큼 조용했어요. 미나는 컵에 물을 따라 내 앞으로 밀고는 자신도 콸콸 따라 시원하게 연거푸 두 잔이나 마시더군요. 그리고 나를 바라보며 자기도 난처하다는 표정으로 말했어요.

그냥, 그냥, 샘을 인정해 드리고 싶었어요.

야, 임마, 지금 장난하냐고 그렇게 말하고 싶었지만, 그럴 힘도 없었어요. 모든 게 한순간에 의미를 잃고 죽은 벌레들처럼 후드득 떨어져 내리더군요.

샘이 그랬잖아요. 가장 좋은 인간관계는 상대를 있는 그대로, 봐주는 거라고요. 제가 힘들 때 샘은 절 추궁도 의심도 하지 않았어요. 사람들 때문에 힘든 거, 그냥 이해해 줬고요. 샘도 저처럼 혼족이라 생각하니 마음도 든든했어요.

그러니 샘을 믿을 수밖에요. 라나가 실제냐, 아니냐, 그걸로 불편한 것도 없고 샘이 이상한 사람도 아니고요. 솔직히 샘이 폭력 교사, 사이코, 그랬으면 어딘가에 찔렸겠죠. 샘은 단지 남들은 못 보는 걸 보는 거여서 처음엔 신기했고 나중엔 도와드렸을 뿐이에요. 다른 애들이 눈치채지 못하게 라나 일을 처리했고요. 언제나 비어 있는 제 옆자리에 라나가 있다고 생각하면 좋았어요. 신기한 건 가끔 엎어져 잘 때 누군가 절 깨웠는데, 나도 모르게 라나야, 고마워, 혼잣말도 하게 됐고요. 저만의 비밀이 생겨서 재밌었다니까요.

나미는 학기 초부터 나한테 라나 얘기를 들었다고 하더군요. 생각해 보니 S 여중 첫 출근 날, 라나를 봤던 기억이 그제야 떠올랐어요. 학교 중앙 현관에는 커다란 거울이 세워져 있어요. 그 거울 속에 라나가 두 손을 허리 뒤쪽으로 맞잡고 조금 수줍은 듯 서 있더군요. 마치 전신상 사진처럼요. 돌아봤죠. 차분하면서도 밝은 눈빛과 어깨에서 나붓거리는 머릿결이 인상적이었어요. 초록색 가방을 메고 있던 것도 기억나네요. 안녕하세요? 마치 오래 알고 지낸 사람처럼 인사해요. 난 기분이 좋았어요. 낯선 학교가 금방 친근하게 느껴지더군요. 담임 반에 들어갔는데 라나가 제일 끝번으로 앉아 있었어요. 도덕 과목은 일주일에 두 번 들었고 이름을 불러 출석 체크를 하진 않았어요. 안 온 사람, 손

들어 봐라! 식이었죠. 애들이 안 온 사람이 어떻게 손 드냐
고 떼로 몰려들면 3학년인데 아직 반어법도 이해 못 하냐
고 그러지요. 근데 2학기 들어가면서 안 온 사람 손들어 봐,
하면 라나가 손을 번쩍 들었다 내리곤 했어요. 말도 잘 안
하는 녀석이 그런 튀는 행동을 하는 게 다행이다 싶었어요.
나한테는 낯을 가리지 않는다고 생각했거든요. 짝꿍인 미
나하고는 말이 오고 가는 것 같아 더 안심했고요.

　작년 초부터 샘이랑 상담 댑따 많이 했잖아요. 그날도 수
업 끝나고 뒷번호 끝까지 상담했던 날이었어요. 23번, 최아
영부터 시작해서 저까지 끝났을 때는 4시 30분이 지났어
요. 금요일이라 샘들도 다 퇴근하고 학교가 거의 비어갈 때
였죠. 샘이 26번 라나를 기다리고 저는 교실 밖에서 샘을
몰래 지켜봤어요. 샘을 의심했기보다는 저도 확인하고 싶
었거든요. 샘은 교실 의자에 앉은 채 기다리다 라나가 오지
않으니까 일어나서 교실 창 쪽에 가서 서더군요. 두 손을
뒷짐 진 샘의 뒷모습 너머로 저녁 해가 지는 게 보였어요.
그날따라 아주 붉은 노을이 서쪽 하늘을 물들였는데 샘의
뒷모습이 무척 멋지고 또 무척 멀게 느껴졌어요. 샘이 계신
교실 안이 제가 좀 전에 있던 교실처럼 안 느껴지고 전혀
다른 공간인 것처럼요. 아주 오래된 시간 속의 공간으로 되
돌려진 느낌이랄까요. 그리고 짐작했어요. 제가 여기서 엿

보고 있는 한 라나는 오지 않을 거라고요. 그 후로는 그냥 샘을 인정했어요.

나미가 말한 그날은 제 기억에도 남아 있습니다. 나미가 말한 대로 라나를 기다리다 교실 창가 쪽으로 갔던 건 습관이니까 그랬을 거 같아요. 그러나 노을을 본 기억은 없어요. 왜냐면 금방 라나가 들어왔거든요. 라나는 오래 기다리게 해서 미안해하는 내게 괜찮다고, 기다리는 건 자기가 도사라고 하더군요. 뭘 그렇게 기다려 봤냐고 물었죠. 엄마도 기다리고 아빠도 기다리고, 계절이 바뀌기를 기다리고 무엇보다 자신에게 아직 오지 못한 시간들을 기다린다고 하더군요. 아직 오지 못한 시간이라는 말이 이상해서 고등학교 가고, 대학 가고 직장 얻고 엄마가 되는 연속된 시간을 말하는 거냐고 했더니 고개를 끄덕이더군요. 중학교 상담이란 게 뭐 뻔하지요. 공부는 잘 되냐? 고등학교 진학은 어디로 준비하느냐? S 시는 비평준화 지역이어서 내신 석차로 고등학교를 진학하거든요. 라나는 S 여고로 진학하고 싶다고 했어요. 주변 사람들 관계는 어떠냐? 좀 더 친구 관계를 넓혀 보라고 권했더니 어릴 때 활발했던 얘기를 한참 길게 하더군요. 왜 어릴 때 얘기만 할까 속으로 궁금했는데 녀석은 제 의문을 눈치챘는지 어릴 때 추억을 많이 기억해 놔야 과거가 줄어들지 않는다고 하더군요. 라나랑 얘길 하다 보면 뭔가 나보다 한 수 위라는 생각이 들곤 했어요. 뭔 말인지 해석되지 않아 그냥 넘기기도 했고요. 요즘 학교생활 힘들지 않냐고 했더니 라나는 학교 있을 때가 제일 행복하다고 하더군요. 그러더니 갑자기 풀 죽은 표정으로 말해요. 가끔 자신이 나약해져서 그게 문제라고요. 마치 뽑기 기계 안에서 누군가 건져 올려 주기를 기다리는 인형처럼 느껴질 때가 있다고, 그런 거에 마음 주면 안 되는데 마음 쓰는 자신이 영 맘에 안 든다고 하더군요. 뭐든 혼자 잘 해내는 아이가 그래 말해서 조금 놀랐어요. 그래서 구체적으로 어떤 상황이 라나를 나약하게 만드는지 물었더니 녀석은 금세 아니라고, 비밀이라고 발뺌하고요. 나도 어렸을 때 나약함 때문에 비통했던 얘길 했더니 녀석이 손을 뻗어 내 어깨를 토닥여 준 바람에 당황했던 기억도요.

그날 라나를 보내고 나는 교무실로 돌아왔어요. 상담 일지 정리를 마저 끝내기로 했어요. 밖이 꽤 어두워졌는데 전화가 왔어요. 발신 번호 제한이라는 표시가 떠서 뭔가 했죠. 라나였어요. 숨을 가쁘게 몰아쉬며 교무실 창가로 잠깐 와 보라고 하던 라나 목소리가 지금도 생생합니다. 창가로 갔지만 당연히 밖은 깜깜했어요. 손으로 빛을 가리고 간신히 밖을 내다봤어요. 멀리 학교 정문이 보이고 정문 앞에 설치된 신호등 불빛이 붉게 빛나는 게 보였죠. 그리고 그 뒤로 아파트 불빛들이 허공에 촘촘히 박혀 있었고요. 그때 운동장 한가운데 휴대폰을 흔들며 샘, 여기요, 여기! 외치며 경중경중 뛰는 라나가 보였어요. 조기 축구 연합회가 가끔 사용하는 시골 운동장답게 그 순간은 운동장을 가득 메운 어둠이 바다처럼 넓게 보였어요. 그 속에 라나는 작은 등대 불빛처럼 희미하게 반짝이더군요. 뭐 하다 이리 늦었냐고 야단치는 내게 라나는 샘한테 이런 식으로 꼭 한번 인사하고 싶었다고, 죄송하다고 하더군요. 전화를 끊고도 나는 창가에서 떠나지 못했어요. 라나가 어두운 운동장을 가로질러 운동장을 감싸고 휘도는 학교 진입로를 달려 오르막으로 이어지는 학교 정문에 도착할 때까지 창가에 눈을 갖다 대고 기다렸어요. 라나는 정문에서 다시 한번 휴대폰을 열어 액정에서 나오는 빛을 신호처럼 크게 흔들어 보인 다음 사라졌어요. 이쁜 아이죠. 누군가에게 이렇게 큰 환대를 받아본 적이 없어서 가슴이 벅찼어요. 아, 그러고 보니, 나는 다른 선생님들에게 라나 얘기를 한 적이 한 번도 없던 거 같아요. 우리 반 라나요, 하면서요. 그때 이미 나는 지금과 같은 일이 일어날 줄 알았던 걸까요. 그걸 다 알면서도 내 속의 뭔가가 모르는 척 내 입을 닫게 한 걸까요.

요즘은 자주 나미의 문자를 받습니다. 그날 카페 〈완전한 빛〉에서 나미는 계속 묻더군요. 어떻게 생겼냐? 왜 샘 눈에만 라나가 보이는 거냐? 환장할 노릇이죠. 그렇다면 라나는 부재와 존재 사이에 끼어 있겠군요. 어디로 가야 라나를 찾을 수 있는지 막막한 날들입니다. 저승으로 내려가 봐야 할까요? 나미는 아예 형사처럼 제게 으름장을 놓더군요. 샘은 이게 말이냐, 막걸리냐 하겠지만 그 부재와 존재의 연결점, 라나와 샘과의 연결점을 찾아야 한다, 라나가 했던 말 중에 뭔가 특이한, 느낌이 강한 말을 찾아야 한다고요. 그리고 문자를 보내요. 〈샘, 뭔가 찾았나요?〉〈샘, 완빛에서 잠깐 봐요.〉

나미는 아주 신났구나. 내가 기운 없는 목소리로 말하면 나미는 씩씩하게 대답해요. 중딩 때도 책상으로 엎어져 있다가 샘이 부르면 사람으로 변신했다고요. 이렇게 신나 하는 나미한테 나는 잘못하고 머리 숙인 아이처럼 떠오르는 기억을 술술 불어요. 라나에 관해 맘껏 얘기할 수 있어 정말 고마워하면서요.

졸업식 날 얘기예요.

졸업식 날, 애들은 모두 신나 죽겠다고 아우성이었지만, 전 첫 번째 제자들이어서 그런지 눈물이 글썽했어요. 식이 끝난 후에는 사진 찍느라 한겨울인데도 등판에 땀이 났고요. 한 놈씩 악수하면서 잘 가라고 모두 보낸 다음에야 빼놓

왔던 혼을 되찾았죠. 그날 졸업 대장 정리로 남아 있었는데 늦게 라나가 왔더군요.

작별 인사하러 왔다고요. 그동안 꽁꽁 언 강물 같은 시간이었는데 샘을 만나고 달라졌어요. 너무 감사해요, 라고요. 그 말이 참, 해석이 잘 안 되는 말이잖아요. 어른들이 들으면 얄망궂고 되바라졌다고 야단칠 말이었죠. 어쨌든 그 말이 목에 걸렸지만, 더 캐묻지 않았어요. 정말 창백해진 라나 얼굴이 얇게 언 강 표면 아래 물살에 떠밀리는, 말도 안 되는 상상이지만 그런 느낌이 들게 했거든요. 그래, 샘도 라나 만나서 기뻤어, 라고 했죠. 이젠 넓은 세상으로 가서 다른 친구들도 만나라고 했더니 이젠 그럴 수 있다고 하더군요. 다행이었죠. 그게 라나를 마지막으로 본 거예요.

나미는 진지한 눈빛으로 듣다가 대뜸 라나가 샘을 좋아했나 보다고 말해요. 나는 우리반 애들 모두 날 좋아했다고 허풍을 떨었지만, 마음은 헛헛했어요. 내가 떠올리는 기억들이 아무런 단서도, 의미도 되지 못할 거라는 생각이 들었거든요. 나미는 좀 더 물적 증거가 될 만한 기억을 찾으라고 하더군요. 생각해 보니 라나를 만난 건 늘 나 혼자 있을 때였더군요. 학기 초에 부모님과도 분명 통화했을 텐데 그건 기억에 없어요.

언젠가 상담 끝나고 교실을 나가던 녀석이 다시 돌아와

내게 이어폰을 꽂아준 적이 있어요. 자기가 좋아하는 노래라고, 제목이 뭐냐고 했더니 시크릿 가든이라고 했어요. 넌 참 비밀도 많다고 했어요.

샘, 좀 더 확실한 증거요.

나미는 수사가 난간에 봉착한 형사처럼 머리를 긁어대더니 우리가 가진 증거는 학교라는 공간과, 중3이라는 시간밖에 없다고 하며 대뜸 중학교 3학년 때 뭔 일 없었냐는 거예요.

잘 기억 안 나. 세상 물정 모르고 쌈닭처럼 매일 터지고 다녔어. 할머니는 내가 어렸을 때 맞고 들어오면 빨간 고추장을 풀어서 그 물을 마시게 했어. 독해져야 한다고. 별 도움은 안 됐어.

그럼 고딩 때는요?

나는 헛헛 웃으며 나미로부터 시선을 돌렸어요. 순간, 깊은 바닷속 돌무더기 옆에 쭈그려 앉아 있는 내가 보였거든요. 나미가 나의 가장 허약한 부분을 찌를 줄은 몰랐어요. 오래전에 가슴에 봉인한 그 시간을요. 어릴 때부터 비리비리 한 삶이었지만 스스로 골방에 가둘 정도로 삶이 허약하진 않았는데. 그 시간 이후 나는 내 삶을 정지시켰어요. 그후 학교와 병원과 동행하며 생존자로 살았으니까요. 이젠 세월도 많이 흘렀지만, 세월 속에 묻을 수 없는 일도 있습니다. 그러나 나미에게 솔직하게 털어놓을 수는 없었어요.

큰 사고나 돌이킬 수 없는 사건 같은 거요. 부주의로 놓쳐버렸거나. 그래서 죽은 친구들요. 샘은 모르지만, 라나는 샘을 아는 경우일지도 몰라요. 그래야 말이 된다고요. 유령이니까 샘을 찾아온 거죠. 괴담 스타일은 아니니까, 라나는 샘이 그리워서 온 거예요.

나는 머리를 한 대 맞은 느낌이었죠. 나미는 내 표정을 보더니 맞죠? 맞죠? 소리치며 퍼즐의 마지막 조각을 찾은 것처럼 날 바라봐요. 정말 라나를 찾아 헤맨 도착지가 여기라고는 한 번도 생각지 못했어요. 갑자기 술 생각이 났어요. 술과는 정말 친하지 않은데, 생각만으로도 온몸이 벌겋게 충혈되는데, 취한 사람처럼 비틀거리며 일어섰어요. 그렇다면 영원히 라나의 존재를 증명할 수 없다는 생각이 나를 무겁게 내리누릅니다.

가끔 걸음을 멈춰야 할 때가 있어요. 숨이 급해지고 두 다리가 뻣뻣해지며 엉기거든요. 두 다리가 왼발 오른발 내딛는 순서를 잃어버리는 거예요. 한 다리는 과거에 있고 한 다리는 현재에 있기 때문이라고 난 진단해요. 죽을 때까지 내 한쪽 다리는 고등학교 때 섬으로 수학여행을 떠났던 날, 나는 돌아왔지만, 많은 아이들은 돌아오지 못했던 날의 참사에 걸쳐 있을 겁니다. 배 안에서 기다리면 구해 줄 거라는 어른들의 말은 거짓이었지요. 분노와 무기력이 내 한쪽 다리를 멈춰 세웁니다. 사건 현장이었던 바다는 내게는 덮고 싶은 거대한 과거이자 절망이고 외로움이지요. 지나간 기억을 묻으려 한다면 조금씩 과거가 줄어들어 나중에는 과거 자체가 없는 불쌍한 인간이 되는 게 두렵다던 라나의 말이 새삼 떠오르네요. 그래서 라나는 날 찾아온 걸까요.

〈샘 찾았어요. 완빛에서 봐요.〉 나미가 문자를 보내온 바람에 잠에서 깼어요. 어제는 술 때문에 새벽녘까지 구토하다가 겨우 잠이 들었어요. 취기를 핑계로 김 선생님도 불러냈거든요. 오랜만에 나답지 못한 기억을 만들었지만, 도리가 없네요. 우 선생, 사는 게 힘들겠어. 남들은 보지 못하는 존재를 대면하려면 말야. 교직 15년 차인 사회과 김 선생님이 날 비웃으며 한 말이에요. 내가 라나를 찾기 위해 작년 우리 반 담당 선생님들을 쑤시고 다닐 때였어요. 어제는 그 말을 따져 물으려고 했더니 선생님은 장난이 아니라 진심이었다며 놀라운 얘기를 들려줬어요. 자신도 경험자라는 거였죠.

발령 초였는데 중3 때 내가, 내 수업 시간에 떡하니 와 앉았더라니까! 찌질, 그 자체의 모습으로 매일 우리 교실 뒷자리에 앉아 지긋한 눈빛으로 날 바라보는 거야. 왜, 기억이 날 본다는 그런 시도 있잖아. 내 기억의 진짜, 삭제하고 싶은 페이지! 그게 중3 때거든. 남들에게는 안 보여. 근데 나한텐 보여. 돌겠더라고. 누구한테 말도 못하고. 근데 나중엔 적응됐어. 그 시절의 나를 내가 받아들인 거지. 차츰 차츰 내가 변했으니까. 애들한테 너그러워졌고. 그때 내 별명이 독사였거든. 지독하게 애들 괴롭혔는데 달라진 거지. 1학기 말에 전학생이 와서 그 빈 책상에 앉게 되면서 떠났어. 내가 안심됐나 봐. 그땐 이 얘길 아무에게도 못했는데 지금은 말해도 아무도 안 믿어. 지금도 난 애들 중에 저 놈이 사람인지 유령인지 헷갈릴 때도 있는데 말야.

선생님은 아직도 라나를 찾고 싶다면 내 머릿속을 뒤져야 할 거라고 하더군요.

나미가 뭘 찾았는지 알 거 같아 답장을 보내지 않았는데 연이어 문자가 와요. 〈샘, 시크릿 가든 찾았어요.〉 나도 이미 찾았거든요. 〈시크릿 가든〉이라는 뮤지션의 음악 중에 라나가 제게 들려준 곡은 〈비밀정원의 노래〉였더군요. 어젯밤 그 곡을 찾아 들으며 나는 처음으로 오래전, 내가 바다에서 놓쳐버렸던 아이가 라나일 거라고 생각했어요. 눈물이 나를 바닷속으로 데려갑니다. 머리가 깨지고 피부에 금이 갈 거 같은 차가운 공포가 온몸을 저미듯 스며듭니다.

타고 가던 배 바닥이 벽이 되고 바닷물이 우리를 덮치듯 밀려든 건 한순간이었어요. 손을 잡고 있던 아이들과 선생님들이 한꺼번에 물살에 쓸려 흩어졌고. 엄청난 물살에 제 몸이 둘둘 말려 어둠 속으로 힘껏 내던져진 느낌이었는데 누군가, 누군가의 손이 제 옷을 억세게 잡아당겼어요. 라나였어요. 그때 바닷물 속에서는 전혀 모르는 아이였는데 지금 보니 라나였습니다. 라나는 거의 정신을 잃고 맥없이 흔들리는 내 손을 잡아 무슨 배관 같은 걸 잡게 했어요. 그리고 정신 차리라고 내 어깨를 세차게 흔들었지만, 난 바보처럼 정신이 혼미한 상태였어요. 다시 엄청난 물살이 우리를 덮쳤고, 잠시 후 퍼뜩 정신 차렸을 때, 라나는 옆에 없었어요. 아마도 한 손은 나를 잡느라 다른 한 손으로만 물살을 버텨내지 못했을 거예요. 나는 너무 무서워서 도와달라고 소리치며 울부짖었어요. 그때는 그 애 얼굴도 제대로 기억 못 했는데…….

혼수상태에서 깨어났을 때는 아무것도 기억하지 못했어요. 그러나 그 비슷한 꿈을 자주 꾸었고 그래서 그 기억은 꿈인가 싶으면서도 꿈이 아니었어요. 그 애와 내 자리가 바뀐 거에 대한 명징한 공포와 죄책감은 꿈이 아니었거든요. 그 후, 나는 그야말로 삶과 죽음 사이에서 틈새 인간으로 살았습니다. 하지만 내가 교사가 된 것도 그 공포와 죄책감의 힘이었지요.

이제는 선명하고 또렷하게 보입니다. 그 애의 얼굴은 늘 물속으로 젖어 드는 편지처럼 번지고 흩어지는 모습이었거든요. 천천히 서랍이 열리고 오랫동안 숨겨져 있던 흑백의 기억이 빛을 받아 색을 찾게 된 기분입니다. 이제야 나는 내 존재의 과거이자 현재인 라나에 대한 얘기를 시작할 수 있을 거 같습니다. 라나가 왜 교사가 된 내 앞에 나타났는지, 그때 내가 기억하지 못했던 라나를 찾아 깊은 바닷속 돌무더기처럼 쌓여있는 라나의 얘기를 끌어올려 이제야 널 알아봤다고, 다시는 널 놓치지 않겠다고, 네 몫까지 잘 살아야 하는데, 미안하다고, 라나에게 부끄러운 고백을 하려고 합니다.

기억의 빛

골목은 예전 그대로인 거 같은데 집들은 낯설었다. 낮은 담벼락들은 금이 가고 낡은 지붕이며 철문들은 색이 바랜 채 시간을 견디는 중이다. 잠깐 고개만 들면 6차선 아스팔트 맞은편으로 30층 정도 높이의 신생 아파트 단지가 한눈에 들어왔다. 도로 하나를 사이에 두고 이 도시의 과거와 미래가 서로를 마주 보는 듯한 형국이었다. 6차선 도로는 옛날에는 철둑길로 불리던 길을 확장 포장한 거였다. 오래전, 사람들이 폐철로를 걷어내던 모습이 어렴풋이 떠올랐다. 확실하진 않지만 아주 어릴 때, 학교에서 돌아오던 길이었을 것이다.

이쪽 동네도 주택 재개발 정비구역으로 이미 모 건설사에 아파트 용지로 매각된 상태이고 철거를 앞두고 있었다. 곧 사라질 과거였다. 코로나 여파로 외국으로 빠져나가지 못한 사람들이 동해안 관광으로 몰리면서 이곳은 서울시 속 초동으로 불릴 정도로 투자 광풍이 휩쓸었다. 대로보다 지대가 낮아서 골목길은 물길처럼 아래로 흘렀고 중앙시장을 지나 7번 국도변으로 이어졌다. 대로변과 먼 골목일수록 빈집들이 많았다. 닫힌 대문 밑으로 얼룩진 신문이며 우편물들이 흉물스럽게 쌓여 있었다. 그래도 건호네 근처 집들은 아직 사람이 남아 있는 듯 보였다. 맞은 편 앞집은 얌전하게 지어진 양옥집인데 담 너머로 할머니가 허리를 구부린 채 마당을 서성였다. 양옥집 옆의 점집 상호가 붙은 집에서 누군가 창문을 통해 나를 지켜보았다. 건호네도 재작년까지 건호 어머니가 혼자 시골집을 지켰는데 치매가 들면서 서울로 옮겨 갔다.

시골집, 아직 그대로 있다고, 가서 좀 쉬라고 건호가 말했을 때 나는 웃었다.

"금지구역인 거 아는데, 지금 은욱이 일로 제정신 아니잖아! 오랫동안 빈집이라 죽은 집 같겠지만 머릿속 비우기에 딱 좋아."

"거기에 욱이만 있냐. 작은누나도 있고. 사건 현장으로 되돌아가는 기분도 별로고."

"작은누나 살던 중앙동 동네는 이젠 텅 비었어. 우리 집보다 먼저 철거 들어갈 거야. 장소가 없으면 기억도 없어."

"글쎄다. 기억이 장소를 붙들고 있을 수도 있어. 지박령처럼. 걱정 마. 며칠 온천에서 쉬면 나질 거야."

내가 집어 들고 있던 술잔을 비우며 일어서자, 건호도 계산하고 따라 나왔다.

"이젠 정말 끝을 대면할 때야. 주가 바닥에 앞으로가 더 문젠데 너 집중력도 바닥이야. 한 번 더 계좌 죽이면, 진짜 손가락 짤라야 할 판이라고. 가서 크게 한 방 맞고 턴 어라운드 하자고. 은욱이도 용서하고 떠났겠지. 정말 끝난 거야."

나는 건호네 집 대문 앞에 멍하니 섰다. 〈수복로길 234번길〉 푯말이 귀퉁이가 찌그러진 채 간신히 매달려 있었다. 바람 한 점 없는 고요가 골목 가득 내려앉았다. 니가 왜 여기 있는데! 조소가 일었다. 건호 말대로 정말 끝난 건지, 그걸 확인하고 싶은 건지, 나도 내 속을 알 수 없었다. 조금 전 터미널에 도착했을 때부터 나는 가끔 들렀던 오색 온천으로 방향을 돌릴까, 생각했다. 나처럼 오륙십 대 등산복 차림의 사람들이 많았다. 막 도착한 건지, 아니면 떠나는 중인지 알 수 없는 사람들 틈에서 떠밀렸던 망설임이 되살아났다. 어이없게도 대문을 열고 집으로 들어선 순간 다시 밖으로 나오지 못할 것 같았다. 애초 도착 지점을 모르는 출발이었다. 앞집 할머니가 구부정한 자세로 낯선 이를 한없이 바라보았다. 늙고 불편한 상태인 건 집이나 사람이나 마찬가지였다. 나는 난감한 웃음을 흘리며 꾸벅 고개 숙여 인사한 뒤, 녹슨 파란 대문을 밀었다.

거실과 잠자는 방을 빼고는 나머지 방 두 곳은 굳게 문이 닫혀 있었다. 문손잡이를 비틀어 간신히 문을 열고 보니 벽지는 온통 곰팡이투성이에 아마도 철거와 함께 버려질 물건들로 가득했다. 나머지 방 한 개는 아예 문이 열리지 않았다. 집이 스스로 저를 잠갔다고 건호 어머니는 말하곤 했다. 건호 어머니는 치매가 온 뒤 밤이 되면 건호 아버지 마중 간다고 해서 건호를 힘들게 했다. 오래전, 건호 아버지는 직장에서 밤늦게 돌아오는 건호 어머니를 마중 나갔다 집 앞 골목길에서 갑자기 달려든 오토바이 사고로 목숨을 잃었다. 그 한이 엄마 삶 전체를 팽팽 묶고 있다가 치매에 스프링처럼 몸 밖으로 튀어 오른 거 같다고 건호는 말했다.

가끔 속세를 떠나 도 닦고 싶을 때 내려와 별장처럼 쓴다던 말대로 거실은 캠핑 물건들로 가득했다. 언제든 철거 명령이 떨어지면 집을 비워야 했다. 주식 관련 책자들과 함께 접이식 침대와 캠핑용 버너, 코펠에 미니 화로대까지. 눅눅한 습기와 무겁게 가라앉은 공기를 들이마시며 나는 등산복 차림 그대로 침대 위로 몸을 누였다. 졸음이 몰려왔다. 오랜만의 일이었다.

수돗물 소리인지, 빗소리인지, 아니 누군가 조심스럽게 문 두드리는 소리인가. 텅 빈 집안으로 느리게 스며드는 소리가 무슨 소리인지 알아내려 신경이 곤두선 상태로 눈을 떴다. 낯선 풍경에 놀라 벌떡 일어나고서야 제정신으로 돌아왔다. 그새 집안은 조금 어두워져 있었다. 머리맡의 창밖으로 차랑차랑 늘어진 색바랜 담쟁이넝쿨이 계절의 막바지를 향해가고 있었다. 지끈거리는 머릿속으로 피아노 선율이 흘러들었다. 옆집이었다. 얼핏 건호가 옆집에 정 선생이라고, 화가가 산다고 했던 말이 떠올랐다. 반복적인 멜로디에 강약이 느껴지지 않는 무채색의 선율. 누군가의 조용한 흐느낌처럼 들려서일까. 희미한 어둠 때문일까. 문득 나는 알 수 없는 한기가 느껴졌다.

나는 다시 침대 위에 벌러덩 드러누웠다. 피아노 소리가 귀에 익숙해지자, 마음도 조금씩 가라앉았다. 지금 여기서 뭐 하나, 냉소는 여전했지만 딱히 다른 도리가 없었다. 단조로운 피아노 선율이 기억의 베일을 흔들며 귓가를 맴돌았다. 옛날 살던 누나네 집에 가봐야 하나, 생각과 함께 집으로 가는 개구멍 길이 떠올랐다. 나는 이불을 뒤집어썼다. 은욱과 함께 지냈던 인제 천변의 허름한 단칸방도 떠올랐다. 처음으로 내 이름으로 계약했던 방. 대학 4년 내내 누나네며 친구들, 은욱의 방을 전전하며 살았던 터라 더 각별했

던 방. 낯선 곳이었고 지인들로부터 완벽하게 숨겨진 곳이
었다.

낮에는 벌목장에서 막노동하며, 밤에는 사랑을 나누며
미래를 꿈꾸었던 청춘의 시간이었다. 30년 전의 일이었다.
기억은 먼 풍경처럼 흐릿했지만, 가끔 천변에서 불을 피
워 구워 먹었던 닭고기의 단맛은 아직도 입안에 남아 있었
다. 타오르던 장작불을 앞에 두고 사과 반쪽을 건네준 뒤
내 등에 등을 기댄 채 볕을 받아 반짝이는 계곡물을 바라보
던 은욱의 얼굴. 내가 몸을 돌려 은욱을 마주 보려 하면 은
욱은 더욱 힘을 줘 그 자세를 유지하려 했다. 그 자세로 책
을 읽고 음악을 듣고 미래를 얘기했다. 결국 내가 억지로
몸을 흐트러뜨려 마주 보며 입 맞추던 기억. 소금과 사과만
으로도 최고의 만찬이었던 그 시절 볕 좋은 날의 기억만큼
은 유난히 선명했다. 끝까지 함께 가지 못했던 죄책감에 대
한 보상일지 몰랐다. 지금은 환율과 주식 시세에 묶여 살지
만, 내게도 그런 시간이 있었다고, 오직 사랑을 위해 존재
했던 시간이 있었다는 것으로 위안하고 싶었던 걸까. 하지
만 그 위안은 은욱의 죽음과 함께 무너졌다. 나는 뒤집어쓴
이불을 걷어냈다. 그동안 애써 덮어두었던 의문은 한순간
에 나를 바닥으로 밀어붙이며 뭔가 확실한 해결을 요구하
고 있었다. 세월과 함께 노쇠해진 그 방에 등이 굽은 은욱

이 아직도 나를 기다리고 있는 악몽을 꾸었다. 은욱을 떠난 뒤 내가 서울에서 회사 생활을 시작했던 그즈음에도 은욱은 그 방에 머물렀다. 그 겨울 어느 날, 막차를 타고 인제 읍내에 내렸다. 은욱과 다시 시작하려 한 건지, 아니면 잠깐이라도 은욱에 대한 죄책감을 덜어내려 했던 건지, 복잡한 마음이었다. 하지만 그날이 은욱과의 마지막이었다. 집에 도착했을 때 내가 맞닥뜨린 건 불 꺼진 방 안에서 들려오던 숨죽인 흐느낌이었다. 나는 큰 물길에 휩쓸린 듯 휘청이는 다리에 힘을 주며 방문 앞 마루 모서리를 움켜잡았다. 부끄러웠고 화가 났고 다시 부끄러웠고 다시 화가 났다. 울음이 끝나기를 기다리며 그 울음을 감당하고 책임질 자신이 있는지 몇 번이고 자문했다. 겹겹의 산들에 둘러싸인 고요의 무게가 나를 내리눌렀다. 동네 골목길을 돌아 나오며 내일이면 뭔가 해결점이 보이겠지, 막연하게 생각했다. 다음날 내가 다시 그 방을 찾았을 때 은욱은 이미 떠난 후였다. 그 밤이 은욱이 나를 기다려 준 마지막 기회였을 거라고 나는 생각했다.

"욱이 죽었어. 난소암으로. 처음 수술은 잘 됐는데, 전이되면서 급속도로 안 좋아졌대."

건호는 장례식에 다녀온 후에야 내게 그 소식을 알렸다.

"욱이 폰에 내 번호가 있었대. 딸이 문자 했더라고. 그동안 연락 한번 없었는데. 너 몫까지 해서 부조 많이 했어."

나는 다시 이불을 뒤집어썼다. 난데없이 눈물이 돌았다. 정말 건호 말대로 은욱의 죽음으로 모든 게 끝난 건지, 알 수 없었다. 이참에 은욱의 딸을 만나봐야 하나 생각했지만, 나는 내가 그렇게 하지 못할 거라는 걸 알았다.

문자 메시지 알람에 다시 이불을 걷어내며 일어났다. 덩달아 허기가 올라왔다.

〈거기서 아무것도 하지 마. 누굴 만나거나 찾을 생각도 말고. 그냥 잠깐 너를 바닥에 던져뒀다 다시 챙겨오면 돼.〉

남의 문제를 내 문제로 가져오지 마라. 차트와 통계에 집중하라는 말은 건호가 직원들 앞에서 자주 하는 말이었다. 건호 성화에 나는 담배 한 개비가 간절해졌다. 먹을 걸 찾아서 온 방을 뒤져 나온 담배 한 개비를 은욱과 나눠 피웠던 기억이 났다. 그래, 무슨 염치로. 여기가 끝이야. 그런데도 내 속 어딘가에서 뭔가가 다시 시작되고 있다는 느낌이 들었다. 나는 다시 침대 위로 벌러덩 나를 쓰러뜨렸다. 당장, 내일 뭘 할지, 길을 안내해 주는 차트와 통계는 이곳에 없었다. 나는 방 안 가득 내려앉은 어둠살 속으로 숨어 들어갔다. 그새 피아노 선율은 멀어지고 밤이 다가왔다.

새벽녘 바람 소리에 잠깐 잠이 깼다. 들창 밖으로 늘어진 마른 덩굴 잎이 매섭게 흔들렸다. 잠결인데도 역시 속초 하면 바람이지, 스치듯 생각했다. 지금은 바람은 조금 잔잔해졌는데 하늘은 온통 잿빛이다. 구름 속에 숨은 빛이 깊은 물 속 빛처럼 보였다. 시계를 보니 9시가 넘어가고 있었다. 서울에 있었으면 회사에 있을 시간이었다. 배에서 꼬르륵 소리가 났다. 어제는 하루 종일 아무것도 먹지 못했다. 누나네 동네에 가 볼까, 다시 고민이 일었다. 나는 가끔 누나네 집 문 앞에 서 있는 꿈을 꾸곤 했다. 멀미에 시달렸고, 터미널에 내리자마자 토를 하는 모습, 택시로 중앙시장에 내려 개구멍 길 찾기. 그러나 누나네 집 앞에 선 나는 지금의 내가 아니었다.

나는 일단 밖으로 나가야겠다고 생각했다. 집 근처에는 마트는 고사하고 편의점조차 보이지 않았다. 대문을 나서는데 앞집 할머니 집 앞에 '방문 이동 목욕'이라는 문구가 쓰인 차량에서 봉사자들이 이동 욕조를 내리고 있었다. 한 번도 본 적 없는 낯선 풍경이었다. 중앙시장으로 가는 내내 골목을 따라 앞서 걷는 나를 내가 두리번거리며 뒤따라 걷는 기분이었다.

주말이라 그런지 시장은 사람들이 많았다. 시장길은 넓어지고 규격화된 듯 보였지만 북적이는 모양새는 옛날과 다름없었다. 코로나 시기를 거치며 속초와 인근 해변 도시가 휴가 명소가 됐다는 얘기를 들었지만 잠깐 유행으로 끝난 건 아닌 모양이었다. 튀김 집 사장은 고개를 저었다. 한때 서울 강남구 속초동이라는 말도 돌았지만, 옛말이다, 서울 투기꾼들이 올려놓은 땅값이 내려앉으면서 요즘 땅 치며 우는 사람이 많다고 했다. 맥주와 생선튀김, 반건조 오징어구이, 사과를 몽땅 비닐봉지에 담고 시장통을 돌아다니다 어두침침하게 뚫려있는 길 앞에서 나는 멈춰 섰다. 수산 시장 초입, 창고처럼 보이는 매대와 매대 사이에 교묘하게 존재를 숨기고 있는 개구멍 길. 개구멍도 아닌데 개구멍이라 불렸던 길. 찾으려 애쓰지 않으면 절대 제 문을 열어주지 않는 길. 양말에 난 구멍처럼 숨기고 싶었던 길은 지금도 여전히 구멍처럼 보였다. 사방으로 이어진 경사진 골목과 좁은 방에 겹겹으로 드러누운 몸처럼 숨 막히게 늘어서 있는 슬레이트집들이 떠올랐다. 나는 새삼 멍한 표정을 가다듬으며 개구멍 길을 지나쳤다. 곧 눈앞으로 모두 한 손에 닭강정 상자를 든 사람들이 우르르 다가오는 게 보였고 나는 안심했다.

대문을 들어서자마자 어제 들었던 피아노 선율이 들려왔다. 선율과 함께 커피 냄새가 후각을 자극했다. 상체만 보이는 여자가 담장 옆, 옥상 한쪽에 있는 작은 화분에 물을 주고 있었다. 커피 사는 걸 잊었네, 생각하며 현관문을 여는데 여자가 말을 걸었다.

"안녕하세요. 김 선생님이시죠? 안 그래도 건호씨 전화 받고 언제 오나 했어요."

나는 현관 앞에 떨어진 마른 담쟁이 잎들을 발로 밀어내며 얼버무리듯 인사했다.

"커피 내리는데 오세요. 인사도 하고요." 정 선생은 거리낌이 없었다.

앞집 옆집 모두 나이 든 사람들이어서 시에서 운영하는 반찬 배달이나 방문목욕 봉사자들이 들락거리는 소리 외에는 사람 구경이 어렵다고 정 선생은 말했다. 나는 정 선생이 건네준 커피잔을 들고 한 모금 마셨다.

정 선생은 화가였다. 공무원으로 살다 명퇴 후 본격적으로 그림을 그리기 시작했다. 그림을 위해 철거를 기다리는 집을 헐값에 세 들었다. 건호 말대로 삶에 대한 열정이 대단했다. 집주인은 서울 사람들이었다. 이곳이 재개발될 거라는 걸 알고 몇 년 전부터 집을 구매해 살다 개발이 늦어지면서 세를 주고 떠났다. 대부분 집이 그렇다고 했다. 나는 나도 서울 사람이라고, 일주일만 옆집 사람으로 살 거라고 했다.

거실로 보이는 방안은 그림과 도구들로 가득했다. 물감

냄새 때문에 모든 문은 활짝 열린 채였다. 철거 현수막이 걸린 재개발 구역의 폐가와 골목 사진들이며 스케치들이 방안 곳곳에 널려 있었다. 쓰레기에 덮여 허물어져 내리는 슬레이트 지붕 사진, 앞집 할머니의 구부정한 모습, 점집 상호 앞에 선 무속인의 얼굴 등, 여러 장의 동네 사진들이 벽에 붙어 있었다. 이젤에도 넝쿨로 뒤덮인 폐가를 그린 그림이 놓여 있는데. 미완성이었다. 소규모로 개인 전시도 몇 번 가졌다면서 전시 팜플렛을 보여 주었다. 사계절의 풍경을 담은 울산바위를 그린 그림들이 눈에 띄었다. 푸른 파도처럼 휘몰아치거나 붉은 불처럼 타오르는 바위들이 인상적이었다.

"울산바위네요."

내 말에 정은 여기가 고향이냐고 물었다. 나는 웃으면서 그냥 잠시 스쳐 갈 뿐이라고 했다. 얼떨결에 한 말이지만 맞는 말이었다. 정 선생은 고향은 아니지만 이곳에 산 지 30년 넘었다. 원한다면 속초 안내도 해 줄 수 있다고 했다. 북반구의 정오를 향해가는 초겨울 해가 간신히 좁은 마당을 비추었다. 미미한 볕을 앞에 두고 시멘트 마루에 엉덩이만 걸친 채 마시는 커피 맛이 나쁘지 않았다.

"속초는 돈 있으면 아주 살기 좋은 곳이에요. 전국에서 산과 바다가 가장 가까운 곳이라 엎어지면 산이고, 바다고요. 게다가 여기 산과 바다는 한통속이어서 바다에 내리는 비는 빽빽한 숲처럼 보이고 산에 비가 오면 바위는 거대하게 솟구치는 파도처럼 보여요. 난개발로 좋은 뷰가 망가져서, 그 문제만 빼면요."

나는 말없이 정의 얘기를 듣는 것도 좋았다. 낯선 이에 대해 쓸데없이 궁금해하지 않는 배려도 마음에 들었다.

직사광의 빛이 잿빛으로 고스러지는 동네를 적나라하게 비추었다. 간만에 햇살이 좋은 날이었다. 나는 눈이 시렸다. 개구멍을 통과하자 좁은 골목은 조금씩 가팔라졌고 길 양편의 집들은 모두 비어 있었다. 경사 끝으로는 아마도 새로 난 도로와 연결되지, 싶었다. 폐허의 고요가 동네를 지키고 있었다. 가끔 속에서 울컥 치미는 게 뭔지도 모른 채 이 도시로 달려온 적이 있었지만, 늘 도시의 바깥에만 머물렀다. 이렇게 깊숙이 안으로 들어올 생각은 하지 않았다.

아침 겸 점심으로 끼니를 때울 요량으로 시장통을 돌아다녔다. 감기 기운 때문인지 식욕이 일지 않았다. 따로 갈 곳도 없어, 그냥 청초호까지 걸을 심산이었다. 길을 건너기 위해 신호등을 기다리다 우연히 쇼윈도에 비친 내 모습에 놀라 뚫어질 듯 바라보았다. 178 센티의 빼빼 말랐던 청년은 사라지고 몸무게 110을 넘는 거구가 왜 여기 서 있는지,

이곳과 전혀 어울리지 않는 그림이었다. 뭔가 길을 잘못 든 거 같았고 얼굴에 열이 올랐다. 나는 시장통으로 발길을 되돌렸고, 그렇게 개구멍 길로 들어선 참이었다. 길이 나를 이곳으로 잡아끈 셈이었다.

집 벽이며 헛간 등 곳곳에 철거, 위험, 붉은 스프레이 글씨들이 쓰여있었다. 경사길을 오를수록 집들의 상태는 더 고약해졌다. 시간과 속도가 멈춰진 집들. 그 시간과 속도를 밀 듯이 걷던 고양이들이 잠시 멈춰 선 채 나를 바라보았다. 허물어져 가는 담장 안으로 쓰레기와 덤불과 제멋대로 자란 풀들이 점령한 집들을 지나며 나는 두리번거렸다. 골목을 따라 사방으로 달아나는 길에서 집 찾기가 쉽지 않았다. 마침내 나는 두 손으로 머리카락을 쓸어올린 채 주춤 멈춰 섰다. 여느 집과 같이 슬레이트 지붕이며 벽들이 온갖 넝쿨로 뒤덮인 채였다. 우습게도 그 넝쿨이 집이 폭삭 주저앉는 것을 간신히 붙잡고 있었다. 반가움은 잠시고 숨이 헉 막혔다. 정말 사건 현장에 되돌아온 기분이었다. 아무것도 해결되지 못한 채 세월에 떠밀려 온 셈이었다. 오래전 나를 막아서던 파란색 철문은 사라지고 없었지만 나는 선뜻 마당으로 들어서지 못했다. 군대에서 첫 휴가를 받고 이곳을 찾았을 때 집 앞을 서성이다 그냥 돌아섰던 내가 보였다. 휴가 때마다 머물 곳이 없어 야간 알바를 했던 시절이었다.

원망도 회한도 없었다. 여긴 뭐 하러 왔나, 자책하며 돌아서는데 챙모자를 눌러쓴 젊은 여자가 뛰다시피 골목을 올라오는 게 보였다. 여자에게 길을 내주기 위해 마당 안으로 조금 들어섰다. 여긴 집들의 묘지예요. 여자가 지나치며 말했다. 여자의 말을 곱씹으며 시선을 돌려가며 그녀를 뒤좇았다. 여자는 금세 경사의 끝에 다다랐고 곧 시야에서 사라졌다. 나는 아내의 성화로 끊었던 담배 한 개비가 간절해졌다. 누나와 어린 조카, 매형과 매형네 동생들 셋이 함께 살았던 집이었다. 고등학교 때 모친이 세상을 떠난 후 아직 미성년이었던 내가 대학 가기 전까지 잠깐씩 기거했던 집. 의처증 피해자였고 남편 죽인 년으로 낙인찍혔던 작은 누나에게 정말 숨겨둔 애인이 있을 줄은 누나가 이 도시 밖으로 사라진 후에야 알았다. 그때 이 집에 살았던 매형네 동생들은 모두 어디로 갔는지 알 수 없었다.

조금 있으려니 좀 전의 여자가 언덕을 넘어 다시 내려왔다. 이번에는 커다란 가방을 멘 채였다. 나는 어쩔 수 없이 집 마당 안으로 좀 더 들어섰다. 여자가 숨을 고르며 옆에 와 섰지만, 고개 돌리지 않았다.

"여기 오래 있어봤자, 속만 시끄러워요."

내가 말이 없자 여자는 가방을 여민 후, 가던 길로 내려갔다. 그러더니 갑자기 뒤돌아서 술 생각나면 시장 어쩌고 말했지만 흘려들었다.

술을 좋아했던 매형이 누나에게 가르쳐 준 게 술이었다. 술병으로 매형이 세상을 떠난 후에도 누나는 술을 거둬 내지 못했다. 그때 나는 누나의 말로가 이런 식이라는 게 도저히 참을 수 없었다.

낡고 때 묻은 운동화와 신발들, 비린내에 절은 털신과 생선 비늘이 누렇게 붙은 긴 장화들이 좁은 현관에 우왕좌왕 뒤엉켜 있는 사이로 누나의 긴 부츠만이 검은빛 광택을 머금은 채 고요하게 두드러져 보였다. 중학교도 졸업하지 못하고 서울에 있는 먼 친척 집에서 식모 일을 했던 누나는 크리스마스쯤이면 항상 식구들 선물을 챙겨 집으로 왔다. 그날이 되면 나는 헐레벌떡 학교에서 돌아와 어지러운 신발들 틈에 섞여 있는 누나의 부츠를 들어내 혹시나 묻었을 생선 비늘과 먼지를 털고 한편에 따로 세워놓곤 했다. 비밀이라며, 자그마한 분식집을 내는 꿈에 관해 털어놓던 누나는 한때 내게 인생 철로 같은 존재였지만, 이제는 폐철로일 뿐이었다. 그건 은욱도 마찬가지였다. 그 폐철로에 다시 오르고 싶지 않았다. 폐철로가 다시 움직이게 하고 싶지 않았다.

나는 좀 전의 여자가 갔던 길을 따라 그대로 올라갔다. 예상한 대로 길은 수복로 길로 연결되었고, 건호네 집으로 가는 길도 있었다. 오래 걸어서인지 발이 무거웠다. 문득 취한 몸을 가누려 애쓰며 휘청휘청 걸어 방을 가로지르는 누나의 모습이 떠올랐다. 나는 마른침을 삼키며 걸음을 멈췄다. 갑자기 굵은 빗줄기가 오지게 쏟아졌던 날이었다. 검붉은 상처들이 박힌 메마른 손등과 방바닥에 찍히던 젖은 양말 자국을 노려보았던 기억. 사는 게 너무 힘들어. 광무야, 누나 좀 위로해 줘. 두 손으로 무너지는 머리를 받치며 횡설수설하는 누나를 향해 죽어, 죽으라고 소리치던 내가 보인다. 그렇게 힘들면 그냥 죽어. 아무도 모르는 곳에 가서 그냥 죽어. 빗소리를 이기려 더 힘주어 내질렀던 말들. 그때 나는 무엇으로도 누나의 병을 고칠 수 없다고 생각했고, 어쨌거나 그때는 진심의 말이었다. 결과론적으로 그 모진 말이 누나를 그 구멍에서 빠져나오게 했지만, 그때 내 진심을 가릴 수는 없었다.

그 순간 누나가 어떤 반응을 보였는지, 기억에 없다. 그러나 그 후 누나는 뭔가 달라졌다. 술을 멀리했고, 어느 날 밤, 나도 모르는 사내의 트럭에 올라타고 이 도시를 도주했다. 다행히 어린 조카는 챙겨갔다. 누나에게도 이곳은 마음속에 숨겨 놓고, 다시는 돌아오지 못할 곳일 터였다. 죽으라는 그 말이 누나를 살렸다고 애써 믿었지만, 가끔 그 말은 내게 책임을 물었고, 나는 고통의 대가를 치러야 했다.

나는 옛 철둑길을 따라 다시 걸었다. 모진 비를 맞은 거처럼 온몸이 떨려왔다.

　원래 계획은 청초호를 보고 설악대교와 금강대교 쪽으
로 걸을 생각이지만 몸이 말을 듣지 않았다. 어젯밤 먹지
도 못하고 드러누운 채 오한과 발열로 고생하다 밤늦게서
야 약국을 찾아다녔다. 결국 편의점에서 감기약을 챙겨 먹
었지만, 효과는 미미했다. 병원에 들러 영양제라도 맞을까
하고 현관문을 밀었는데 미세먼지인지 연무로 뒤덮인 대기
에 그마저도 포기하고 다시 전기장판에 드러누웠다. 약기
운 때문인지, 잠깐 잠깐씩 여러 개의 꿈을 꾸었다.

　처음으로 건호 어머니 꿈을 꾸었다. 내 손을 잡고 집에 와
줘서 고맙다고 했다. 사람은 집을 떠나도 집은 남겨진 식구
처럼 떠난 사람을 기다린다고 했다. 건호 어머니가 건호에
게 자주 했던 말이었다. 엄마가 돌아가셨을 때나 누나가 안
좋게 됐을 때, 건호 어머니는 자주 내 손을 잡아 주었다. 엄
마와 건호 어머니는 실향민이었다. 월남 길에 생사를 함께
한 사이였다. 은욱이와 큰 누나, 작은누나, 엄마, 바다 조업
중 돌아가신 아버지까지 모두 한자리에 모여 있는 꿈도 꾸
었다. 실제로는 일어나지 못한 일이었다. 나는 멍한 상태로
꿈의 조류에서 밀려 나왔다. 쓴웃음이 일었다.

　나는 간신히 일어나 침대에 걸터앉았다. 구름이 걷혔는

지 밖이 환했다. 이제 돌아가자, 중얼거리며 다시 침대 위로 몸을 눕혔다. 들창으로 들어온 빛줄기에 놀란 방안의 먼지들이 빛 밖으로 달아나려 애쓰는 걸 한참을 바라보았다. 나는 옷을 챙겨입고 청초호가 있는 엑스포 광장을 향해 걸었다. 생각 속에서 수없이 걸었던 길. 나는 가끔 청초호 주변을 헤매고 다니는 나를 상상하곤 했다.

오한이 일며 한기가 살갗에 쓸리듯 느껴졌다. 나는 계속 걸었다. 며칠 동안 계속 걸어 다녔지만, 아는 사람을 만난 적은 없었다. 처음에는 아는 사람을 만날까 등산 모자를 눌러 썼지만 기우였다. 오랫동안, 이 도시가, 날 잊어주기를, 이 도시의 사람들에게 잊히기를 바랐는데, 이제 그 바람대로 된 거 같았다. 이제 자주 와도 되겠어, 나는 나를 비웃었다.

청초 호수에 물오리들이 많았다. 물오리만큼 사람도 많았다. 대부분이 가족 나들이 관광객이었다. 언제 그랬나 싶게 연무도 사라지고 햇살이 대기를 따뜻하게 감쌌다. 호수에서 바라보는 풍경이 대도시의 화려한 해변 모습과 다를 바 없었다. 설악대교와 금강대교, 고층 아파트며 호텔이 한눈에 들어왔다. 호숫가로 색색의 조명이 쏟아질 밤이면 사람들이 더 좋아할 거 같았다. 나는 호수 산책로 데크를 따라 걸었다. 내가 은욱과 데이트하던 시절에는 호수 주변은 뻘밭에다 잡풀투성이였다.

사진을 찍어줄 수 있냐는 부탁을 받고 40대 정도로 보이는 남자가 건네는 휴대전화를 받았다. 자리 배치로 인한 그들의 즐거운 실랑이에 나도 흐뭇해졌다. 부모를 가운데 두고 선 다섯 사람 모두 둥글둥글한 얼굴이었다. 좋든 나쁘든 가족은 서로의 일부가 되는 것이었다. 나는 자리를 잡고 선 가족을, 배경을 조금씩 바꿔가며 되는대로 눌렀다. 고맙다는 그들의 인사를 뒤로하며 다시 걸었다. 얼마 못 가 허기가 몰려왔다. 먹방 영상을 찍는 사람처럼 뭔가를 마구 입안에 밀어 넣고 싶었다. 가끔 폭식과 폭주로 스트레스를 푸는 건 오래된 나쁜 습관이었다.

　나는 벤치에 앉았다. 호숫물이 연하게 흔들리며 바다로 흘렀다. 물오리 한 마리가 미동도 없이 호수 수심을 들여다보고 있었다. 물오리를 지켜보는 내 마음도 조금씩 흔들렸다. 나는 아버지에 대한 기억이 없었다. 내가 4살 때 일어난 사고였다. 아버지와 함께 찍은 사진도 없었다. 엄마나 누나들과 찍은 흑백 사진을 통해 그 존재를 인정할 뿐이었다. 아버지 같은 아버지가 되지 않겠다고 다짐했다. 어릴 때는 그런 운명이 참 가혹하다 싶었지만, 오래전에 흘려보낸 시간이었다. 문득 그 시간이 돌고 돌아 다시 내 앞에 흘러와 있다는 생각이 들었다. 책임져야 할 기억은 돌아온다는데, 그래서 지금 내가 이곳에 있나, 하는 생각에 조바심이 났다.

"그래도 날 풀려서 좋네요. 잘 따라와요." 정 선생이 목소리를 높이며 내리막인 골목으로 들어섰다. 서울은 초겨울 추위가 기승을 부린다는데 이곳은 추위가 누그러졌다. 나는 걸음을 멈추며 사방을 살폈다. 중앙동 재개발 동네였다. 중앙시장길 9길이라는 표시가 붙어 있었다. 다행히 누나네 집과는 떨어진 골목이었지만 난감해졌다. 정이 담 너머로 얼굴을 내밀고 저녁으로 섭국 어떠냐고 해서 따라나선 길이 이리로 이어질지는 몰랐다. 정 선생은 뒤돌아서서 내가 가까이 오기를 기다렸다. 나는 정에게 저녁을 사고 과일바구니라도 선물할 생각이었다. 그동안 커피며 김치 등 소소하게 챙겨준 것에 감사를 표하고 싶었다. 어쩔 수 없이 나는 걸음을 옮겼다. 점차 경사가 완만해진 곳에 이르자, 정은 숨을 내뱉으며 말했다.

"전망 좋지요? 부동산업자들이 달려들 만하죠. 사업 시행인가 떨어지고는 임장 오는 업자들이 꽤 많았어요."

"여기 살았던 사람들은 먹고살기 바빠 이런 전망이 돈 되는 줄도 모르고 살았는데 말이죠."

내 말에 정 선생이 맞다고 맞장구를 쳤다.

설악산의 수려한 능선이며 소도시의 전경이 잿빛의 기운에 휩싸여 몽롱해 보였다. 조금 시선을 돌리면 멀리 바다가 희미하게 보였다. 높이 3, 40층의 건물들도 한눈에 들어왔다. 검은 새 떼가 허공에 더 높은 층층을 만들며 바다 쪽으로 날아갔다.

실례합니다, 하며 정 선생이 쓰레기와 잡풀로 무성한 집 마당으로 들어섰다. 방문들은 꼭꼭 닫혔는데, 창문은 깨지고 문설주가 허물어지고 있었다.

"폐가를 어떻게 접근해야 할지 몰라 때려치웠는데 다시 시작해 보려고요." 정이 카메라를 꺼내 들며 말했다.

"사람이 떠나도 집은 남겨진 식구처럼 떠난 이들을 기다린다더군요."

"누가요?" 정이 물었다. 꿈속에서 건호 어머니에게 들은 말이라고 했더니 정이 소리 내 웃었다.

깨진 창 안에 있던 어둠이 집 밖의 낯선 이들을 경계하는 듯했다. 마당 한옆에 있는 고목의 줄기를 타고 오른 굵은 넝쿨이 사방으로 뻗어 나가 지붕이며 담벼락, 마당, 장독대까지 실핏줄처럼 덮었다. 정이 그린 그림 속의 집이었다. 그림을 볼 때 느꼈던, 넝쿨이 폐가를 움켜잡고 있다는 느낌을 실제 눈앞에서 보니 나는 조금 흥분되었다.

"결국 삶을 붙잡고 있는 건 고통이네요."

내 혼잣말에 정이 사진을 찍다 말고 고개를 돌려 나를 보았다. 그리고 다시 폐가 쪽으로 시선을 돌렸다.

"아, 쓸데없는 말을. 그냥 내 눈엔, 넝쿨에 숨이 막혀서요." 나는 얼버무리듯 대꾸했다.

"아, 나도 비슷한 느낌인데. 그 말 듣는 순간 다른 게 보여서요. 저기, 배배 꼬인 굵은 넝쿨이 갑자기 홋줄처럼 보이는데요. 풍랑에 떠밀리는 집을 묶고 있는 것처럼요. 뭔가 경외감도 느껴지고."

"아, 그런가요?" 나는 의문의 시선으로 폐가를 바라보았다. 오늘 함께 오길 정말 잘했다며 정이 이를 드러내고 웃었다.

정 선생이 사진을 찍는 동안 나는 집 밖을 서성거렸다. 잿빛의 땅거미가 집과 집 사이 좁은 골목길로 시나브로 스며들었다. 간신히 슬레이트 지붕에 와 닿던 빛이 스러져 갔다. 정의 카메라 셔터 소리도 빨라졌다. 문득 어디선가 광무야, 부르는 소리가 들리는 거 같았다. 정 선생의 형체가, 집채와 길들이, 연한 어둠에 뒤섞이며 흐려졌다. 나는 순간적으로 사방을 휘둘렀다. 들쭉날쭉한 슬레이트 지붕들로 덮인 동네가 파노라마처럼 빙 두르며 나를 감쌌다. 지붕 곳곳에 찢어진 녹색 방수포가 조금씩 들썩거렸고, 그것을 내리누르는 큰 돌덩이가 나를 눌렀다. 문득 나는 절대로 볼 수 없는 내 뒷모습을 본 듯한 기분이 들었다. 언제나 내 등 뒤에 은욱이 있었다. 은욱의 죽음이 통증과 함께 생생하게 느껴졌다. 나는 집들을 등진 채 가슴을 누르며 서성이다가 그만 내려가지요, 정을 향해 말했다.

좁고 어둑진 골목길을 기신기신 걸어 내려가며 나는 문
득 속으로 은욱을 불러 보았다. 은욱아, 앞으로 어쩌면 좋
겠니.

소담 식당은 손님이 아무도 없었다. 식당 규모는 크지 않
았지만, 시장통 밥집답지 않은 인테리어가 따뜻한 느낌을
주었다. 식당이 너무 예쁜 데다 사장 아주머니 인심이 정말
좋다고, 늦게 와도 꼭 저녁을 준다며 정이 칭찬을 늘어놓았
지만, 정 선생과 내가 히터기 옆에 식탁으로 가 앉는 동안에
도, 사장도 종업원도 보이지 않았다. 정이 주방을 향해 사장
님, 다시 부르자 그제야 젊은 여자가 나왔다. 어, 사장 바뀌
었나요? 정의 물음에 여자는 저녁엔 영업 안 한다고, 무뚝
뚝하게 말했다. 사장님만 믿고 왔는데. 사실 너무 오랜만에
왔다고 말하며 정이 주섬주섬 가방을 챙기며 일어섰다.

여자는 잠깐 고민하는 얼굴이더니 저녁으로 섭국이나 먹
으려 했는데 같이 들겠냐고 했다. 정 선생의 얼굴에 화색이
돌았다. 요맘때면 이 집 섭국을 달고 살았다며 너스레를 떨
었다. 사장 바뀐 거냐고 다시 물었지만, 여자는 말없이 주
방으로 갔다. 개방된 주방이라 여자가 일하는 게 그대로 보
였다. 정이 일어나서 밑반찬이며 소주 한 병을 들고 왔다.

섭국이 나오자, 정이 여자에게 같이 먹자고 했다. 여자도 주저하지 않았다. 어디서 본 듯한 얼굴인데 임장 왔냐며 여자가 나를 보았다. 우리는 부동산 쪽으로는 1도 모르는 사람이라며 정이 소리 내 웃었다. 그럼 고향이냐고 여자가 다시 물었다. 정은 고향은 아니지만 죽어서 묻히고 싶은 곳이라고 했다. 나는 섭국이 아주 맛있다고 엉뚱한 대답을 했다. 곧 사라질 동네를 그리려 한다고 정이 이어 말했다. 여자는 아이구, 한참 잘못 봤다고, 죄송하다며 정의 술잔에 술을 따랐다. 다들 먹는 것에 집중했다. 국물을 들이켜는 소리만이 썰렁한 침묵 사이를 떠돌았다.

"저녁 무렵, 저무는 빛이 숨겨진 것들을 더 잘 드러내거든요. 사라질 동네의 현재와 과거를 함께 담고 싶은데, 잘 안되네요."

정 선생의 말에 여자는 잠깐 수저질을 멈추고 네에, 라고 했지만 더 이상 말은 길어지지 못했다. 근데 사장님 바뀌셨는데도 맛은 그대로라고, 정 선생이 다시 띄운 말에도 여자는 네에, 할 뿐 별 대답이 없었다. 섭국 국물을 그릇째 들이켠 여자가 일어서더니 소주 한 병을 더 가져왔다. 한 잔씩 돌리겠다며 술을 따르고 자신도 한 잔을 단숨에 마셨다.

"울 엄마, 돌아가셨어요. 지금은 제가 맡고 있긴 한데. 계속해야 할지 고민이고요."

"아니, 뭔 일로……. 사장님, 엄청 건강하고 쾌활하신 분이었는데."

"저도 그래 알았는데. 암인데도 저한테 알리지도 않고. 저도 객지 생활하다 내려와서 모든 게 정말……."

여자는 한숨을 내쉬며 자신의 잔에 다시 술을 따랐다.

"그 마음 알 거 같아요. 나도 재작년에 아버지가 갑자기 돌아가셨거든요. 우리 엄마는 지금도 아빠 꿈꿨다면서 한밤중에 전화해요."

정 선생이 말하며 나에게 눈치를 보냈다. 아마도 여자의 아픔을 희석하기 위해 화제를 돌리고 싶은 거 같았다. 하지만 나는 그들의 이야기에 끼어들 생각이 없었다. 대신 나는 정의 잔에 술을 따랐다.

"제가 웃긴 얘기 좀 해도 되지요?" 여자가 갑자기 정색하며 이어 말했다.

"난 아예 아버지가 없었어요. 아비라는 작자에 대해 아는 게 하나도 없어요."

정 선생이 놀란 듯 손끝으로 입술을 눌렀다. 나는 내 술잔에 술을 따르다 무춤하며 술병을 거머쥐었다.

"아, 엄마 생각해서 묻지 못했군요."

정 선생이 조심스레 물었다. 나는 손끝으로 탁자를 덮은 미농지의 모서리 부문을 접어 말았다.

"아뇨. 철없을 땐 수시로 물었죠. 알아서 뭣에 쓰냐고 하더라고요. 그래서 좀 엇나가기도 하고 그랬는데. 그러다 결혼 앞두고 이젠 알려주겠지, 하고 물었는데 그 작자는 내가 태어난 것도 모른다고 하더라고요. 얼마나 화나는지. 너는 오로지 내 선택이고. 내 인생에 너만큼 살맛 나게 한 건 없다. 원망도, 후회도 없다. 끝."

정 선생이 여자의 잔에 술을 따랐다. 나는 낮에 청초호에서 본 오리가 떠올랐다. 오리가 내 쪽을 향해 천천히 머리를 들고 있는 거 같았다.

"엄마가 우는 걸 딱 한 번 봤는데, 그날 밤이었어요. 두 손을 엑스자로 겹쳐 가슴 가운데를 누르며 우는데, 몰래 지켜보면서 숨이 턱 막히더라고요. 그 후론 아비라는 작자에 대한 모든 걸 닫았어요."

나는 술을 들이켰다. 갑자기 여자의 말이 멀리서 들려오는 듯 느껴지며 이상하게도 두 손바닥을 가슴에 댄 채 상체를 천천히 앞뒤로 흔들며 우는 여자의 모습이 선명하게 그려졌다. 고개를 조금 숙인 채 그렇게 울음을 견디다, 간헐적으로 울음이 급물살처럼 터질 때마다 여자는 상체를 더 빠르게 흔들며 오열을 막아내곤 했다.

"엄청 놀랐죠. 처음이었거든요. 엄마도 울 수 있다는 걸 그때 처음 알았어요. 그렇게 지금껏 입틀막 당했는데, 갑자기 온몸에 줄줄이 호스 꽂은 걸 보니까, 참 기막혀서. 미치는 거죠. 그 작자 존재가 확 다가들고. 어릴 때 외롭던 기억도 떠오르고. 그래서 오늘내일하는 사람한테 따져 물었어요."

나는 접어 말은 미농지의 끝을 손바닥으로 폈다. 잘 펴지지 않아 손바닥에 힘을 주었다.

"정말 고통, 연민, 그런 거뿐일까요? 우리 삶을 붙들고 있는 게?"

술이 오른 정 선생이 나와 여자의 얼굴을 번갈아 보며 물었다. 여자가 허공에 시선을 보내며 맥없이 웃었다. 발그레하게 달아오른 얼굴이 처음 봤을 때와 달리 많이 풀려 있었다.

"알죠. 그게 전부가 아닌 거요. 하지만 어릴 땐 그 고통으로 나를 벼렸어요. 고통이 날 살게 했으니까요. 엄마는 널 선택했다. 절대 절망적이거나 섣부른 선택이 아니었다고, 유언처럼 말하더군요. 그 작자에게 화나지 않냐 했더니 그랬다면 나를 이렇게 좋은 사람으로 키울 수 없었을 거래요. 어차피 모든 인연은 끝이 있다고, 중요한 건 그 끝, 너머에 있는 그리움이라고, 그것만이 힘이라고 하더군요."

문득 나는 여자에게 나이를 묻고 싶었지만 그럴 수는 없었다. 여자의 목소리가 멀어졌다 가까워지며 조금 어지럼이 일었다. 은욱이 딸 잘 컸더라고. 삼십 초반일 텐데, 아주 진중해 보였어. 건호의 말이 떠올랐다.

"사실 그 부재의 존재와 내가 연결돼 있다는 느낌은 늘 미지근하게 있었거든요. 졸업식, 결혼식, 엄마 생일, 그런 특별한 날이면 좀 뜨거워지고요, 가끔 취해서 그 인간 앞에 앉히고 따지기도 하고. 궁금한 거죠. 그냥 내 존재를 그 작자도 알았으면 좋겠는 거예요. 나도 이젠 엄마인데, 그래서 더 그런지."

"그 마음을 붙잡고 있는 한, 언젠가는 닿지 않을까요. 홋줄처럼요. 삶은 거저 주지 않잖아요." 힘내라고 정 선생이 말했다.

연거푸 술을 털어 넣던 나는 두 손을 펼쳐 얼굴을 문질렀다. 부재의 존재라는 말이 목에 걸렸다.

얼굴도 이름도 모르는 존재. 나는 누구에게도 그 아이에 관해 묻지 못했다. 친부가 누구인지도 묻지 않았다. 은욱이 혼자서 애를 낳았고 다섯 살 된 아이를 키우며 살고 있다는 얘기를 들은 것은, 은욱과 헤어진 지 6년째 되던 해였다. 건호도 그 얘기를 꺼내며 나에게 그 사실을 캐묻지 않았다. 그때 이미 나는 결혼한 후였고, 아내는 첫애를 임신한 상태였다.

은욱이가 누구냐. 잘 키울 거라는 건호의 말에 나는 몇 번이고 고개를 끄덕였다. 그래 욱이가 누구냐, 혼잣말을 중얼거리며 그녀가 날 절대 용서하지 않으리라 생각했다.

그렇게 눈 딱 감고 그 불명확한 진실을 피해 다녔다. 앞으로 내 인생에 은욱이는 없는 사람이라고 주입하며 그 일에 관한 생각을 키우지 않으려 했다. 고민해서 해결될 일이 아니었다. 그런데도 가끔 술집 화장실 거울에서 취한 얼굴을 마주 보다가, 신호등에 걸려 차창으로 지나가는 무성한 불빛들을 보다가, 문득 은욱의 딸을 생각했다. 어떻게 생겼는지, 지금쯤이면 몇 살이겠다 추측했다. 그런 날이면 아이 꿈을 꾸었다. 아이의 얼굴은 어둠 속에서 흔들리는 희미한 빛처럼 부풀었다 오므라들며 나를 두려움에 떨게 했다. 어떤 날은 내 아이였다가 어떤 날은 내 아이가 아니라고 생각하며 죄책감을 밀어냈다. 그렇다와 그렇지 않다 사이에서, 어쩌면과 결코 사이에서 내 삶은 머뭇거렸다. 생각해 보면 은욱은 내 보호막이었다. 아이와 나 사이에 은욱이 있었다. 이제 그 보호막이 사라졌고 나는 완전히 길을 잃은 셈이었다.

"그냥, 생사 정도는 알았으면 하는 거지요."

여자는 어두워진 유리문 밖에 시선을 둔 채 멍한 표정으로 말했다.

나는 몸에 열이 오르며 갱년기 증세처럼 얼굴이 화끈거렸다. 혹시, 하는 터무니없는 감정이 일었다. 그래도 어쩌면, 아니야, 그럴 리 없다고, 의문이 서로 충돌했다. 감정에 휘둘리는 내가 싫었다. 식탁을 벗어나 차가운 공기로 머리를 식혀야 했다.

　밖은 고요했다. 시장통인데도 연극이 끝난 무대처럼 고요하고 어두웠다. 밤이 되면서 기온은 더 내려갔다. 거리를 오가는 사람도 보이지 않았다. 셔터가 내려진 매장 밖의 매대 물건들이 겹겹의 어둠 더미를 만들었다. 나는 담배가 간절해졌다.

　유리문이 열리며 여자가 나왔다. 이거 때문에 나온 거죠? 얼떨결에 여자가 건네는 담배를 받으며 나는 고맙다고 했다. 임신하고 끊었는데, 다시 피우게 됐다고, 여자가 중얼거렸다. 다시 또 끊으면 되지요. 내 말에 여자가 말없이 여러 번 고개를 끄덕였다. 보도 바닥까지 흘러나온 식당 불빛이 여자의 운동화와 내 운동화를 비추었다. 나란히 서서 어두운 허공으로 담배 연기를 내뿜으며 나는 묘한 기분이 들었다. 니코틴 탓인지 식당 안에서 느꼈던 조바심이 가시며 마음도 안정되었다.

　"별이 많이 떴네요." 나는 담배 연기를 내뿜으며 말했다.

　"그러게요. 지금 눈앞에 보이는 저 별빛들이 실은 먼 과거에서 온 빛이라는 게 신비롭지요. 기억의 빛이라고요. 울엄마 얘기예요. 잊을 수 없는 기억들은 하늘로 올라가 별이 된다고, 언제나 내가 특별한 아이라고 했거든요."

　"아, 기억이 빛이라니, 어머니가 멋있는 분이네요."

"그랬죠. 단단하고. 아낌없는 분이었죠."

여자가 화분 흙에 담배를 비벼 끄며 이어 말했다.

"그래도 오늘 두 분 덕분에 맺힌 게 많이 풀린 거 같아요. 뭔가 정리된 느낌이랄까, 다시 시작할 수 있을 것도 같고, 그러네요. 감사해요."

"나도 좋네요. 뭣보다 여기 오면 갈 곳이 없었는데 이젠 찾아올 맛집이 생겨서 너무 좋네요. 앞으로 잘 부탁할게요."

"추운데 얼른 들어오세요. 이제 단골인데 제가 해물전 하나 쏠게요."

여자가 들어간 뒤, 나는 보도 바닥에 남겨진 식당 불빛을 조금 허전한 마음으로 바라보았다. 단골이라, 단골이라는 말을 몇 번 되뇌며 식당 문을 밀었다.

기차는 다시 오지 않고

-호철아, 이제 이백만 원 얘길 해 봐.

　나는 진기의 말을 외면하며 자동차 전조등에 비친 길을 바라본다. 사방을 뒤덮은 새벽어둠 속에서 빛은 속살거리는 말처럼 떠다니고 가세하듯 눈발이 흩날린다. 어둠에 젖은 나무와 건물들이 빠르게 지나간다. 차는 앞으로 달리는데 생각은 기신기신 뒷걸음질 친다. 글쎄 미지 씨가 암으로 죽었대. 두 달 됐대. 아니, 이제 갓 마흔인데. 조금 전 새벽 잠에서 깨어나지 못한 채 진기 전화를 받았을 때처럼 여전히 머릿속이 텅 비었다.

　어제 진기는 일본으로 출국하기 전에 점심이나 같이 먹자더니 저녁 늦게까지 전화를 받지 않았다. 그러더니 오늘 새벽에 전화로 미지의 죽음을 알려온 것이다. 미지 씨 남편하고 통화했는데, 지호철이냐 묻더라고. 이백만 원 빚진 걸

갚아야 한다는데 뭔 얘기야? 진기는 빠른 말투로 뭐라고 계속 떠들었다. 나는 멍하게 전화를 귀에 대고 한 손으로는 먹먹한 가슴을 눌렀다. 진기 말소리가 귀에서 멀어지며 문득 오래전, 그녀가 따라주던 차 향기가 거짓말처럼 코끝으로 맡아졌다. 그녀가 컵에 찻잎을 담고 보온병의 물을 따르고. 천천히 뜨거운 물이 차오르자, 차 향기는 빠르게 좁은 봉고차 안으로 퍼져나갔다. 그녀를 바라볼 때면 느껴졌던 고요함이 어디서 오는지 비로소 알았다고 나는 생각했다.

 -수완이는 납골당으로 직접 온대?

 내가 엉뚱하게 묻자, 진기는 어이없다는 듯 나를 곁눈질한다.

 -어, 부산 출장이래. 일 끝나는 대로 출발한다고.

 -…….

 -푸른 술집에서 기차 동호회 모일 때가 좋았지. 지금도 먼 기적소리가 들리는데.

 -그래, 이 모든 얘기는 푸른 술집에서 시작됐다고 봐야지.

 내 대답에 진기는 그래, 그렇지, 하며 소리 내 웃는다.

 푸른 피, 푸른 당나귀, 푸른 분노, 푸른 알코올, 푸른 기차……. 술잔 돌리듯 '푸른'이 들어간 말을 돌리며 술 마셨던 기억이 떠오르면 지금도 미소가 일며 기분 좋아지는 이름, 푸른 술집. 십사 오 년 전, 그해의 첫눈이 그야말로 축포처럼 쏟아졌던 날, 나는 어김없이 푸른 술집을 찾았다. 그곳에서 따끈하게 엉덩이를 데우며 동호회 친구들과 한잔할 생각이었다. 그즈음 바닥을 치던 출판사 일도, 간만에 들어온 중소기업 홍보 책자 건으로 바빠질 터라 마음도 든든했다. 십여 분 걸었는데도 온몸이 눈투성이였다. 낄낄대며 눈을 털어내다가 술집 유리문을 통해 미지를 봤다. 봤다기보다 그녀의 정지된 모습에 내 시선도 정지됐다고 할까. 낮은 마루에 걸쳐져서 비스듬히 눕혀진 검은색 긴 부츠 옆에 그녀의 두 다리가 또 그렇게 가지런히 놓인 것이 너무 고요해서 감히 문을 밀고 들어갈 수 없었다. 그 고요함이 어디서 오는지 생각하며 멍하니 그녀를 바라보았다. 그러나 그녀의 시선 또한 쏟아지는 눈발에 고정돼 있다는 걸 알아차렸고, 나는 놀란 채 고개를 돌렸다. 나도 모르게 그녀를 훔쳐봤다는 생각이 들자, 눈발은 사납게 허공을 배회하며 시야를 흩어 놓았다. 그럴 수만 있다면 눈발 뒤에라도 숨고 싶은 심정이었다. 잠시 후 수완이 그녀 옆에 앉으며 뭐라고 말하는 게 보였다. 그녀는 반사적으로 긴 부츠에 발을 집어넣고 벌떡 일어섰다. 술집 문이 왈칵 열리고 그녀의 눈빛이 잠시 나에게서 멈췄지만, 그것은 찰나였을 뿐, 그녀는 눈발 속으로 바삐 걸어 들어갔다. 한쪽 팔만 잠바 속에 밀어 넣은 자세로 수완이 쫓아 나왔다. 그러나 이미 미지의 모습은 보이지 않았다. 무슨 일이냐고 물었더니 수완은 나머지 팔을 잠바 속에 밀어 넣으며 일은 무슨, 미지와 헤어졌다고 했다.

진기는 차창에 한쪽 팔을 기대고 한 손으로 핸들을 잡은 채 말이 없다. 나는 조금 답답해져서 납골당 위치는 알고 가는 거냐고 묻는다.

-미시령 옛길 벗어나서 화암사라는 절로 가는 길에 있대.

진기는 허탈하게 대답하며 내게 되묻는다.

-호철아, 미지 씨 말이야. 학교 중퇴했지?

-그랬지. 왜?

미지는 복학을 목적으로 학원 강사에 시간제 마트 알바까지 밤낮으로 일했다. 그러나 뜻을 이루지 못했다. 진기는 한숨을 내쉬며 대답한다.

-그냥. 우리보다 훨 성숙했잖아. 미지 씨 나가고는 기차 동호회도 시름시름 깨졌고.

-미지 씨 역할이 컸지. 그때 어머니가 지병으로 대학병원에서 치료받는 건 알았는데.

-그래? 난 일본 들어가기 전에 알았어. 그땐 모친이 암으로 돌아가신 뒤였어. 같이 일본 들어가자 했더니 내 프러포즈 거절하며 말했거든.

-수완이도 많이 놀랐겠다.

진기가 실실거리며 내 말을 받는다.

-수완이 녀석, 저번에 종로에서 술 마실 때 나한테 시비 거는 거 봤지? 내가 미지에게 프러포즈했다고 말야. 그게 언제 적 일인데.

하긴 공식적인 연인은 수완이었다고 말하려다 나는 그만 둔다. 장난이지, 말하며 며칠 전에 갔던 술집 골목을 내다 보듯 차창 밖을 본다.

어둠은 좁은 술집 골목 안으로 몽롱하게 차올랐다. 기 차의 이어진 량들이 길게 휘어지며 어두워지는 골목 안으 로 휘익, 지나간 것이 몇 번째인지 몰랐다. 추위 탓인지 종 로 술집은 식탁이 5개뿐인데도 우리 외에는 손님이 없었 다. 둥근 팬 위에서 익어가는 닭갈비가 고소한 냄새를 풍기 며 그나마 냉랭한 기운을 덮어 주었다. 정치판과 먹고 사는 얘기를 거쳐 시작된 기차 얘기에 한없이 매달리는 꼴을 보 니 진기도 술이 많이 오른 모양이었다. 술이 오를수록 나는 말이 없어지고 진기는 기차 얘기에 매달리고 수완은 세상 사 별것 없다며 비아냥조로 말투가 달라지는 것, 징그럽게 도 술에 취하는 방식은 예나 지금이나 변함이 없었다. 하긴 세월이 흘러도 변하지 않는 것들, 몇 개쯤은 챙기고 있어야 살맛 나는 나이이긴 했다. 그 변하지 않는 것들이 젊은 날

어설픈 객기 같아도 지금껏 살아온 시간의 내력을 떠오르게
할 때면 절로 속웃음이 근질댔으니까.

진기는 오랜만에 한국에 들어온 터여서 한 달 전에 사라
진 경춘선 소식을 전해 듣고 몹시 허탈해했다. 진기 못지않
게 나도 입안이 텁텁했다. 어디 가서 따끈한 차를 마셨으면
싶었다. 그러나 손은 연거푸 술잔을 비워냈다.

-경춘선은 이 최진기 애인이었지. 몇 번 도바리 칠 때도
늘 그녀와 함께였고. 빚진 게 많아. 한 땐 노동운동이고 뭐고
다 때려치고 경춘선 기관사나 역무원이 되고 싶었으니까.

-와, 진기 너! 나이가 몇인데 아직도 경춘선을 그녀라 부
르냐?

진기의 말을 걸고넘어지는 수완의 목소리가 좁은 술집 안
을 울렸다. 나는 수완의 말에 피식 웃음이 나왔다. 사실 경
춘선에 대한 진기의 지나친 편애는 동호회 시절에도 놀림거
리여서 늘 수완의 눈총을 받았다. 위험한 사랑에 빠졌다며
숨겨둔 그녀를 소개해 주겠다고 해서 기차 동호회 회원 모
두에게 경춘선을 타게 했던 적도 있었다.

-언젠간 사라질 줄 알았지만, 너무 빨라. 호철아, 그래도
그녀 몸매는 탄탄했지?

-그랬어, 일흔하나 생애인데 마지막까지 흐트러짐이 없
었다고 봐야지.

나는 경춘선 열차가 1939년생이었다는 것을 기차가 사라지기 전, 마지막으로 기차를 탔을 때 확인했다. 우리가 그녀와 마지막 사랑을 했던 게 언제였더라, 중얼거리는 진기의 말에 수완이 목소리를 높였다.

－언제긴! 너 일본으로 내빼기 훨씬 전이지. 호철이는 출판사 짱 박히고, 난 아버지 권력 밑으로 들어가고. 그래서 뿔뿔이 흩어지고. 하긴 나도 가족들과 함께 운행 마지막 날, 기차를 탔어. 만감이 교차하더라. 이십 대 이후 경춘선은 과거로 달리는 기차였는데. 우리 청춘이 사라진 걸 확인했지.

수완의 말에 진기가 고개를 끄덕였다. 나는 수완의 빈 잔에 술을 따랐다.

－참, 내가 미지 씨 찾는 일, 흥신소에 맡겼어.

진기가 중요한 걸 잊어버릴 뻔했다는 표정으로 우리를 둘러보며 말했다.

－그러고 보니 미지 사라진 게 꽤 오래됐어. 기차 동호회 사람들 연줄연줄 어찌 사는지 얘기 듣는데 걘 완전, 삭제됐어. 의도적으로 삭제한 거야. 근데 진기 넌 한국 들어올 때마다 미지는 왜 찾는데? 기분 나쁘게.

－십수 년 전 일인데, 수완이 넌 아직도 애인 행세냐? 솔직히 그때 미지랑 결혼할 생각도 없었잖아.

-그래도 미지를 사랑하지 않은 건 아냐.

-그래, 동호회 인간들 죄다 미지 씨 좋아했어. 안 그러니, 호철아?

나는 대답 대신 들고 있던 술잔을 비웠다.

-사실 미지를 꼭 만나야 할 일이 있어. 당분간 한국 못 들어올 것 같거든.

진기가 말하는 미지를 꼭 만나야 할 일이 무엇인지 궁금했지만 나는 일부러 눈을 돌려 술집 문밖을 내다봤다. 골목 맞은편의 호박 오리 구이집으로 한 무리의 젊은 남녀가 몰려 들어가는 것이 보였다. 십수 년 전만 하더라도 길게 늘어선 먹거리촌이어서 젊은이들이 많이 찾던 거리였지만 해가 지나면서 좌측 우측 조금씩 잘려 새 도로로 편입되더니 이제는 고작 100미터도 안 되는 몽당 길로 축소되었다. 그 시절을 떠올리면 함께 떠오르는 술집 푸른도 오래전에 이 거리에서 사라졌다.

-야, 뭐야. 둘 사이에 정말 뭐가 있었던 모양이네.

수완이 정색하며 물었다.

-사실은 그때 일본 들어갈 때 미지 씨에게 프러포즈도 했는데. 거절당했지만.

-뭐야? 걔가 나하고 너 사이에서 양다리였던 건 아니지? 너, 솔직히 말해라.

수완이 술잔을 테이블 위에 사납게 내려놓으며 과장되게 화를 냈다. 진기와 수완의 장난스러운 실랑이를 바라보다가 나는 담배를 꺼내 물고 밖으로 나왔다. 술을 흘려보내도 머릿속은 예민하게 날카로워졌다. 수완이 기억하는지 모르겠는데 오래전 첫눈이 내렸던 그날, 나는 수완의 부탁으로 미지를 만날 수밖에 없었던 일이 있었다. 푸른 술집에서 나와 자리를 옮기고 수완은 많은 술을 마셨다. 부모의 반대를 거스를 만큼 사랑이 대단한 거냐, 세상사 다 그런 거 아니냐, 뭐 그런 말들이었다. 그러다 미지의 전화를 받았다. 미지도 술에 취해 횡설수설하는 통에 수완은 전화기를 내게 넘겼고 그녀를 집에 데려다 달라고 부탁했다. 그녀는 많이 취했지만, 인사불성 정도는 아니었다. 출판사 일로 끌고 다니던 소형 봉고차에 태우려 했다. 그녀는 속이 울렁거려 차를 탈 수 없다며 술이 깨도록 조금 걷겠다고 했다. 할 수 없이 휘청거리는 그녀를 앞세우고 그녀의 뒤를, 차를 몰며 천천히 따랐다.

소하천을 끼고 길게 이어지는 길은 오른쪽으로는 낮은 숲이라 드문드문 가로등이 있었지만, 꽤 어두웠다. 그러나 나는 그 어둠이 마음에 들었다. 차 안의 어둠에 나를 숨긴 채 그녀를 따라가는 것도 안심되었다. 그동안 눈이 내리는 기세는 좀 꺾였지만, 여전히 흩뿌리듯 날리는 눈발이 가로

등 불빛 아래 구경꾼처럼 몰려 있었다. 멀리 검은 하늘 끝으로 더 거센 눈발이 몰려오고 있는지 몰랐다.

그녀는 갑자기 뒤돌아서며 킬킬거리거나 손나팔을 만들어 멀리 있는 사람처럼 내 이름을 불렀다. 나는 묵묵히 차바퀴를 굴렸다. 눈발을 헤치고 가는 그녀의 대장정은 한 시간 넘게 이어졌다. 저렇게 걷고 걸어 혹시 그녀는 지구 밖으로 걸어 나가고 싶은 건지, 전조등에 비친 그녀의 모습은 외로워 보였다. 지금 당신을 지탱시켜 주는 건 뭐죠? 미지가 어둠을 등진 채 돌아서며 내게 소리쳤던 기억이 지금도 난감한 질문처럼 떠오를 때가 있다. 차창을 내리고 내가 뭐라 대답할 새도 없이 그녀는 바닥에 주저앉아 울기 시작했다. 나는 멍청하게 그녀를 내버려둘 수밖에 없었다. 나를 지탱시켜 주는 건 뭘까, 의문을 곱씹으며. 그녀가 울음에 지쳐 이성을 되찾을 때까지. 그녀는 한참 후에야 울음을 그치더니 얌전한 고양이처럼 차에 올라탔다. 사실 그동안 버티는 기분이었어요. 절망에 기대서요. 이젠 떠나야죠. 그동안 내가 지탱해 왔던 기차역과 기차들, 모두요. 그녀는 추위로 와들와들 떨리는 몸을 애써 추스르며 입안의 말들을 힘주어 내뱉었다. 어둠 속에서 그녀를 제대로 볼 수는 없었다. 내가 몸을 약간 돌려 손을 잡았는데도 그녀는 알아차리지 못하는 것 같았다. 그녀의 축축한 몸에서 희미하게 녹차 냄새가 났다.

나는 천천히 그녀를 내 쪽으로 돌리고 그녀와 시선이 마주치기 전에 그녀의 얼굴을 내 어깨 위로 가져왔다. 그녀의 떨림이 손끝을 거쳐 온몸으로 번져가는 것을 느끼며 나는 내가 두려웠다. 내 속에 숨겨진 심연을 보지 않으려고 느슨하게 안고 있던 그녀를 내 쪽으로 잡아당기며 더욱 힘껏 안았다. 다행히 그녀는 내 행동을 거부하지 않았다. 그리고 자동차 히터를 높이자, 그녀는 금방 잠들었다.

대학을 졸업하자마자 진기와 수완과 함께 기차 동호회 모임에 처음 나갔을 때 우리 셋은 모두 그녀에게 환호했지만, 수완이 가장 발 빠르게 나섰던 셈이었다. 진기는 당시 몸담고 있던 노조 탄압에 대한 총력전으로 한창 바쁠 때였다. 나는 나대로 일자리를 찾기 위해 동분서주했다. 우리 중에 가장 경제적 후광을 많이 받았던 수완은 대학원 시험 준비를 하며 그녀와 만날 기회가 많았다. 만약 그때 내가 먼저 그녀와 가까워졌다면, 망상에 젖어서 나도 같이 잠들었다. 그녀의 손을 잡은 채였다.

담배꽁초를 휴지통에 버린 후 술자리로 돌아오니 진기가 하소연을 늘어놓았다. 수완이 자신을 연적으로 몰아붙인다고 했다. 미지를 꼭 만나야 할 일이 뭔데? 빨리 까발리라고 수완은 진기를 추궁했다. 나도 궁금하다며 수완을 거들었다. 진기는 미지가 없는 자리에서 할 얘기가 아니라고 했다. 얘가, 얘가 또 뜸 들이네. 시발, 정말 뭔 일인데? 수완의 윽박에 진기는 조용히 말을 이었다.

　-수완이 너, 이상한 오해 마. 그때 도망치듯 한국 뜰 때 난 일본에서 살아남는 걸로 내 미래를 쇼부할 생각이었어. 그녀가 동반자가 돼 주면 좋겠다 싶었고. 뭐 그땐 너랑 헤어졌으니, 너도 이해할 거로 생각했고.

　그런 시크릿한 일이 있었군. 수완이 의외로 맥 빠지게 반응하는 바람에 뭔가 발끈 부풀어 오르기를 바랐던 술자리는 금방 심심해지고 말았다. 우리는 2차로 노래방으로 옮기기로 합의하고 거리로 나섰다. 노래방에서 나는 내 몸의 기억을 술로 절이기라도 할 듯 술을 마셨고 급기야 술이 술을 먹는 단계로 접어들자 좀 전에 한 말도 기억하지 못했다.

　고속도로로 들어서자, 눈발은 약해졌는데 길은 더 적요해진다. 지나가는 자동차도 드문드문 보인다. 진기는 여전히 실실대며 묻는다.

　-그때 종로에서 2차로 갔던 노래방, 기억 안 나지?

　-운전이나 똑바로 해. 새벽길 사고 나면 대책 안 서.

　시큰둥하게 말하며 눈을 감는다. 그러나 아내의 얼굴이 떠올라 다시 눈을 뜬다.

그날 아침, 나는 머리카락을 쓸어 올리는 아내의 손길에 잠에서 깼다. 어떻게 집에 들어왔는지 아무것도 기억나지 않았다. 어젯밤 기억 나? 진기 씨가 업고 왔어. 아내가 말했을 때 나는 아내에게 등을 보이며 돌아누웠다. 술에 취해 노래방에 갔고 뜬금없이 미지를 기억하는 방식에 대해 돌아가며 얘기했던 기억. 그땐 미지를 빨리 잊는 게 중요했다고, 그래서 미지는 자기 인생에서 걷어내야 할 안개였다고 수완이 떠들었고 나는 뭐라고 했는지, 진기는 또 뭐라고 했는지……. 언제부턴가 술에 취해 정신을 잃고 깨어나는 아침이 유쾌하지 않았다. 이러다 보이고 싶지 않은 것까지 아내에게 보이게 될까, 은근히 걱정될 때도 있었다.

진기 씨가 같이 점심 하자던데 난 속이 안 좋아. 9주 됐다는데. 아내의 말에 더 이불 속에 웅크리고 있을 수가 없었다. 수영이 유치원 갔어? 내 물음에 아내는 고개만 끄덕일 뿐 생각에 골몰해 있었다. 어떡하지, 혼잣말은 내게 묻는 말이기보다 아내 스스로에게 던지는 물음일 것이다. 임신인 것 같다고 일주일 넘게 걱정하더니 결국 아내는 병원에 다녀온 모양이었다. 그동안 아내와 나는 아이는 수영이 하나만으로 족한 걸로 얘기해 온 터였다. 노산은 핑계고 아내는 키울 자신이 없다고 했다. 영상시대에 중소형 출판사는 점점 더 어려워질 텐데, 그 암담한 미래를 어떻게 감

당하느냐고 했다. 갑갑하기는 나도 마찬가지였다. 수영이
도 동생 있으면 좋잖아, 돌려 말했지만, 아내는 고개를 저
었다. 늘 아내에게 빚만 지웠다는 생각에 속이 더 쓰렸다.
그러고 보면 아내를 만난 것도 아내에게 진 빚 때문이라고
생각하니 간밤의 취기가 싹 가셔지는 기분이었다.

  ─그날 노래방에서 넌 뭔가 해답을 찾지 못한 질문으로
미지 씨를 기억한다고 했어.

  진기가 곁눈질로 흘깃거리며 하는 말에 나는 뭔, 개 풀 뜯
어 먹는 소리냐고 중얼거린다.

  ─그러게. 그게 뭔 소린지. 근데 호철이 너 미지 씨하고 뭔
가 있지? 내가 모르는.

  ─재밌네.

  ─에헤, 말 돌리지 말고.

  ─그냥, 오늘처럼 폐기차가 된 기분일 때가 있어.

  정색하며 말하는 내게 뭔 헛소리냐고 코웃음 쳤지만, 진
기는 미지와 내 관계에 대해 더 캐묻지 않는다. 취중 진담
이라더니, 맞는 말이다. 나를 지탱하는 게 뭘까. 나는 지금
무엇에 지탱하여 살아가는 걸까. 지금도 그녀를 떠올리면
나는 선문답 같은 얼토당토않은 질문을 받은 것처럼 그녀
는 내 앞에 존재했다.

  거리를 뒤덮은 그해의 첫눈이 도로를 점령한 것도 잠시,

눈은 한순간에 사라졌다. 눈석임물이 도로를 지저분하게 했다. 나는 그녀와 만날 날을 손꼽아 기다렸다. 수완과 헤어졌는데, 그래도 새로 시작하려면 좀 더 기다려야겠지, 마음을 어르며 간간이 오가는 안부 전화에 만족했다. 자연스럽게 그녀와 가까워지고 싶었다. 12월 초쯤인가, 그녀에게 만나자는 전화가 왔다. 모친 병이 조금 나아져서 저녁에 시간을 낼 수 있다고 했다. 그러나 음악이 흐르는 대학로 카페에서 그녀를 만났을 때 무슨 이유에서인지 나는 몹시 어색하고 불편했다.

-돌아오지 않는 강이네요. 이 노래 알죠?

그녀의 말을 듣고서야 노 리턴 노 리턴, 짙은 음색의 노랫말이 귀에 들려왔다.

-우리 모두 돌아오지 않는 기차를 타고 있는지 몰라요.

나는 말없이 애매하게 웃었다. 그녀에 대한 그리움으로 오랫동안 전전긍긍했는데 정작 그녀를 앞에 두고 불편해지는 이 감정이 뭔지, 나는 금방 알아차렸다. 여전히 친구의 연인을 만나고 있다는 생각, 미지가 수완을 만나고 있을 때 몰래 그녀를 바라봤던 감정 그대로 존재할 뿐이라는 자괴감이 나를 사로잡았다. 미지에게 물어보진 않았지만, 그녀도 나와 비슷한 감정을 느끼는 듯했다.

그 후 몇 번 더 그녀를 만났지만, 그것은 모두 소형 봉고차 안에서만 이루어졌다. 될수록 아는 사람들이 없을 것 같은 도심 외곽으로만 차를 몰았다. 어두운 차 안에서 나는 흡혈귀가 된 기분으로 그녀의 떨리는 목에 차가운 내 이빨을 박았다. 그러나 불륜의 감정이 그렇듯 서로를 향한 촉수는 예민했지만 오래 가지는 못했다.

어느 날 밤늦게 그녀의 전화를 받으며 나는 이제 그만 그녀를 놓아주어야 한다고 생각했다. 그녀는 돈이 필요하다고, 꼭 갚겠다고 결연하게 말했다. 모친 때문이라고 말하지 않았지만 그런 용도인 것 같았다. 그녀가 필요한 돈은 이백만 원이었다. 수인선이 사라졌던 그해 겨울 한복판, 열차가 사라지기 며칠 전이었다. 당시 내가 받았던 월급이 백만 원 조금 더 됐으니 그 돈은 내겐 꽤 부담되었던 액수였다. 할 수 없이 그때 출판사에서 일했던 아내에게 백만 원을 부탁했다. 아내는 백만 원을 채워주지 못하는 걸 미안해하며 육십만 원을 건네주었다. 지금 생각하면 웃음이 나오지만 결국 아내에게 진 그 육십만 원의 빚이 아내와 나의 운명을 이어 준 셈이었다.

돈을 건네주기 위해 미지를 만났을 때 수인선 협궤 열차를 타러 가자고 나는 제안했다. 돈을 돌려받겠다는 생각도 없었지만, 왠지 마지막이라는 예감이 왔다. 그리고 어떤 이유로도 내가 그녀를 잡을 수 없다는 것도. 미지도 내 생각에 동의하고 있다고 생각했다.

수인선은 수원에서 인천 사이를 잇는 노선이었다. 하지만 수지타산이 맞지 않다는 자본주의 원칙대로 조금씩 구간이 줄더니 그나마 마지막 노선으로 남아 있던 수원, 사리구간마저 사라질 운명이었다. 말 그대로 협궤여서 느리고 불편했지만, 좁은 객실과 낮은 천장, 기차를 타고 만나는 철로변 정경들이 재미있어서 기차 동호회 회원들도 좋아했던 기차였다. 미지와 나도 나란히 앉아 덜컹거리며 간만에 소리 높여 웃었다. 수원역에서 출발해서 사리역에서 정차했다 다시 수원역으로 돌아와 기차에서 내렸을 땐 원점으로 돌아왔다는 뭐, 그런 묘한 기분이었다. 그녀와 나 사이에 있었던 그동안의 비밀스러운 격정이나 힘들게 내딛었던 미래로의 짧은 여정은 여기까지라는 생각. 그래서 완벽하게 과거의 어떤 시점으로 되돌아왔다는 생각. 이제 내가 그녀를 바라보는 방식 또한 일정한 거리를 두고 이루어질 수밖에 없겠지. 아니 그렇게라도 그녀를 볼 수 있는 것인지, 아무것도 예측할 수 없는 플랫폼에서 폐기차가 된 기분으로 서 있었다. 그러는 사이에도 얼굴 없는 사람들은 끊임없이 몰려왔다 어디론가 뿔 뿔 떠나갔다. 수원역 플랫폼에서 검실검실 어두워지는 하늘 아래 세 량짜리 기차를 배경으로 각자 홀로 찍어주었던 사진만이 숨겨진 그 시절의 격정과 좌절을 아무렇지 않게 보여 줄 뿐이었다. 어쩌면 사진 속에는 현재 우리들 모습까지 고스란히 찍혀 있는지도.

-결국 그녀들 모두 떠났군. 넌 마지막 경춘선 탔겠네?

진기의 말에 나는 기억 속에서 빠져나오다 다시 또 다른 기억 속으로 빠져든다. 기억은 밤의 가로등처럼 흐릿하게 섰다가 어느 순간 빛을 내며 머릿속으로 뛰어드는 것 같다. 당연히 나는 경춘선과 이별 인사를 했다. 그때 기차역에서의 서성거림이 여전히 발바닥에 남아 있다. 그날 남춘천역에 내렸을 때는 여행객들보다 플랫폼에 부려진 안개가 더 많은 거 같았다. 잿빛으로 스멀거리는 안개가 역사(驛舍)며 광장을 가득 메우고 있어 안개를 빠져나왔네, 생각하고 돌아보면 여전히 안개 속을 서성대고 있는 형국이었다.

-우리 또래가 많았어. 우리 동호회 인간들은 한 명도 못 만났지만. 플래카드까지 들고 나타난 기차 동호회도 있었고.

전국에서 몰려든 사람들이 열차를 배경으로 경춘선에 얽힌 각자 이야기를 꺼내 들고 사진 찍는 광경을 조금 거리를 두고 바라보았다. 잠깐씩 추억 속에 잠긴 눈빛과 마주치면 어쩌면 그 언젠가 같은 날, 같은 기차를 타고, 함께였을지도 모른다는 암묵적인 공감이 오고 갔다. 그들 모두 작정

한 듯, 안개 속을 걸어 들어가 사라진 후에도 나는 누군가를 마중 나온 사람처럼 시계를 들여다보며 플랫폼을 서성거렸다. 같이 갔던 아내가 누구 만나기로 했어? 물었을 때 아니, 대답하며 서둘러 안개 속을 걸어 나왔다. 작년 11월의 마지막 날이었다.

-씁쓸해. 연인의 최후를 다른 사람에게 전해 듣는 기분이야. 근데 이백만 원 얘긴 언제 할 거야! 자꾸 말 돌리지 말고.

진기의 말에 나는 허탈해진다. 결국 이백만 원 얘기로 다시 돌아왔다.

-아까 미지 씨 남편 얘기나 다시 해 봐. 흥분해서 떠드는 통에 제대로 들은 게 없어.

-야, 새끼 말하는 거 보게. 미지 씨가 호철이라는 친구에게 돈을 빌렸다. 이백만 원을. 그걸 갚으려 했는데 이래저래 연락이 안 됐다. 꼭 돌려줘야 한다는 유언과 함께 돈을 남겼다. 끝.

-남편 말 그대로야. 받으려 한 건 아니지만 미지 씨에게 이백만 원 빌려줬어.

-언제?

-수인선 협궤열차 기억나지?

-그럼, 기차 동호회도 몇 번 탔잖아? 근데?

-어, 그 수인선 사라지던 즈음. 이백만 원이 지금도 그렇지만 그땐 더 거액이어서 여기저기 꿔서 빌려줬어.

-호철아, 이게 뭔 조화냐! 실은 말야, 난 미지 씨에게 돈 빌렸거든. 것도 이백만 원을 말이지. 사실 이번에 미지 씨 빚 갚으려고 맘먹고 한국 들어온 거야.

-뭐, 그럼 내 돈이 니한테 간 거야? 난 모친 병원비로 쓸 거로 알았는데.

-글쎄, 내가 미지 씨 만났을 땐 모친은 돌아가신 뒤였다니까. 수인선 사라진 다음 해 유월인데. 모친 때문에 빌렸다가, 그 돈이 내게 온 게 맞겠는데! 난 꼭 갚겠다 했는데, 미지는 굳이 그럴 필요 없다 했거든.

-뭐야! 난 미지에게 빌려줬고 미지는 너한테 빌려줬고, 넌 미지에게 빌렸고. 그럼 갚지 않아도 될 돈인데, 왜 미지 씨는 죽는 순간까지 그런 유언을 했지?

-그러게. 당시 쫓기는 터여서 내 꼴이 말이 아니긴 했지. 니들한텐 연락할 수도 없었고.

-진기야, 넌 이백만 원 왜 빌렸는데?

-그 돈으로 난생 처음 효도했어. 그냥 한국을 떠날 순 없었거든.

-요긴하게 썼네. 미지 씨는 오래 만났어?

-만나고 말고도 없었어. 솔직히 그녀에 대한 감정이 없었

132

다면 거짓말이고.

　-미지 씨는 병 때문에 강원도로 간 거지?

　-남편 말로는 유방암 진단받고 바로 가슴 한쪽 제거하고 내려갔대. 서울살이에 너무 치였다고. 그러다 더 안 좋아졌고. 가슴 양쪽을 다 제거했는데도 피할 수 없었대.

　-그랬군.

　-생각해 보니 재밌어. 호철이 너가 미지 씨 생각하면 지금 잘살고 있나? 잘 사는 게 뭐냐? 이런 질문을 하게 된다는 건, 미지 씨가 현재의 의미라는 거잖아. 수완이에겐 과거의 사람이었지만 말야.

　-여전히 썰 푸는 건 끝내준다. 그럼 넌? 뻔하게 미래겠지. 뻔한 걸 뻔뻔하게 밀어붙이는 게, 니 특기잖아.

　-나야 당연 미래지. 셀 위 댄스, 손을 내민 것도 미래로 내딛는 의지였고. 미지 씨는 내겐 인생의 친척이었어. 그런 말 있잖아. 인생의 친척! 누이처럼 좋았어. 빚도 졌으니 언젠간 만날 수 있겠다 생각했고. 근데 한 줌 재로 납골당에 있다니, 참.

　나는 진기의 말에 한숨을 내쉬며 창밖을 본다. 점점 세상 끝으로 달려가는 느낌이다. 그녀가 이 세상에 살아있었을 때 일상적으로 길을 걷다 술을 마시다 잊었던 기억을 떠올리듯 그녀를 그리워할 수 있었다. 물론 잠깐의 몽상으로 끝났고 그것으로 만족했다. 그러나 이젠 가슴 한가운데를 예리하게 지나는 서늘함으로 그녀가 이 세상 사람이 아니라는 사실을 일깨워야 한다. 나는 진기가 들고 온 양주병을 꺼내 병째 한 모금 마신 뒤 진기를 바라본다. 진기는 그래, 같이 죽자! 말하며 졸음쉼터에 차를 세운다. 그러고 보니 진기의 충혈 된 눈빛 속에 세월을 떠돌며 쌓인 비애가 새삼 느껴진다.

─진기 넌 결혼 안 해?

─여자야 있었지. 선뜻 결혼할 마음은 나지 않았어. 넌 일가를 이루었네.

─일가를 이뤘는데 자본의 논리를 피해갈 수 없네. 아내가 둘째 임신했는데 낳아야 할지 걱정이거든. 난 낳자 했지만, 사실 자신은 없고.

─언제 우리가 자신감으로 살았냐?

진기는 희미하게 웃으며 창밖으로 시선을 돌린다.

─하긴 그렇지. 사실 아내가 수영이 낳고 맘고생 많이 했어.

─수영이가 왜?

─수영이 2개월 때 수영이 봤던 아줌마가 부부싸움 끝에 수면제를 먹었어. 앨 데리러 갔는데 문은 잠겨 있고. 애 울음소리는 계속 나고. 난리도 아녔어. 119 출동하고 문 땄어. 근데도 아내는 직장을 그만두지 못했어. 애는 유아방에 보

냈고. 그게 두고두고 우리 빚이 됐고.

　-배 속의 애 없애는 건 빚 아닌가.

　-것 때문에 더 힘들고.

　-미지 씨도 딸 하나래. 아마도 호철이 그 돈은 안 받아도 되는 돈 같다, 부조금으로 이백만 원 더 보낼 거다, 했더니 남편이 무척 미안해하더라. 좋은 사람인데 고생만 시켰다고.

　-미지 씨 원래 꿈이 파일럿이었는데.

　-그래? 넌 미지 씨에 대해 뭔가 더 알고 있지?

　-나도 몰라. 그냥 내가 아는 미지는 차 향기처럼 고요했어. 마음은 하늘을 날았지만, 현실은 그러지 못했고. 그래서 어느 날 감쪽같이 숨어 버렸고.

　-그래서?

　진기가 놀란 얼굴로 재촉하는 터에 나는 잠깐 숨을 고른다.

　-사실 미지 씨 봤어. 결혼하고 나서 한 번.

　진기가 더 놀라며 날 노려봤지만 개의치 않고 한 번도 꺼내지 않았던 얘기를 털어놓는다.

　-5년 전에 미지가 출판사로 편지를 보냈어. 짧은 편진데 결혼했다고, 꼭 빚을 갚겠다고. 우리 모두 그리움이 있는데 그런 내용은 없고. 언젠가 미지가 내 삶을 지탱해 주는 게 뭐냐고 물었고. 나도 미지가 뭣에 지탱해 사는지 궁금했어. 우체국 소인이 옛날 그대로여서 찾아갔지. 강변역 근처에서

미지 어머니가 밥집 했잖아. 근데 막상 얼굴 보려니 잘 안되더라. 반나절을 그 주변을 어슬렁거렸어.

　-그래서! 봤어?

　-봤지. 그때도 아팠던지, 그날 밥집 맞은편 슈퍼에서 담배를 샀던가, 그랬는데…….

　여름이었고 연신 흐르는 땀으로 끈적거리는 몸을 슈퍼 선풍기 앞에서 돌려가며 말렸다. 슈퍼 문을 밀고 나왔을 때, 대기는 더욱 뜨겁게 달아오르고 있었다. 슈퍼 앞 골목 입구에 서서 밥집을 바라보며 담배 한 대를 입에 물었다. 막차 시간 전에 꼭 그녀를 봐야 한다고 생각했다. 그러나 담배 한 개비를 다 피우도록 나는 선뜻 발이 떨어지지 않았다. 서성대며 담배 한 대를 더 입에 물었다. 그때 강변 쪽에서 꼬챙이처럼 가는 그림자를 앞세우고 걸어오는 여자를 보았다. 아스팔트 지열로 이글대는 열기 속에 함지를 손에 들고 걸어오는 여자가 미지임을 알아차리기까지 꽤 시간이 걸렸다. 내 기억 속의 그녀는 어깨까지 내려오는 생머리였기 때문에 짧게 커트한 머리가 낯설기도 했지만, 얼굴 자체가 완전히 달라져 있었다. 얼굴 살이 많이 빠져서 커다란 눈빛은 더 커져 공허하게 보였다. 그녀를 향해 다가서려는데 뒤쪽에서 더 뜨거운 땡볕을 등에 지고 그녀 뒤를 따르는 남자가 눈에 들어왔다. 나는 나도 모르게 몸을 옆으로 돌려

세웠다. 갑자기 기차 바퀴 굴러가는 소리가 귓바퀴를 휘돌아 나갔다. 발바닥에서 기차의 진동이 느껴지더니 점점 빨라졌다. 기차가 멈추기 전에 그녀의 손목을 채 나오고 싶다는 생각이 간절했다. 그러나 끝내 나는 한 발짝도 움직이지 못했다. 한여름 땡볕을 고스란히 받은 장 단지처럼, 무거운 뚜껑을 뒤집어쓴 채, 괴어오르는 감정을 삭이며 서 있었다. 그러는 사이 기차는 빠앙, 기적을 울리며 내 속을 빠르게 관통했다.

얘기를 끝내자, 진기는 움푹 꺼진 눈을 껌벅이며 사는 게 다 그렇지, 웅얼거린다.

ㅡ기차나 사람이나 자기 궤도를 벗어나지 못하지. 아쉬워도 욕심 안 내고 떠나보내는 게 진짜라 생각했어. 근데, 그녀가 그렇게 변해버린 건, 못 보겠더라고. 화나서 말이지.

조금 흥분한 내 말에 진기는 양주 한 모금을 마신 후 차분하게 대답한다.

ㅡ그렇지. 헤어져도 잘 살겠지, 기대하며 살지. 나도 열심히 사는 게, 그 기대에 부응하는 거라 믿으면서. 그게 만남의 완성이기도 하고. 그래서, 또 갔겠네?

ㅡ갔지. 근데 이사 갔더라. 음식이 소문나서 상호는 그대로 쓰고 넘겨받았다고. 주인 말이 미지 씨가 24시 편의점처럼 일했다는데 그 말이 참. 꾸역꾸역 밥 한 그릇 다 먹고 나

왔어. 이백만 원은 생각도 않고 살았는데 그녀가 곤궁했던 게 혹 그 돈 때문인가 해서 답답해.

-설마 그랬겠냐. 어쩌면 미지 씨 삶을 지탱한 건 그 빚을 갚겠다는 일념이었는지 몰라. 나도 세상에 진 빚 갚겠다는 생각으로 사니까.

-빚은 무슨! 그러고 보니 나도 진기에게 빚이 있네.

-나한테? 뭔 빚?

-마음의 빚. 늘 자신보다 세상을 바꾸는 일에 매달려 온 삶에 대한 부채감.

-짜아식. 내가 좋아서 하는 일이야. 이젠 이쪽 일 아니면 오라는 데도 없어.

진기가 털털 웃으며 연거푸 술을 들이켜는 바람에 나는 대신 운전대를 잡는다. 사람살이가 다 빚을 지고 빚을 갚는 거라고 횡설수설하던 진기가 예전에 미지 씨가 좋아했던 노래라며 멜로디를 흥얼거린다. 드문드문 기억나는 가사와 멜로디처럼, 우리도 기억 밖으로 사라지겠지, 중얼거리며 진기는 결국 잠 속으로 빠져든다.

〈입덧이 시작되는지 속이 안 좋아. 아무것도 못 먹겠어.〉 한 시간 전에 와 있는 휴대전화 문자를 읽으며 한숨이 난다. 배 속에 있는 애를 데리고 수지타산 따지는 게 기분 엿같아, 하던 아내를 어떻게 위로해야 할지 몰라 베란다에서 연신 담배를 피웠던 시간이 떠오른다. 〈우리 둘째 위해 싱싱한 생선 사 갈게.〉 잠깐 망설였지만 내지르듯 답장을 보낸다. 조금씩 밝아오는 아침 공기를 들이마시며 자동차에 시동을 건다.

미시령 옛길로 들어선다. 휴가 때 몇 번 아내와 영(嶺)을 넘어 동해를 보러 왔지만, 미지가 이곳에 있는 줄은 몰랐다. 눈발은 여전히 오락가락한다. 뿌옇게 밝아오는 소도시를 내려다보며 정말 세상 끝에 도착한 기분이다. 관리 직원은 보이지 않고 허전하게 비어 있는 납골당 마당으로 들어서자, 이상하게 마음은 고요하다. 사위를 둘러싼 키 큰 나무들 사이로 보였다 보이지 않는 성근 눈발이 시간을 가로질러 요요히 내려앉는다.

이건 말도 안 돼, 아직 술이 덜 깬 채, 허우적대는 진기를 등 떠밀며 긴 계단 위에 있는 납골당 안으로 들어선다. 40평 조금 넘을 것 같은 곳에 빽빽하게 들어찬 함들 사이로 향내가 눅눅하게 묻어난다. 그녀를 찾기 위해 액자 안에 있는 죽은 이들의 얼굴을 차례로 살핀다. 반대편 쪽에 있던 진기가 미지 씨, 못 찾겠다는 소리를 들으며 나는 순간적으로 멈춰선다. 회색빛 모자를 쓴 해쓱한 낯빛의 여자가, 경춘선을 배경으로 휠체어에 앉은 채, 누군가를 향한 듯, 한 손을 높이 들고 우리를 마중하는 것이다. 사진에는 〈2010. 11. 30. 사망〉이라고 검은 매직으로 써넣은 날짜가 선명하다.

꿈

10층 베란다 창가에서 홍은 6차선 도로를 내려다보며 기다렸다. 날씨가 갑자기 추워진 탓에 거리는 한산했다. 희미한 상가 불빛 주변으로 어둠은 우중충하게 자리를 잡았다. 조금 후, 예상대로 도로 가로등에 일제히 불이 들어왔다. 그 순간, 홍의 마음에도 안도의 불이 켜졌다. 아직은 희미한 빛이지만 그녀는 의식을 치르듯 이 순간을 기다렸다. 가로등 불이 꺼지는 새벽에도 의식은 반복되었다. 그 시간이면 어김없이 깨어나 그 순간을 목격했고 그런 후에야 그녀의 하루가 시작되었다.

　오늘은 홍의 예순다섯 번째 생일이었다. 가스레인지 위에 놓인 냄비에서 미역국이 데워지고 있었다. 생일상을 차리려고 새벽같이 일어나 미역국을 끓였다. 점심에는 간호사 친구들 모임에서 챙겨 주는 생일상을 받았다. 모두 지역

의료원 간호사 출신으로 대부분 남편과 사별했거나 이혼하고 혼자 사는 치들이었다. 돌아가며 생일도 챙기고 한 달에 한두 번 정도 만나 서로 하소연하는 사이였다.

아들한테 전화 왔겠네. 최 여사가 묻는 말에 홍은 그러엄, 길게 목소리를 뺐다. 택배로 선물 보냈다는데 아직 못 받았어. 태평양 건너서 오니깐. 늘 그랬듯 친구들은 효자 아들 두었다고 부러워했다. 간만에 술도 몇 잔 받아마셨다. 집으로 돌아오며 콧노래까지 흥얼거렸다. 헝클어지는 걸음걸이가 부끄럽지 않았다. 이 정도면 필링 굿이지, 홍은 하루를 평가했다.

아침에 먹던 상을 다시 펼쳐 놓고 텔레비전을 켰다. 저녁 7시 드라마 방영 시간. 드라마야말로 그녀의 식사에 빼놓을 수 없는 최고의 반찬이었다. 늙고 건조한 목구멍으로 음식물이 넘어가도록 식감은 말랑했고 눈요기에도 그만한 것이 없었다. 밥을 먹는 내내 거실 천장 불빛이 비상 신호처럼 느닷없이 떨리다 멈추었다. 전구를 갈아야 했다. 그러나 홍은 아침이 되면 그 사실을 까맣게 잊곤 했다.

저녁 설거지를 끝낸 후, 홍은 컴퓨터를 켰다. 이번에 쓴 글을 최종적으로 확인했다. 친구들에게 보내기 위해 메일을 열었다. 다 늙어 컴퓨터와 뭔 짓이냐고 핀잔하던 고 여사의 붉은 입술이 떠올랐다. 최근에 쓴 「몸」이라는 제목의 글에 대한 친구들의 평은 제각각이었다. 원고지 60매 정도의 짧은 소설이었다. 천장에서 떨어진 물이 석회처럼 흘러내려 엄마 몸이 겹겹으로 출렁거리게 됐다는 표현은 좀 그랬어. 아니, 늙은 몸뚱아리를 꼭 그래 표현해야 해? 너무 잔인해. 난 삼십 대 과부 딸 연애 부분이 재밌었어. 옛날 생각 나잖아. 소설이 맨날 어두운 방에 들어가는 것 같아 재미없다고, 육십 대 주인공이 연하남과 만나는 행복한 얘기로 써보라는 평에는 노망났냐며 다들 웃었다. 그때 고 여사는 왜 이런 걸 쓰는지 모르겠다며, 다 늙어 컴퓨터 끼고 앉아 뭔 영광을 보려는 거냐고 했다.

왜 그래, 고 선생, 내가 달리기하는 거랑 같구만. 그냥, 자기 자신이 되고 싶은 거야.

마라톤 연습에 진심인 최는 늘 홍의 편이었다. 우리가 언제 제대로 나 자신이었던 적이 있었냐고 말하는 최의 눈빛이 빛났다. 홍은 말없이 친구들의 설왕설래하는 평을 들었다. 친구들은 홍이 소설에 집착한다고 했다. 다 늙어 바람난 여자 같다고. 그러나 글을 쓰는 일은 홍이 오랫동안 벼르고 별렀던 일이었다. 홍에게 글쓰기는 맛으로 친다면 당연히 쓴맛이고 기억으로 따진다면 독한 기억이었다. 애를 쓰고 용을 쓰고 안간힘을 쓴 후에야 책상에 앉을 수 있었다. 뭔 영광을 기대하지 않았다. 웃음거리가 되지 않으면 다행이었다. 그저 가슴을 가득 채운 어둠 속의 문장을 끌어와 빛을 보여 주고 그 어둠으로부터 자유롭고 싶을 뿐. 그러므로 홍은 친구들이 무척 고마웠다. 아무도 읽어주지 않는 글을 친구들이 읽어주겠다고 했을 때 홍은 정말, 계속 살아도 되겠다고 생각했다.

홍이 소설을 처음 만난 건 M 때문이었다. 이십여 년 전, 이 지방 출신으로 이름이 알려진 소설가 M이 약물 과다 복용으로 홍이 근무하는 병원에 입원했다. 글이 써지지 않아 우울증이 심해졌다는 소문이 맞는지는 모르겠지만 그는 같은 전력을 이미 한 번 가지고 있었다. 의식이 돌아오자 왜 맘대로 살렸냐고 소동을 피운지라 간호사들이 꺼리는 환자였다. 그래서 별 불만을 제기하지 않았던 홍이 주로 그를 담당했다.

야간 진료를 돌 때면 M은 자주 어두운 창가에 그림자처럼 서 있었다. 세상을 거부하는 고집스러운 뒷모습과 달리 일그러진 얼굴이 흐릿하게 유리창에 비춰 보였다. 그때마다 홍은 자신이 그의 시선을 향하여 끌어당겨지는 느낌을 받았다. 잠시 기다리면 M은 거무레한 어둠에서 걸어 나와 침상으로 올라갔다. 링거를 갈아 끼우는 내내 병원 야광등처럼 음울한 남자의 눈빛이 홍의 시선을 붙잡으려 애썼다. 도와달라고 했다. 쓴다는 게, 지독한 의처증에 걸린 거처럼

날 엿 먹인다고, 그러니 홍 간호사, 제발 한 방에……. 제발
한 방에 영원히 눈 감게 해 달라는 부탁은 환자들로부터 가
끔 받는 거였다. 소용없는 애원이었다. 진짜 원하는 거 맞
아요? 그냥 깨끗하게 손목을 긋지, 왜 약이냐고 속으로 비
웃으며 홍은 남자의 이마에 손등을 댔다. 열이 심한 것은
아니었다.

　홍에게 M은 흥미로운 환자였다. 죽으려 안간힘 쓰는 환
자들 보면 힘이 나. 아직 내 차례는 아닌 거 같아서. 홍은 간
호사들에게 농담처럼 말했지만 그건 진심이었다. 남편과
안 좋을 때였다. 그녀는 능력 있고 책임감 있는 간호사라는
평을 받았다. 그러나 가끔 자신도 모르게 손에 든 메스 끝
이 자기 손목을 겨눌지도 모른다고 생각했다.

　M은 틈만 나면 홍을 붙잡고 늘어졌다. 홍은 묵묵부답으
로 응수했지만, 열성을 다해 간호했다. 그럴수록 M의 조바
심은 커졌다. 가끔 치료 거부를 내세우며 소란을 피워 홍을
난감하게 만들었다. 남자는 자신과 싸울 걸 홍에게 푸는 것
같았고 결국 홍은 병실을 다른 간호사가 맡도록 했다. M
이 퇴원한 후에도 홍은 M의 글이 발표되길 기대했지만 끝
내 볼 수 없었다. 홍은 M 때문에 알게 된 레이먼드 카버의
소설을 반복해서 읽었고 고된 시간을 조금 덜어 내 글을 쓰
려고 했다. 어릴 때부터 글쓰기를 좋아했지만, 막상 쓰려고

하니 쉽지 않았다.

홍이 본격적으로 글쓰기에 대해 생각하게 된 것은 이혼 후였다. 남편은 시 공무원이었다. 홍은 안정적인 미래를 원했으므로 연애도 상대를 가려 했다. 혼전 임신으로 결혼을 서둘렀다. 첫째를 낳고 기뻐하는 남편을 보며 홍은 아이를 하나 더 낳고 싶다고 생각했다. 남편의 바람기를 몰랐을 때 세웠던 계획이었다. 여자 문제로 실랑이를 벌였다. 간혹 신경이 곤두설 때면 폭력을 쓰는 것도 서슴지 않게 되었다. 삶이 정신없이 그녀를 앞질렀다. 불길한 낌새를 알아차리기 전에 이미 삶의 뒤꽁무니는 하수구에 미끄러져 빼도 박도 못하는 지경이 돼 있었다.

2천 년 초, 아이엠에프 경제위기 막바지에 홍은 이혼했다. 세상과 이혼한 기분이었지만 세상과 이별할 일은 아니라고 친구들에게 말했다. 우린 강해져야 해. 힘들어도 삶을 놓쳐선 안 된다고 홍은 사춘기에 접어든 아들을 붙잡고 얘기했다. 상황이 그녀를 일으켜 세웠다. 시간을 쪼개어 글을 읽었고 글쓰기에 대한 마음은 더 간절해졌다. 일에 치여 매일 자신을 죽여야 했지만, 홍은 글을 쓰며 매번 다시 살아났다.

사춘기에 접어든 아들은 예민하고 까다로웠다. 친구들과 다툼도 잦았다. 아빠를 미워했고, 아빠가 떠난 후에는 엄마에게도 쉽게 마음을 내주지 않았다. 홍은 일에 더욱 몰두했다. 아들을 책임져야 했다. 그래도 우려했던 것과 달리 아들은 서울 소재 대학을 졸업하고 자동차로 유명한 대기업에 취직했다. 결혼도 하고 아이도 낳았다. 홍은 간호사 일을 그만두고 맞벌이하는 아들 내외를 대신해 손자를 돌봤다. 아들만큼은 뒤통수를 후려치는 불상사 없이 안전하게 자신의 미래를 만들어 가길 바랐다. 그러나 불행은 흡혈귀처럼 그녀의 문지방을 넘었다. 아들은 10년 넘게 몸담았던 회사에서 구조 조정되었다. 코로나가 대구를 중심으로 본격적으로 발병했다는 소식이 들려왔던 즈음이었다.

아들은 다른 일자리를 찾아다녔다. 쉽지 않았다. 디지털로 바뀐 세상에 아들의 노동은 적응하지 못했다. 한 달이 멀다 하고 하던 일을 그만두었다. 집안에 말다툼이 잦아졌다. 웃음이 사라진 아들은 십 대의 사춘기로 역행한 것처럼 위험해졌다. 종종 아들의 멍한 표정은 순식간에 끓어 넘치는 물처럼 바뀌며 주변 사람들을 놀라게 했다. 꿈이 무너진다는 게 무엇을 의미하는지 홍은 세상 이목을 피해 뒷걸음질 치며 마주 보았다. 그런 날이면 홍은 텔레비전 앞에서 떠나지 않았다. 혼을 빼놓고 싶었다. 모든 감정과 생각들을 텔레비전에서 쏟아져 나온 전파를 통해 다른 곳으로 전송시켰다. 어느 날 불현듯 잠에서 깬 홍은 아들을 떠나야겠다고 생각했다. 이혼 위자료로 받았던 동해안의 해변 근처 주택을 팔았다.

홍은 오래전 간호사로 일했던 7번 국도변의 소도시로 다시 돌아왔다. 18평짜리 낡은 아파트를 구했다. 마지막 삶을 묻을 곳. 베란다 밖으로 길게 뻗은 6차선 도로와 등산하기 좋은 산이 정면으로 보였고 좁지만, 방이 2칸 있어 다행이었던 집. 널 만나기 위해 평생을 기다린 거야. 이사 온 첫날, 홍은 집안 곳곳을 기웃대며 속삭였다. 베란다에서 우연히 6차선 도로의 가로등이 일제히 켜지는 광경을 처음 보았을 때, 그녀는 마치 열렬한 박수를 받는 기분이었다. 지금껏 자신이 내쉬었던 들숨 날숨들이, 온몸으로 살아냈던 시간이, 이리저리 떠돌다 마침내 이곳에 도착한 것 같았다. 글을 쓰기 위해 노트북을 사고 책상을 샀다. 삶을 두 번째, 다시 산다는 느낌이 그녀에게 활력을 가져다주었다. 소설은 그녀 인생의 마지막 집이었다. 10층 아파트에 앉아 홍은 젊은 과부가 되고, 억척스러운 할머니가 되었다. 타인이 되고 싶었고, 어쩌면 최의 말대로 비로소 자기 자신이 되었는지 모르겠다. 이제 M도, 전남편도, 아들도, 친구도 모두 홍의 소설이 되었다. 소설 속에서 아들은 늘 국경을 넘어간 이민자였다. 3년째 소설을 쓰고 공모전에 보냈지만 당선된 적은 없었다. 상관없었다. 오로지 한 편의 글을 완성하기 전과 후의 변화만이 중요하다고 마음을 다잡았다. 사실 공모전에 글을 보낸 후의 기다림, 혹시 당선될지도 모른다는 기다림만으로도 홍은 충만했다. 결국 만나게 되는 추락은 고통이었지만 그것도 다음 글을 쓰면서 치유되었다. 그 반복의 과정이 홍의 삶이었다. 처음 글을 써서 친구들에게 메일을 보내 읽어달라고 부탁했을 때, 최 여사는 세상에 좋은 글들이 얼마나 많은데, 노망났냐며 비웃었다. 기적을 만들고 싶으면 차라리 자기처럼 마라톤을 뛰라고. 그러나 소설을 제일 열심히 읽어주는 독자도 최였다.

홍은 친구들에게 메일을 보냈다. 이번 소설 제목은 「꿈」이었다. 형편없는 소설 읽어줘서 고맙다는 말도 곁들였다. 고 여사에게도 메일을 보내야 할지, 망설여졌다. 베란다 창밖으로 밤의 바다가 밀려와 고요를 부추기며 찰싹거렸다. 딩동, 벨소리에 홍은 놀란 채 그대로 앉아 있었다. 이 밤에 누가! 찾아올 사람은 없었다. 곧이어 택배요, 라는 소리. 홍은 기억 속을 헤집었다. 아무리 생각해도 택배시킨 일은 없었다. 문득 오늘 낮에 친구들에게 이민 간 아들이 택배 보낸다고 했다고, 이왕 시작한 거짓말에 곱빼기로 덧붙였던 거짓이 정말일지 모르겠다고 생각했다.

딩동 소리가 다시 들려왔을 때 홍은 현관문 쪽으로 바삐 걸었다. 뜻밖에도 문밖에는 아들이 서 있었다. 한 손에는

케이크를, 다른 손에는 두툼한 가방을 들고 있는 아들에게
서 역한 술 냄새가 났다.

혼자 왔니? 지호는? 정말 지호 엄마랑 헤어질 거니?

홍이 연거푸 묻는 말에 아랑곳하지 않고 아들은 현관 옆
에 붙은 작은방 안으로 들고 온 가방을 던졌다. 그녀는 거
실로 향하는 아들의 뒷모습을 서름서름한 눈빛으로 바라보
았다.

택배 온 줄 알았어. 홍은 접시에 케이크를 담으며 말했다.

막살아도 엄마 생일은 알아.

아들은 책상 위에 켜져 있는 컴퓨터 화면과 모친의 얼굴
을 번갈아 보았다. 눈빛에 냉담한 노기가 느껴졌다.

뭐 하세요? 아직도 소설 내다 버리지 못한 거예요?

홍은 고개를 끄덕이며 겸연쩍게 웃었다.

여전히 소설 속에 숨어서…… 엄마는 까딱없네.

아들의 비꼬인 말에 홍은 내색하지 않았다. 아들은 건성
으로 텔레비전 채널을 이리저리 돌렸다. 홍의 머릿속도 이
리저리 돌아가며 복잡해졌다. 자신을 향해 반갑게 두 손을
내밀던 며느리와 손자가 놀라서 문밖으로 뒷걸음질 쳤다.

아들은 어미에겐 늘 조마조마한 불씨였다. 꺼질까 노심
초사했고 때로는 활활 타올라 아들을 비출 때도 있었지만,

그 불꽃에 아들이 해를 입을지도 모른다는 두려움이 있었
다. 거의 1년 만의 해후인데 아들은 어미 얼굴을 정면으로
보지 못했다. 그것은 홍도 마찬가지였다. 초췌하게 일그러
진 아들 얼굴이 낯설게 여겨졌다.

케이크를 내자, 아들은 가지고 온 가방에서 소주병을 꺼
내 왔다. 난 낮에도 친구들과 한잔했는데, 라며 홍은 소주잔
두 개를 가져왔다.

결국 지호 엄마랑 헤어지는 거니? 왜애?

수명 다된 전구를 그대로 둘 순 없잖아요.

아들은 한쪽 끝이 검게 죽어 있는 거실 등을 올려다보았
다.

넌 말을 해도! 지호는?

지 엄마가 잘 키울 거예요.

아들은 자기가 뱉은 말의 의미를 되묻는 듯 잠시 멍하게
술잔만 응시했다. 모든 인연을 떨쳐냈다고 생각해도, 그게
마음 같지 않다는 걸, 제 가슴에 대못을 박았다는 걸, 이제
알았겠지, 생각하며 홍은 소주잔에 술을 따르고 단숨에 마
셨다.

술 많이 늘었네요.

아들이 어미 잔에 다시 술을 채웠다.

아냐. 젊을 땐 취하고 싶을 때 많았는데. 이젠 알딸딸한 게

좋아. 나이 들면 잔을 내려놔야 할 때를 잘 알아야 하거든.

그러면서도 홍은 아들이 채운 잔을 단숨에 마셨다.

아버진 지금도 잘 먹고 잘살 텐데. 왜 이혼했어요?

그러는 넌?

홍은 아들을 흘겨보며 말을 이었다.

난 그때 선택, 후회 안 해. 그게 해결책이었으니까. 하지만 넌 아니야. 이건 해결이 아니라 회피라고. 지호 생각하면…….

홍의 눈에 느닷없이 눈물이 돌았다. 오늘 술이 달다, 덧붙이며 홍은 애써 웃었다.

아들은 의자 등에 머리를 기댄 채 허공을 응시했다. 제길! 불쑥 욕을 내뱉었다.

근데 왜 왔어? 생일상 차리러 온 건 아닐 거고.

사는 게 지루해요. 혹시 한 방에 훅 가는 약 없어요? 엄마 간호사였잖아요.

늙은 어미 앞에서 한다는 말이 고작! 며칠 쉬다 돌아가.

홍의 눈에 힘없는 눈물이 번졌다.

정말 내가 죽으면 어쩔 건데요?

난 오래전에 죽었다. 죽은 나무야. 죽은 후에도 잎을 피우는 고목을 보면 어떻게 저럴 수 있나, 의문이었는데 요즘 그런 기분으로 살아. 그래 사는 것도 나쁘지 않고.

또 소설 쓰시네요. 엄마는 그냥, 수명 다된 전구도 참고 사는, 그냥, 힘없고 약한…… . 젠장, 여길 왜 왔는지…… . 쫌, 현실을 똑바로 보세요.

언성을 높이며 급하게 일어서던 아들이 휘청거렸다. 홍은 아들을 작은 방으로 부축했다. 두 사람 모두 늦도록 잠들지 못했다. 아들은 화장실을 들락거렸고 어미는 아들이 왜 왔는지 생각하며 밤새 뒤척였다.

다음 날 새벽 6시, 홍은 눈을 뜨자마자 베란다 창문을 열었다. 가로등이 켜진 도로가 무대처럼 도드라져 보였다. 멀리 드문드문 불 켜진 집들이 희미한 안개 속에 둥둥 떠 보였다.

홍은 컴퓨터를 켜고 어제 친구들에게 보낸 메일을 확인했다. 아직 아무에게도 수신되지 않았다. 홍은 물끄러미 컴퓨터 화면을 응시했다. 문득 아들도 어딘가에 도착하지 못하고 계속 떠돌게 되면 어쩌나 하는 걱정에 휩싸였다. 홍은 수신되지 않은 메일을 모두 삭제했다. 더 수정할 게 있을 거 같았다. 아들 방 쪽을 응시했다. 아들이 왜 왔는지, 다시 궁금해졌다. 돈이 필요하다면 이 집을 팔아야 할 텐데. 이민해서 성공했다던 아들이 실은 방 한 칸 없이 떠돌고 있는 걸 알면 간호사 친구들이 어찌 생각할까.

이젠 허세를 먹고 살 나이는 지났잖아! 고와의 말다툼이 떠올랐다. 그럼 고 선생은 체념을 먹고 살겠네! 홍은 웃으며 반박했다. 홍을 향한 고 선생의 유난스러운 미움이 그녀에게 없는 아들에 대한 질투 때문이라는 걸 홍은 모르지 않았다. 체념은 연륜이 가르쳐주는 지혜야. 스키니 바지 입으면 젊은 줄 알지? 자기는 이따위 글로 세상을 속이고 있잖아. 고가 새된 목소리를 높였을 때 홍은 대꾸하지 못했다. 60대에 스키니 입는 게 어떠냐 저떠냐 하며 친구들이 끼어든 통에 고와의 언쟁은 흐지부지되었던 기억.

그래, 고 선생. 미안해. 자기가 날 미워하는 이유를 생각하면 정말 터무니없는데……. 홍은 마치 그때 하지 못한 대답을 하듯 중얼거렸다. 근데, 자기한테는 이따위 글이 나한테는 내가 좀 더 가도 된다고 믿는 이유야. 내 삶을 인정하게 되거든. 삶이 주름진 손을 잡아주는 느낌이 들거든. 그게 허세든 속임수든, 뭔 상관이야? 지금 나한텐 이게 진실이야. 정말 최 선생 말대로 난 달리는 중이야. 달리는 동안 나 아닌 것들은 모두 뒤로 밀려가고 오로지 나 자신만이 앞으로 달려가는 느낌, 고 선생은 그거 모를 거야.

홍은 손가락을 마사지한 후, 두 손을 노트북 자판기 위로 가져갔다.

현관문은 잠겨 있지 않았다. 문을 열고 들어선 순간 홍은 너무 놀라 뒤로 주춤 물러섰다. 굽 높은 여자 구두가 아들 신발 옆에 나란히 자리 잡고 있었다. 곧이어 작은 방 안에서 들려오는 소리에 홍은 자신의 입을 막았다. 거친 숨으로 넘치는 소리가 문틈 사이로 방자하게 흘러나왔다. 소리에 떠밀리며 홍의 심장도 같이 뛰었다. 홍은 숨을 참으며 간신히 아들 방 앞을 지나쳤다. 불안하고 불쾌한 기운을 떨쳐 내려는 듯 메고 있던 가방을 침대 위로 집어 던졌다. 어이없는 봉변을 당한 기분이었다. 생각할수록 화가 치밀었다. 다시 집을 나가야 할지, 고민했다. 문득 오래전 남편과 옥신각신하던 기억이 떠올라 홍은 몸을 떨었다.

오늘 아침 홍이 일을 나갈 시간에도 아들은 늦잠을 잤다. 홍은 산채 음식과 고등어구이를 주메뉴로 하는 보리밥집에서 시간제 도우미로 일했다. 원래 점심 마무리까지 일하는데 단체 손님이 든 바람에 평소보다 퇴근이 세 시간 늦어졌다. 밥상을 차려 놓고 나갔는데 개수대에 빈 그릇들이 너저분했다. 못난 놈, 욕지기가 튀어나왔다. 아들은 벼랑 끝에 선 제 생의 책임을 어미에게 묻고 있는 걸까. 어디서부터 잘못된 거야, 코끝이 쓰리며 울먹임이 일었다. 마음 같아서는 물바가지라도 뿌려 내쫓고 싶지만, 그 뒤의 소란이 더 암담했다. 그렇다고 제집에서 숨죽이는 것도 내키지 않아 홍은 설거지를 했다. 그릇들이 억울하다는 듯 큰 소리를 내며 서로 부딪쳤다. 조금 있으려니 아들 방문 열리는 소리가 들리고 곧이어 여자가 몰래 나가는 기척이 들렸다. 홍은 맥이 풀리며 목이 메었다. 아들에게 무슨 말을 해야 할지 알 수 없었다.

언제 왔어요? 아, 미안해요. 어릴 때 친군데⋯⋯. 저녁에 나 오는 줄 알고⋯⋯.

아들은 어정쩡하게 서서 식탁의 김치 국물 자국을 휴지로 문질렀다. 아들에게서 불쾌한 냄새가 났다. 홍은 젖은 손을 앞치마에 닦으며 개수대에 등을 대고 돌아섰다.

언제 올라가니?

홍은 감정을 억누르며 최대한 낮은 어조로 말했다. 냉랭한 기운이 감돌았다. 아들은 검지로 식탁 위의 얼룩을 문지르며 고개를 끄덕였다.

더는 삶을 모욕하지 마라. 이렇게 바닥까지 떨어져 뭘 확인하고 싶은 건데! 늙은 어미 싸구려 취급하고 싶은 거니? 화풀이하더라도, 그래도 이건⋯⋯, 지호에게 부끄럽지 않니?

홍은 잠깐 말을 멈추고 숨을 내쉬었다. 지금 눈 앞에 펼쳐진 상황이 너무 끔찍하게 여겨졌다. 홍은 단호하게 말을 이었다.

됐다. 앞으로 어떻게 할 건지 말해 봐!

홍의 재촉을 지워내기라도 할 듯 아들은 손가락을 재게 놀리며 얼룩을 문질렀다.

고작 삼 일째야. 들러붙지 않을 테니 며칠만 내버려 둬요.

아들은 의자에 앉으며 나른한 목소리로 말했다. 홍도 의자를 당겨 앉았다.

편의점은 어쩌고?

편의점 넘겼어요.

아들이 신경질적으로 자신의 머리칼을 헝클어뜨렸다. 홍은 눈앞이 하얘졌다. 몸이 꺼져버린 느낌. 손가락 하나 꼼짝할 기력도 없었다. 예전에 남편과 다툼이 있을 때도 그랬다. 서로 언성이 높아지고 상처를 할퀴고 나면 몸은 갑작스레 스파크를 일으키며 꺼져버렸다.

이러고 있으니 옛날 생각나네. 그날, 엄마 야간 근무 있고 난 친구 집서 자려다 갑자기 아팠나……. 엄마도 그 바람에 야간 근무 바꿨잖아.

아들이 뜬금없이 묵은 얘기를 꺼냈다. 홍은 대답하지 않았다. 절대 듣고 싶지 않은 이야기였다. 홍은 아들의 시선을 외면하며 베란다 앞으로 가 섰다. 아파트 놀이터에 가득한 오후의 햇살이 고인 물처럼 탁하게 보였다.

그날 홍은 의도하지 않았지만, 남편의 불륜 현장을 직접 눈으로 목격할 수밖에 없었다. 다들 너무 놀라 어찌할 바를 모르고 있을 때 아들은 하얗게 굳은 얼굴로 침착하고 냉정하게 소형 사진기로 그들을 찍었다. 속옷만 간신히 걸친 남편이 쫓아와 사진기를 뺏으려 했지만 실패했다. 홍은 다리가 후들거려 제대로 서 있지도 못했다. 입을 꼭 다문 채 세상을 향해 악을 쓰는 아들을 붙잡고 안아줘야 했지만 그러지 못했다. 한 손을 벽에 기댄 채 도저히 감당할 수 없는 파멸을 바라보듯 했다. 그때 홍은 눈앞의 아수라장이 마치 아직 오지 않은 아들의 운명을 미리 보는 느낌이었다. 살다 보면 정말 운명이라는 게 있구나, 실감하는 순간과 맞닥뜨리게 되는데 홍에게는 그 순간이 그랬다.

아들이 찍은 사진 때문에 이혼을 거부하던 남편은 이혼에 합의했다. 위자료도 크게 챙겼다. 남편은 악마 새끼를 길렀다고 홍에게 저주를 퍼부었다. 그 일이 아들이 만들어 놓은 덫이었음이 분명했지만, 홍은 차마 그것을 아들에게 확인하지 못했다. 그때 아들은 열여섯 중학생이었다. 홍은 오래전 회피했던 의문을 다시 대면했지만, 그저 눈물만 핑 돌뿐이었다.

한 번은 아빠 차 유리 깬 적도 있어. 그게 다 엄말 위해서였다고요!

홍은 모르는 얘기였다.

그땐 내 인생이 이렇게 박살날 줄은 몰랐는데 말이죠!

아들의 말이 위험한 경고음처럼 들렸다. 홍은 삶을 비웃는 아들이 두려워졌다.

지난 얘긴 왜 꺼내? 좋은 기억도 아닌데. 대답이나 해. 어떻게 할 건지?

홍은 베란다 앞에 그대로 선 채 조금 언성을 높였다. 아, 돌겠네. 아들이 다시 머리칼을 헝클었다.

갈 때 없어. 돈도 없고. 지호 엄마 다 줬어. 애는 살려야잖아. 아무리 생각해도, 내가 할 수 있는 게 그것뿐인데, 그거라도 해야잖아요!

홍은 짐작한 일인데도 말문이 막혔다. 가슴이 먹먹해졌다.

잘 알잖아요. 사는 게, 아무 쓸모 없다는 거요.

아들이 의자를 밀치고 일어섰다. 홍은 베란다 쪽으로 다시 시선을 돌렸다. 가슴에 열이 오르며 등과 가슴으로 땀이 배어났다. 갱년기 증상이었다. 홍은 면티의 가슴팍 부근을 앞으로 당겨 잡고 바람이 일도록 거칠게 흔들었다.

책상 등을 켰다. 간밤에 홍은 거의 잠을 자지 못했다. 아들도 밤새 화장실을 들락거리더니 새벽녘에야 조용해졌다. 홍은 베란다 창밖으로 시선을 던졌다. 거리는 가로등 불빛 아래 고요했고, 횡단 보도 한복판에 한 여자가 홍을 올려다보며 서 있었다. 눈을 질끈 감았다 뜨면 사라지는 여자가 자신이 만들어 낸 환영이라는 걸 알면서도 홍은 여자 얼굴을 제대로 보려고 눈을 크게 뜨곤 했다. 붉은 신호등 아래, 홀로인 자신을 직면하는 순간이었고, 고독이 그녀를 마주 보는 순간이었다.

드디어 거리의 가로등이 일제히 꺼진 순간, 검은 아스팔트 바닥에 포진해 있던 어둠은 빠르게 날아올라 10층 허공을 덮었다. 해 뜨기 직전, 가로등 빛마저 사라진 이 잠깐의 공백 동안 세상은 가장 어둡고 위험했다. 늙는다는 건 시간과는 상관없었다. 직장 다닐 때는 일주일 주기로 삶이 반복되었고 이제는 하루 단위로 빨라졌을 뿐. 가로등이 꺼진 순간 어제는 무효였다. 오늘 할당받은 하루를 새롭게 다시 살아야 했다.

아들 방 쪽에서 잠꼬대 소리가 들려와 홍은 절로 고개가 돌아갔다. 곧 소리는 잠잠해졌다. 홍은 컴퓨터 화면으로 시선을 돌렸다. 아들의 어린 시절을 좀 더 부각할까? 어려서부터 유약했던 소년은 아빠 품을 벗어나며 무섭게 변했다. 악착같이 달라지기로 한 것처럼.

소설 쓰세요?

어느샌가 아들이 화장실 문 앞에 어둑한 실루엣으로 서 있다.

애는 기척도 없이!

홍은 놀라서 나무라듯 말했다. 화장실 문을 닫았는데도 소변보는 소리가 크게 들렸다. 홍은 변기 주변에 누렇게 묻은 오줌 자국을 떠올렸다.

소설 쓴다고 뭐가 달라져요? 차라리 밖에 나가 소릴 질러요.

아들이 거무레한 식탁 어둠에 등을 대고 앉으며 말했다.

그러는 넌? 네 삶은 어딨는데?

삶은 무슨! 그런 게 있다면 오래전 빠빠이 했어요.

앞으로 어떻게든 살아야지!

지금 내 꼴 보세요! 내 앞에 차가운 불바다 있는 거! 그 안으로 뛰어들거나, 뒷걸음치거나. 아직 그걸 결정 못 했을 뿐이에요.

아들이 이죽거렸다. 홍은 애써 목소리를 가다듬었다.

그 빛으로 너가 불꽃처럼 빛났던 적도 있었어. 지금 죽을 만큼 괴로워도 지호를 생각해. 그럼 다시 살게 돼. 두 번, 세 번, 다시 살게 돼.

나한텐 두 번째 인생, 그런 건 없어요. 소설 따위가 날 위로할 순 없다고요.

홍은 자신이 얇은 종이처럼 가차 없이 찢어지는 느낌을 받았다. 홍은 정말 그렇게 했다. 프린트한 소설을 한꺼번에 몇 장씩 들고 미련 없이 찢어냈다. 아들이 홍의 행동을 말리며 신경질을 냈다.

그냥 나 좀 이해해 주면 안 돼요! 내 딴엔 엄마 챙기러 온 거라고요. 이참에 재밌는 얘기 하나 할까요. 나 고딩 때 엄마가 만났던 소설가요.

니가 그 사람을 어떻게 알아?

아들이 M의 존재를 알 리 없어서 홍은 놀라서 물었다.

그건 기억 안 나는데, 그때 엄마가 그 소설가랑 도망가는 악몽에 시달렸던 건 기억나요. 한 번은 보충 시간에 엎어져 자다 그 꿈을 꿨는데, 반 애들 다 구경하고. 그때 내 별명이 센 척이었는데, 헛소리에 징징거렸으니. 역겨운 코미디죠. 백 년 된 비밀인데, 털어놓으니 시원하네요.

과거가 세차게 문을 두드리고 있었지만, 홍은 입을 다물었다. M을 다시 만난 거야말로 홍에게는 역겨운 코미디였다. M에게 빠져들었던 건 소설 때문이었다. M은 다시 소설을 쓰고 싶다고 했고 홍은 힘이 돼주고 싶었다. M이 오래전에 소설을 포기했다는 사실은 금방 알아챘다. 홍은 어깨까지 내려오던 머리카락을 잘랐고 그걸로 끝이었다.

베란다 밖이 희붐하게 밝아오고 있었다. 조금 있으면 일출의 붉은 빛이 베란다 창가를 물들이며 점점 높이 떠오를 것이다.

아직 이 집 있어. 대출받고, 무슨 수든 찾으면 돼. 넌 너

살 궁리 해. 내 짐은 내가 져.

홍은 단호하게 말을 끝맺고 노트북을 덮었다. 아들이 식탁 위로 엎어지며 머리를 감싸 쥐었다.

엘리베이터는 10층에서 내려오고 있었다. 홍은 코트 깃을 세웠다. 오후가 되면서 기온은 더 내려갔다. 홍은 식당 일을 나갔다 돌아오는 참이었다. 아들이 좋아하는 해물을 사기 위해 재래시장까지 들렀다. 갈 곳 없는 아들을 추운 한데로 밀어낸 듯해서, 온종일 미안함이 그녀를 다그쳤다.

엘리베이터가 도착했다. 10층 5호 새댁이 종량제 쓰레기봉지를 들고 있었다. 다른 손에는 킥 보드, 킥 보드라고 징얼대는 어린 아들의 손이 매달려 있다. 새댁이 대뜸 언성을 높였다. 아, 아줌마, 집에 아들요. 막무가내네요. 홍은 깜짝 놀랐다. 아이가 발로 새댁의 정강이를 찼다. 어제 하루 종일 일하고 주말이라 좀 쉬어야 하는데, 도대체 잘 수가 있어야죠. 새댁이 말을 이으며 아이의 손목을 신경질적으로 잡아챘다. 킥 보드를 연신 외치던 아이가 아프다며 작은 손으로 제 어미의 손목을 꼬집었다. 새댁이 아이 손목을 찰싹 때리자, 아이는 조용해졌다. 홍은 문득 아들이 어릴 때 손찌검했나, 떠올려 보았다. 기억에는 없지만 남편과의 불화를 아이에게 화풀이했겠지, 짐작하며 홍은 쓸데없이 외로워졌다.

빨리 올라가 보세요, 새댁이 안타깝다는 표정으로 홍의 화장기 없는 얼굴을 바라보았다. 아, 네, 고개를 숙이면서도 홍은 무슨 일인지 모르겠다고 덧붙였다.

10층 복도에 들어서자마자 웃음소리가 들려왔다. 집 현관문은 비스듬히 닫힌 채였다. 복도에는 대형 탕수육 접시와 짜장면 그릇들이 얼키설키 재어져 있고 현관에는 벗어놓은 신발이 한가득했다. 좁은 거실 한가운데서 대여섯 명이 카드놀이에 열중해 있었다. 얼굴도 제대로 볼 수 없었지만 모두 모르는 사람들이었다. 홍은 기가 막힐 뿐, 화도 나지 않았다. 분명 뭔가로 뒤통수를 세게 맞았는데 아무 느낌도 없었다. 홍은 신발을 비비적대며 현관으로 들어서려다 그만두었다. 해물이 담긴 봉지만 현관에 둔 채 밖으로 나왔다. 뭔가 큰일 났다는 느낌이 등덜미를 스쳤다. 다른 누군가의 도움이 필요할지 모른다고 생각했지만, 홍은 고개를 저었다. 엘리베이터를 타고 하염없이 내려오며 어디로 갈까, 생각했다.

홍은 지하 주차장에 세워둔 차로 다시 돌아왔다. 지하의 어둡고 습한 기운을 힘껏 들이마시며 이것도 다 지나갈 일이라고 자신을 위로했다. 의자 등받이를 뒤로 빼고 누웠다. 자동차에 연민이 느껴졌다. 19만 천 킬로미터를 함께 한, 가까운 친구처럼 서로를 몰았으니 그럴만했다. 친구들은 자동차를 볼 때마다 품위 유지 운운했다. 칠이 벗겨지고 울퉁불퉁한 홈집에 녹까지 슨 자동차 외관은 볼썽사나웠다. 오디오 작동은 멈춘 지 오래였고, 구모델이라 부품 구하기도 어려웠다. 차는 꼬장꼬장한 늙은이처럼 스스로 제 기능을 소멸시켜 나갔다. 그래도 홍은 차가 눈비를 피하도록 좁은 지하 주차장에 주차하려고 애를 썼고, 그것은 그녀가 차의 프라이드를 지켜주려는 최선의 배려였다.

홍은 12시를 넘기고서야 차 안에서 나왔다. 저녁 찬거리가 든 비닐봉지를 들고 선 모습이 엘리베이터 거울에 비쳤다. 짧게 커트한 머리에 레깅스 차림새는 나이를 가늠하기 어려웠다. 그러고 보니 영락없는 바람난 여자의 몰골이다. 립스틱 자국이 번진 입술, 꺼멓게 멍이 든 거 같은 눈두덩이 밤새 놀다 새벽에 귀가하는 모습이다.

집안은 깜깜했다. 사는 게 지루해요. 혹시 한 방에 훅 가는 약 없어요? 아들 목소리가 괴괴한 울림처럼 파고들며 그녀의 신경을 곤두세웠다. 떨리는 손으로 작은방 문을 조금 밀었다. 스탠드 불빛 아래, 아들은 악몽을 꾸는 듯 괴롭게 몸을 뒤척였다. 어둠을 등진 채 홍은 아들 방 앞에 오래 서 있었다. 그녀의 전 생애가 그녀를 지켜보았다. 잠시 후 홍은 어질러진 술병과 음식 그릇들 사이를 간신히 통과하여 부엌 개수대 앞에 섰다. 방문 틈 사이로 삐져나온 여린

빛이 홍을 뒤따르며 그녀의 옷자락을 잡아당겼다. 홍은 뒤돌아보지 않았다. 조용히 찬장 문을 열었다. 희미한 어둠 속에서 홍은 병원을 그만두며 챙겨온 항우울제 약병을 어렵지 않게 꺼내 들었다. 컵에 물을 따르고 병째 약을 쏟았다. 자꾸 손바닥에 땀이 쥐어져서 연신 옷에 손을 문지르며 내가 쓰려던 소설의 결말은 이게 아니라고, 어떻게든 살려내는 걸 쓰고 싶었다고, 중얼거렸다. 잠깐 작은 기포를 일으키다 말끔하게 고요해진 물컵 안을 오랫동안 들여다보았다. 홍은 생각했다. 우유병을 입에 물리듯 비스듬히 아들을 안고 천천히 컵을 기울일 거라고. 홍은 아들 방을 향해 몸을 돌렸다. 그러나 갑자기 울리는 전화벨 소리에 놀라 뒤돌아섰다. 웬일인지 눈이 떠지지 않았다. 눈에 힘을 주었지만, 눈이 잘 떠지지 않았다. 간신히 눈동자만 움직여 사방을 휘둘렀다. 꿈이었다. 기가 막혔다. 너가 미쳐도, 단단히 미쳤구나! 아니, 이런 벼락 맞을 꿈을 꾸다니! 홍은 사정없이 가슴을 쳤다. 그렁그렁 맺힌 눈물을 닦으며 서둘러 전화기를 귀에 갔다 댔지만, 말이 나오지 않았다.

어머니도 아셔야 할 것 같아 전화했다는 며느리의 목소리는 술에 취한 듯 들렸다. 편의점, 잘 안됐어요. 인근 대형 마트에 코로나까지. 간신히 버텼는데. 코로나 끝나고는 더 힘들었어요. 그이는 그나마 찾아온 손님들과도 싸움질이고. 그 사람, 괴물이 됐어요. 글쎄, 먹고 사는 일이 너무 하찮게 여겨지지 않느냐며, 같이 죽자고 음료수에 약 타서 먹으라는 거예요. 어떻게 사람이 이래 무서워졌는지. 지호는 맨날 아빠 찾고. 어머니, 어떻게 해야…….

며느리가 울먹거리기 시작했다. 홍은 떨리는 손으로 전화를 내려놓고 핸들을 움켜잡았다. 오래전, 홍이 바라본 아들의 운명은 불길하고 무서운 것이었다. 그것은 순간적인 예감이었지만 마치 미래의 불행을 눈앞에서 겪고 있는 것처럼 생생했다. 지금껏 그 예감과 맞서왔는데. 홍은 숨을 고르며 정신을 차리려 애썼다. 며느리는 홍이 대꾸가 없자 몇 번 어머니를 부르다 다시 연락하겠다며 전화를 끊었다.

시간은 새벽 2시를 넘어서고 있었다. 엘리베이터는 매우 느렸고 홍은 긴 벼랑을 기어오르는 기분이었다. 집안은 조용했다. 전등 스위치를 올린 순간 홍은 자기 눈을 의심했다. 거실 등은 새것이었고, 몇 시간 전의 난장판은 감쪽같이 사라졌다. 집 안은 깨끗이 정리되어 있었다. 으흐흐, 제 것이 아닌 거 같은 괴이한 울음소리를 흘리며 홍은 급하게 작은 방 문을 밀었다.

아들은 매트 위에 등을 돌린 채 모로 누워있었다. 급물살에 떠밀리는 듯한 마음을 진정시키려 애쓰며 홍은 허겁지겁 아들의 등을 흔들었다. 다행히 아들은 얕은 신음소리를 냈다. 엄마는 죽어서도 삶을 붙잡고 있는데 넌 왜 살아서 삶을 놓으려 하는 데에! 미안해. 엄마가 미안해. 미쳤지, 미쳤어. 어떻게 그런 꿈을! 홍은 속울음을 삼키며 아들의 등허리를 조심스럽게 매만졌다. 아들이 메고 온 검은 가방이 눈에 들어왔다. 가방을 여는 손이 떨렸다. 옷 몇 벌, 가족사진 몇 장, 잔액이 삼십팔만 오천 원인 통장, 그리고 라벨이 붙지 않는 약병. 37년 인생에서 아들이 챙긴 짐은 간단했다. 홍은 가방에 얼굴을 묻었다. 무례하게 열린 가방 속처럼 마음이 너덜너덜했다.

홍은 아들 옆에 누웠다. 유난히 왜소해 보이는 아들의 등은 멀리서, 더 멀어져가는 뒷모습처럼 보였다. 홍은 아들을 처음 안았을 때를 떠올렸다. 46킬로그램의 여자는 4.9킬로그램의 아들을 낳았다. 태아의 몸이 커서 회음부를 십자로 잘라야 했다. 그놈, 장군감이네요. 의사가 말했다. 핏덩이를 가슴에 안으며 홍은 자신이야말로 그날, 어미로 새로 태어났다고 생각했다. 홍은 아들을 다시 자궁 안으로 되돌려 보낼 듯 아들의 등을 조심스레 끌어안았다.

두 아이

대문이 열리고 아이가 마당으로 들어섰다. 흙이라고는 한 줌도 없는 시멘트로 덮인 마당에 정오를 지난 햇빛이 하얗게 내리쏟아졌다. 저번 주부터 시작된 물난리로 전국이 아수라장인데 다행히 강원도 영동 지방은 피해 갔다. 수란은 이곳에 오길 잘했다고 생각하며 창밖으로 다시 아이를 내다보았다. 아이 이름은 소원이었다. 제 등짝만 한 크기의 초록색 가방이 들썩들썩했다. 아이는 이제는 익숙하게 가방에서 열쇠를 꺼내 현관문을 열고 가방을 집 안으로 던졌다. 그리고 다시 마당으로 내려선 후 수란이 있는 별채 쪽으로 왔다. 그런 일련의 과정은 아이의 시무룩한 표정에 비해 경쾌해 보였다. 수란은 창가에서 아이를 지켜보다가 천천히 커튼 뒤로 몸을 돌렸다. 아이는 마당 수돗가 바로 옆에 있는 적갈색 대형 고무대야 앞에 섰다. 고무 그릇에는 상추며 쪽파, 치커리가 자라고 있었다. 수란이 어릴 때, 여름에는 목욕용으로, 겨울에는 김장용으로 사용했던 대형 대야는 이 시멘트 마당의 유일한 텃밭인 셈이었다. 아이는 손으로 흙을 살살 만지더니 다시 한번 사방을 살핀 뒤 손끝으로 집은 흙을 입안으로 털어 넣었다. 천천히 눈동자를 굴리며 입을 다시는 아이 얼굴은 맛을 음미한다기보다는 무슨 생각에 골몰한 표정이었다. 안 돼, 수란은 절로 튀어나온 말을 손으로 막으며 걱정스럽게 아이를 훔쳐보았다. 엄마를 생각하는 걸까. 하지만 아이는 초등학교 3학년이었다. 흙을 주워 먹을 나이는 아니었다.

수란이 강원도 한달살이 여행을 떠나 이 집에 민박 든 지 삼사일인가 지났을 때, 아이가 왔다. 그때 수란은 주인 여자와 마당 수돗가에서 쌈 채소를 씻고 있었다. 입주 첫날 방에서 가발을 벗은 수란의 삭발에 놀라 뒤돌아선 후 주인 여자가 말을 걸어온 게 그날이 처음이었다. 그동안 데면데면 지낸 게 미안했던지 주인 여자는 수란에게 함께 저녁 먹자고 했다.

트렁크를 끄는 소원 엄마와 책가방을 멘 단발머리 아이가 대문을 밀고 마당으로 들어섰을 때 주인 여자는 물기가 떨어지는 상추를 든 채 벌떡 일어섰다. 기어코 니 년이! 냉랭하게 내뱉으며 눈길도 주지 않고 집 안으로 들어갔다. 손에서 떨어진 물이 현관까지 이어졌다. 그리고 이틀 동안 소원 엄마와 주인 여자는 몇 차례 언성을 높이며 다투었고, 그래서 수란도 이들 모녀 사이에 무슨 일이 일어난 건지 대충 짜맞출 수 있게 되었다. 소원 아빠는 죽었고 소원 엄마는 재혼했지만, 소원이 걸림돌이 되는 모양이었다. 이번에는 실패하고 싶지 않다고, 그럼 나 죽을지도 몰라. 소원 엄마의 울먹임과 엄마, 잘못했어. 엄마 말 잘 들을 거라는 아이의 울먹임이 연이어 들렸다. 몇 차례 그런 일을 겪었다는 얘긴가, 수란은 어두워진 마당을 서성이며 괜히 우울해졌다. 그날 저녁, 주인 여자가 고등어찜을 가져와서 미안하다고 했다. 이참에 방 뺀다고 하면 돈은 날짜만큼 계산해서 돌려주겠다고. 수란은 손목까지 내려온 면티를 걷어 붉은 두드러기 자국으로 덮인 팔을 들어 올렸다. 내 꼴이 어떤지 알면서 그러냐는 말과 함께 씻어뒀던 채소 소쿠리를 건넸다.

모녀지간 언쟁은 주인 여자가 한차례 소원 엄마 뺨을 때리는 것으로 잠잠해지더니 다음날, 소원 엄마는 소원을 남겨 두고 집을 떠났다. 그때도 수란은 창문 커튼 뒤에서 엄마를 배웅하는 아이를 먹먹히 바라보았다. 할머니 말 잘 듣고, 학교 잘 다니고, 엄마 자주 내려올게, 두서없이 말하며 소원 엄마는 소원의 두 손을 잡고 울먹였지만, 소원은 울지 않았다. 엄마 좀 보라고, 소원 엄마는 소원과 눈을 맞추려 애썼으나 소원은 상체를 뒤로 빼며, 엄마의 시선을 밀어냈다. 입술을 감쳐문 채 엄마에게 잡힌 두 손을 빼냈다. 에구, 잡년. 내가 이 꼴 보려고 지금껏 살았네, 욕설을 내뱉으며 주인 여자가 집으로 들어간 후에도 소원은 그 대문 앞에, 그대로 서 있었다. 마치 좀 전까지 엄마와 함께였던 순간이 감쪽같이 사라진 것을 인정할 수 없다는 듯 굳은 표정이었다. 그리고 조금 전처럼 적갈색 고무대야 앞으로 가더니 아무렇지 않게 손끝으로 집은 흙을 입안으로 가져갔다. 아이의 버릇이 그때부터 시작됐는지는 알 수 없었지만, 수란은 안타까울 뿐이었다.

수란은 잠시 방안을 서성거렸다. 어쩌나 고민하던 수란은 옷의 먼지를 터는 척하며 밖으로 나왔다. 소녀의 동그랗게 벌어진 눈이 긴장하는 거 같았다.

너 이름 뭐니? 말을 걸었지만 대답하지 않았다. 소원이지? 수란의 말에 아이가 손등으로 입술을 훔쳤다. 초등학교 다니지? 역시 대답하지 않아서 3학년, 수란이 덧붙였다. 아이가 고무대야 앞에서 일어섰다. 작은 키에 작은 얼굴, 햇빛을 받아 반짝이는 작은 콧방울에서 숨겨진 고집이 느껴졌다.

중앙초등학교, 전학생. 어머, 그러고 보니 나도 중앙 출신인데. 아줌마가 너 선배네. 까마득한 선배. 아줌마 다닐 때는 중앙 국민학교였지만.

아이는 위아래가 한 벌인 연한 하늘색 반바지와 헐렁한 티를 입고 있었는데 티 한가운데를 아마도 치약 물로 보이는 허연 얼룩이 길게 나 있었다. 수란은 사위를 두리번거린 뒤, 한 손으로 입을 가린 후 목소리를 낮춰 말했다. 사실은, 아줌마도 전학생이었어. 2학년 때. 그러고는 아이를 마당 그늘에 있는 야외 테이블로 데려갔다. 아이는 싫은 내색 없이 맞은편 의자에 앉았다. 수란은 주머니에서 아몬드를 한 움큼 꺼냈다. 여기가 소원이 집. 그리고 여기가 중앙초등학교, 좀 옆으로 있었던 S 여중, 맞은 편의 S 여고를 아몬드로 각각 표시했다. 집에서 골목 내려가면 큰 도로 나오잖아. 그리고 중앙초까지 쭈욱 올라가고. 수란은 사람이 걷는 것처럼 아몬드 한 개를 들고 움직였다. 아이는 수란의 손 움직임에 시선을 집중했다.

아줌마는 엄마 따라서 2학년 때 이 집에 왔어. 그리고 대학 갈 때까지 이 길을 걸어 다녔고. 그게 50년 전 일인데 지금, 여기 있는 게 너무 신기하지 않니?

사실 수란은 초등학교도 졸업하지 못하고 이 집을 떠났지만, 지금은 거짓말이 필요할 때라고 생각했다. 그렇게 어른이 됐어. 어른 된 후 당당하게 이곳을 떠났고. 당당하게! 당당하게, 라는 단어에 힘을 주었다. 소원이도 빨리 어른

되고 싶잖아, 맞지? 수란은 소원의 눈치를 살피며 덧붙였다. 너도 그렇게 할 수 있어, 라는 말은 뺐다. 소원은 뭔가 골똘히 생각에 잠긴 표정으로 수란을 바라보았다.

지대가 높은 곳이어서 멀리 설악산 등성이들이 한눈에 들어왔다. 맑은 날씨였지만 흰 구름이 산머리 위로 한가득 몰려 있었다. 언제 비구름으로 바뀔지 알 수 없었다. 장마철이었다.

수란은 아몬드 한 개를 입에 넣고 천천히 씹으며 아이에게도 아몬드를 건넸다. 메스꺼움과 울렁증이 이는 것을 느끼며 수란은 물었다. 아몬드 좋아해? 아이는 역시 대답하지 않았지만 조금 벌어진 입술 사이로 붉은 혀끝이 살짝 드러나 보였다.

아줌마도 아몬드 엄청 싫어했는데. 사실 이거 두 번째 비밀인데, 수란은 다시 사방을 훑은 후, 상체를 낮춘 채 은밀하게 말했다. 아줌마 좀 아프거든. 아플 땐 이게 최고야. 소원아, 아줌마가 오늘 비밀 두 개 알려줬다. 기억해. 너도 나중에 비밀 알려 줘야 해.

수란은 손으로 입을 가리며 급히 일어섰다. 아이도 놀란 듯 벌떡 일어섰다. 수란은 아이에게 뭐라 말할 틈도 없이 부랴부랴 별채로 들어갔다. 하지만 화장실까지 가지 못하고 개수대로 달려가 구토했다. 이곳에 내려온 후 구토도 잦

아들고 복통도 사라져서 진토제를 먹지 않은 탓을 하며 수란은 입을 닦았다. 아이가 철제 문설주에 몸을 기댄 채 한 손으로 현관문을 밀며 수란을 보고 있었다. 육중한 철문 무게에 아이의 왼쪽 팔이 조금씩 밀렸다. 문득 수란은 아이가 반은 내쳐지고 반만 받아들여진 자신의 처지를 잘 알고 있을 거라는 생각이 들었다. 놀란 눈을 깜빡이며 수란을 향한 시선을 놓지 않았다. 별거 아냐. 아침 먹은 게 체했나 보다고 수란이 너스레를 떨며 다가갔다. 아이는 거의 끼어 있다시피 한 몸을 잽싸게 뒤로 뺐다. 현관문이 쾅 소리를 내며 닫혔다.

잠결에 전화벨 소리를 들었지만, 수란은 몸이 말을 듣지 않았다. 다시 전화벨이 울렸고 간신히 눈을 떴다. 주인 여자였다. 오늘도 식당에서 점심 먹을 건지, 그럼 소원이도 데려올 수 있는지, 조심스럽게 물었다. 주인 여자는 시장통에서 밥집을 운영하고 있었다. 속이 안 좋아 아침도 거른 터라, 수란은 고맙다고 했다. 고것이 보통 까칠 내기가 아니라고, 지 엄마 떠나고는 아직껏 말 한마디 안 했다며, 묻지도 말고 그냥 끌고 오면 된다고 여자는 덧붙였다. 몸단장하고 밖으로 나오니 소원은 핸드폰을 든 채 벌써 나와 있었다. 할머니 전화 받았지? 아이는 고개만 까딱, 움직였다. 수란이 먼저 초록색 대문을 나서고 아이가 뒤따랐다.

조금 휘어진 계단을 내려오면 동네를 관통하는 포장길이 나왔다. 낮은 언덕 위 달동네에서 시작된 그 길은 구불거리며 시장 큰길로 연결되었다. 썩은 침전물과 검은 물때들이 고여있던 얕은 도랑이 시장길을 향하여 우물 있는 데까지 이어졌다. 그 도랑을 따라 집들이 다닥다닥 늘어섰는데 지대가 길보다 낮은 데다 모두 등 돌린 형태여서 대낮에도 마당은 컴컴한 동굴 같았다. 지금은 악취를 풍기던 도랑도, 우물도 사라지고 골목길 경사도 완만해졌다. 집들은 새로 지어졌고, 햇살이 마당까지 들어왔다. 우물이 있던 공터에는 가로등이 서고 주차 공간이 되었다.

옛날엔 계단 내려와 만나는 첫 번째 집, 두 번째 집 모두 무당집이었어. 수란이 말했다. 지금은 5층짜리 연립주택이 들어서 있었다. 둘이 자매지간이었는데 큰무당 작은 무당, 이렇게 불렀어. 소원의 눈동자가 조금 벌어지는 걸 보며 수란은 잠깐 말을 끊고 목소리를 낮췄다. 무당집은 항상 방문이 반쯤 열려 있었는데 그게 더 무서워서 언제나 휙 지나쳤거든. 아무것도 안 보려고. 근데도 붉은색 얼굴들이며 울긋불긋 깃발들이 눈앞으로 확 달려들곤 했어. 소원이 너 굿하는 거, 못 봤지? 아줌마 어릴 적엔 굿 많이 했어. 바닷가 동네니까. 고기잡이 나갔다가 바다에서 사고 안 나게 비는 거지.

천천히 걸어 내려가며 얘기하다 보니 수란은 문득 어릴 적 두려움에 떨며, 이 길을 달렸던 기억이 눈에 보이는 거 같았다. 경사길이라 가속이 붙어 몸이 뒤집힐 거 같던 위험의 느낌도 되살아났다.

밤에 심부름 갈 때가 젤 무서워. 계단 내려오면서부터 입술 꽉 깨물고 앞만 보고 달리는 거야. 심장이 등에 멘 가방처럼 덜컹거려. 그땐 가로등도 없었어. 우물 맞은편 집 남자가 죽었는데 우물귀신이 데려갔다고 했지. 사실은 그 남자 아내가 춤바람 나서 애들도 내팽개치고 도망간 게 팩트인데. 어릴 때는 소문에 휘둘리잖아. 소원이 넌 우물 본 적 없지?

수란은 우물이 있었던 자리를 가리키며 말했다. 잠깐이었지만 수란은 우물에서 물을 퍼 나르기도 했다. 곧 수도가 들어왔고, 우물은 말랐다. 우물터는 애들 놀이터가 됐고 우물은 애들한테 시달리며 쓰레기들로 채워졌다. 우물이 철거되는 건 수란도 보지 못했다.

공터를 돌아나가자 24시 편의점이 나왔다. 그 시절에는 점방이라 불렀다. 편의점 옆의 과일 도매상은 연탄 가게가 있던 곳이었다. 과일 도매상 앞으로 일직선으로 뻗은 상가 도로가 중앙초등학교까지 뻗어있었다. 2차선 도로인 데다 노점상들이며 행인들, 차들이 뒤엉켜 혼잡한 풍경은 예전과 다름없었다.

이 길이야. 십 년 후, 소원이가 어떤 모습으로 이 길에 서 있을지 궁금하지 않니? 십 년 후, 미래에 미리 가 있다고 상상해 봐.

수란은 일부러 환하게 웃으며 말했다. 소원의 눈빛이 흔들리더니 곧 화난 듯 시선을 돌리며 앞서 걷기 시작했다. 수란은 맥이 빠졌다. 앞으로 엄마와 함께 살지 못할 거라는 걸 아이는 잘 알고 있을 거 같았다. 그 두려움이 소원의 입을 막고 있다고 수란은 생각했다. 그래서 엄마가 데려올 거라고 소원이 항변하길 바랐는데 아이 입은 끝내 열리지 않았다. 수란은 소원의 뒤를 따라 걸으며 조금 우울해졌다. 사실 그 10년의 길은 수란도 가보지 못한 길이었다. 운명이 자신을 이 길에서 밀어냈다고 수란은 생각했다. 시장 입구로 들어서자 〈시장 밥집〉 간판이 제일 먼저 눈에 들어왔다.

주인 여자의 밥집은 기대 이상이었다. 처음 밥을 먹어 본후 수란은 단골이 되었다. 시원하고 맑은 동태탕이며 곰치국, 대구탕이 별미였다. 수란의 벌거숭이 머리를 본 탓인지 주인 여자는 밑반찬들도 다른 식탁과 달리 신경 쓰는 듯했다. 뒤따라 들어오는 소원을 보자, 에구, 내가 나랏님을 모시고 산다며 조리실로 들어갔다. 늦은 점심이라 손님은 많지 않았다. 수란은 소원의 등을 떠밀어 창가 쪽으로 앉았다. 식탁 반쯤이 빛을 받아 안쪽보다 환하게 보이는 부분에 소원이 살며시 손을 댔다. 손을 위, 아래로 움직일 때마다 식탁 위에 그림자 손이 선명해졌다 흐려졌다. 소원아, 이 빛은 들어온 손님일까, 나가는 손님일까. 수란의 물음에 아이는 금세 골몰한 표정이 되었다. 문득 수란 자신도 의문이었다. 왜 아이한테 그런 고상한 질문을 하냐며 주인 여자가 상을 차렸다. 여자는 수란 앞으로는 상추와 깻잎이며 양파 장아찌, 브로콜리 무침을, 소원 앞으로는 소고기 장조림과 당근과 파가 들어간 달걀부침을 놓은 후, 가운데에 곰치국을 놓았다.

와, 맛있겠네요. 언제나 맛있었지만 오늘은 더 예쁘네요.

고맙소, 그래 말해주면 나도 좋지요. 그래도 밥값은 내야 해요.

수란은 이런 환상적인 상을 공짜로 먹으면 염치없는 거라고 말하며 웃었다.

너도 많이 먹어라. 할미 속 썩이려면 많이 먹어야지.

주인 여자는 소원을 향해 무뚝뚝하게 말했다. 소원은 무표정으로 고개를 숙였다. 밥 먹는 내내 그랬다. 눈썹까지 내려와 있는 머리카락이 아이의 시선을 가렸다. 식사가 끝난 후 수란은 계산하며 여자의 허락을 구했다. 소원이와 같이 수복탑에 들렀다 집으로 가겠다고 했다. 수복탑 가 봤자 볼 거 하나 없다면서도 여자는 알겠다고 했다.

시장길을 벗어나 큰 도로에 들어섰다. 차들이 길게 늘어선 모습은 예전과 너무 달랐다.

이 길이 7번 국도야. 양양 지나 고성 통일전망대까지 이어져 있어. 그 너머는 북한이고. 육이오 전쟁 나고 휴전선 생긴 거 알지? 전쟁 전후에는 북한까지 이어진 철도도 있었대. 아줌마가 이곳에 왔을 땐 철로만 남아 있었어. 철도길 따라 걷는 걸 좋아했는데 지금은 없어졌어.

수란은 인도를 따라 걸으며 계속 얘기했다. 이렇게 아이랑 걷고 싶었다. 수복탑을 아이와 같이 보고 싶었다. 사실 수복탑은 수란에게는 이 도시에 대한 기억을 여는 첫 번째 문과 같았다.

3차 항암을 끝낸 후, 당장 이곳을 봐야 한다고 생각했다. 환우 동호회 친구였던 열우와 했던 약속 때문이었을까. 늘 이 도시를 떠올리면 뭔가 아프고 빚진 느낌이 든 때문이었을까. 하루라도 미룬다면 어쩌면 다시는 오지 못할 거라 조급해졌고, 수란은 아무에게도 알리지 않은 채로 차를 몰았다.

마당 한가운데로 책가방의 책들이 쏟아지고, 새아버지가 성냥을 들고 수란을 향해 야단치던 장면이 불쑥 떠올랐다. 수란은 꿇어앉아 앞으로는 절대 안 그러겠다고 울먹였다. 처음으로 학교 수업을 받지 못했던 날이었다. 학교 가기 위

해 나섰다가 철로를 만났고 계속 걸으면 수복탑이 나온다
는 친구 말을 믿었다가 길을 잃었을 뿐이었다. 어찌어찌 다
시 길을 물어 학교로 갔을 때는 이미 수업은 끝났고 난리
가 난 후였다. 같은 학교에 다녔던 6학년 오빠와 시장에서
일하던 차림새 그대로 엄마가 불려 왔다. 오빠는 니네 집으
로 갈 거면 아주 가지, 뭣하러 돌아왔냐고 했다. 사람들은
수란이 옛집으로 가고 싶어 한다고 생각했다. 하지만 그때,
수란은 옛날로 돌아갈 수 없다는 걸 잘 알았다. 새아빠와
오빠와도 잘 지내야 하고, 그게 엄마를 지키는 거라는 것
도. 다만 그 마음이 뿌리내리는 데는 시간이 필요했는데 억
지로 하다 보니 마음에 구멍이 생겼다는 건 좀 더 커서 알
았다.

생각에 빠져 걷다가 수란은 놀라 뒤돌아섰다. 다행히 좀
떨어져서 소원이 오고 있었다. 소원도 시간이 필요할 거였
다. 가끔 주변을 살필 뿐 아이는 시든 꽃처럼 자기 발만 내
려다보며 걸었다. 문득 수십 년의 시간을 건너 아이가 오고
있는 거 같았다. 수란은 요란스럽게 손을 흔들었다. 아이가
뻘쭘해 하며 가까이 왔을 때, 수란은 다시 걸었다.

시청이 가까워질수록 고층 건물이 많아졌다. 불뚝불뚝
솟은 건물의 상체가 마치 거대한 스크린처럼 허공에 매달
려 있는 거 같았다. 스무 살, 이곳을 찾았을 때와는 너무 다

른 모습에 수란도 놀라울 뿐이었다. 그때 수란은 성인이 된 자신을 이 도시에게 보여 주고, 확인받겠다고 했던 자기와의 약속을 지키려 했다.

조금 더 가자 원형 교차로가 보이고 수복탑 모자상이 눈앞에 나타났다. 버스에서 기차로, 다시 버스로 갈아타고 터미널에 내린 후 막무가내로 엄마 손에 이끌려 택시를 잡기 위해 시내 쪽으로 나왔을 때 어린 수란의 시선을 잡아끌었던 조각상이었다. 높은 탑 위에서 바람을 헤쳐 나가는 모자의 옷자락이며 옷고름이 선명하게 보였다. 그것이 수복탑이라는 것, 전쟁이 끝나면 다시 고향으로 되돌아가는 염원을 담았다고 엄마가 말했을 때 눈물이 날 뻔했던 것, 그날 입었던 레이스 달린 분홍색 원피스가 너무 꽉 끼어 불편했던 것까지 수란은 떠올랐다. 새 가족을 처음 만났던 날이었다. 수란은 자신 또한 그들 모자처럼 소중한 뭔가를 잃어버린 거 같았고, 모자상은 수란에게 잃어버린 걸 찾기 위해서는 꼭 되돌아가야 한다는, 다짐 같은 거로 각인되었다. 물론 그런 생각은 그때는 막연한 거였고, 나이가 들수록 절실해졌다.

기억과 다르게 모자상은 너무 왜소해 보였다. 길 건너편의 40층은 될 거 같은 건물들이 바로 앞을 가로막고 있어 먼 북쪽을 향해 시선을 던지던 모자의 절실함도 멀게 느껴졌다. 한 손은 아들 손을 잡고 다른 손은 보따리를 머리에 인 모습으로 생각했는데 보따리는 손에 쥐고 있었다. 염원을 향해 바삐 걷는 돌조각 상의 생동감도 누렇게 세월의 때를 뒤집어쓴 채 멈춰 선 듯 보였다.

소원은 탑 앞에서 머리를 젖히고 모자상을 한참 올려보더니, 몇 번 뒷걸음질한 후, 거리를 둔 채 다시 올려보았다. 10년 후에도 이 모자상은 여기 이 자리에 그대로 있을까. 수란의 말에 소원은 시선을 돌려, 바다 쪽으로 돌아섰다. 시나브로 내려앉은 오후의 햇살에 사위는 푸르스름한 잿빛을 띠었다. 울어도 괜찮다고, 혼잣말하며 수란은 공원 벤치에 앉았다. 엄만 언제든 널 보러 올 거야. 아이의 마음에 닿기 위해 목청을 높였다. 소원은 반응이 없었다. 수란은 속이 조금 안 좋아 아몬드 한 알을 입에 넣었다. 아몬드 특유의 향이 토기를 조금 진정시켜 주었지만, 집으로 가야 했다. 아줌마가 몸이 좀 안 좋아. 더 참을 수 없어 소리치자, 소원이 달려왔다. 얼떨결에 소원이 내민 손을 잡고 도로로 나섰다.

수란은 개수대를 붙잡고 점심 먹은 것을 토해냈다. 간신히 정신을 차리고 뒤돌아보니 며칠 전에 그랬던 거처럼 소원이 철문을 밀며 서 있었다. 소원의 여린 팔이 철문에 조금씩 밀리고 있었다. 불안과 두려움이 얼굴에 가득했다. 수란은 입가의 물기를 수건으로 훔쳐내며 소파에 털썩 주저 앉았다. 별거 아니야. 약 먹으면 돼. 들어올래? 수란의 맥없 는 말이 끝나기도 전에 아이가 소리쳤다.

아줌마 죽어요?

말의 의미보다 아이가 말했다는 사실에 놀라 수란은 절 로 입이 벌어졌다.

소원아, 너 말했어. 지금 말했다구! 잘했어! 잘했어!

수란이 웃으며 말하자 죽느냐구요? 소원은 소리를 내지 른 후 문을 쾅 닫았다. 수란은 놀라서 소파에서 일어섰다. 생각해 보니 맹랑한 질문이었다.

잠을 자려고 누웠지만 소원의 말이 계속 들려왔다. 1차 항암을 끝낸 후, 전이 되었고, 다시 치료하는 동안 누구에 게도, 스스로에게도 살 수 있는지 묻지 못했다. 암 덕분에 삶과 죽음을 완전히 새롭게 깨달았다고 떠들었던 말들은 허세일 뿐이었다. 쪼끄만 게 겁도 없이 뭐 그런 걸 묻냐. 어 글어글하게 웃으면서도 울음이 밀고 나올 듯 가슴이 뻐근 해졌다. 그녀는 연거푸 숨을 내쉬었다. 늘 그 질문을 회피 하려 했던 심중을 들켰다는 게 속상했다. 너 죽니? 너 지금 죽고 싶니? 수란은 스스로에게 물었다.

아니 왜 지가 싸질러 놓은 혹을 엄마가 책임지냐고요!

몹시 성이 오른 목소리가 별채까지 생생하게 들려왔다. 수란은 한살림 매장에서 사 온 요거트와 카스테라, 채소를 냉장고에 집어넣다 말고 창가로 가서 본채를 내다보았다. 마당에는 어둠만이 가득했다.

큰아들 목소리였다. 어제도 주인 여자를 향해 소원 엄마에 관해 언성을 높이는 걸 보았다. 오늘은 술까지 동행한 모양이네, 수란은 중얼거렸다. 그동안 이 집 들어와 살겠다는 걸 안된다 했는데 소원이는 되고 저는 왜 안 되냐고 따진다고 했다. 벌써 집을 담보로 대출도 받아준 터라 주인 여자는 아들을 믿지 못했다. 아침에 주인 여자는 어제의 소란에 대해 미안하다며 오늘 저녁에 작은아들 내려오면 더 크게 한바탕 할지 모른다고 미리 귀띔까지 했는데 정말 사달이 난 모양이었다.

그때 수란은 주인 여자에게 병상 친구, 오정 씨 얘기를 했다. 병실 침대 옆 수납장에 집 사진을 붙여 놓았던 오정 씨. 어느 날, 오정 씨 딸애가 전화통을 붙잡고 제 오빠와 실랑이하는 모습을 우연히 보게 되었다. 함께 병원 복도를 걷다 병실로 돌아온 참이었다. 지금껏 자신이 돌봤으니, 이젠 오빠가 엄마를 맡아야 한다고, 언성을 높이는 걸 듣고 있자니 수란은 입안이 말랐다.

자식 자랑이 사는 낙이던 양반인데. 그냥 주저앉더라고

요. 맞는 말인데 왜 섭섭하고 억울한지 모르겠다면서요. 그 후론 입을 닫더니 곧 중환자실로 옮겨 갔죠.

수란은 뭐든 스트레스받지 말고 건강한 게 최고라고 주인 여자를 위로했다.

엄마는 계속 식당 하겠다잖아. 젤 잘하는 일이라잖아. 식당 팔고 펜션 하면, 그 일은 누가 할 건데. 엄마 메이드로 부리게. 형 선장 갈 거라며? 그럼 됐지, 왜 엄마 걸 욕심내냐고.

엄마 모시고 살겠다는데 뭔 개소리야?

형 전력이 말해주잖아. 대출 건도 있고. 더 이상 형을 믿을 수 없어.

시발 놈이! 욕설과 함께 그릇 깨지는 소리가 들려왔다. 둘이 엉겨 붙어 싸우는지 의자 같은 게 넘어지는 소리까지.

그만하라고 울부짖는 주인 여자의 목소리에 수란은 답답해졌다. 이 난리에 소원이 어떨지, 걱정되었다. 방안의 불을 끄고 화장실 전등만 남겨둔 채 다시 창가에 섰다. 혹시 몰라 집안의 불빛이 비껴간 어두운 곳까지 꼼꼼히 살폈다. 역시나 야외 테이블에 꼼짝없이 앉아 있는 소원의 실루엣이 눈에 들어왔다. 동시에 본채 현관의 철문이 쾅 소리를 내며 열렸다. 이 집구석 다시 오나 봐라, 악을 쓰며 한 명이 쫓기듯 튕겨 나와 마당을 가로질러 대문을 빠져나갔다. 뒤이어 다른 한 명이 뛰어나왔다. 손에 식칼을 든 채였다. 주인 여자도 딸려 나오듯 작은 아들 옷자락을 붙들고 마당에 섰다. 모두 맨발이었다. 이 새끼 죽여버릴 거라 소리치는 아들을 주인 여자가 울며 다독이더니, 다시 집안으로 밀고 들어갔다. 수란은 무슨 활극을 보듯 넋을 빼고 있다가 놀란 가슴을 진정시켰다. 그새 소원은 보이지 않았다. 침대에 몸을 눕혔지만 잠이 오지 않았다. 소원이 집에 들어갔는지 걱정되었다. 얼마 안 있어 주인 여자의 다급한 목소리가 들려왔다. 소원이 안 보인다고 했다.

작은애가 시장통까지 찾았는데 안 보여요. 쪼그만 게 아주 집안을 디베 놓네요.

주인 여자는 야외 탁자에 앉아 주먹으로 허벅지를 내리치며 말했다.

나도 나가서 찾아볼게요. 수란이 말했다.

돌아오겠지요. 말은 안 해도 눈치 백단이라 지 처지를 잘 알 거예요.

주인 여자가 어두운 허공을 향해 주절거렸다.

수란은 덧옷을 걸치고 집을 나섰다. 휴대 전화 빛을 비춰가며 어두운 길을 나서는데 기분이 묘해졌다. 구름 때문인지 하늘은 흐릿했다. 다행히 집집이 흘러나온 불빛과 가로등이 넉넉히 길을 밝혀주었다. 어렸을 때 기억이 떠올랐다. 어둠은 거대한 문이었고 창가의 작은 불빛은 어둠을 훔쳐보는 눈 같았다. 경사진 길을 숨을 헐떡이며 뛰어 내려가는 아이가 코너를 돌아 사라졌다. 이 길에 서면 늘 반복되는 환영이었다. 과거가 앞서가고 현재가 뒤따르는 길이었다. 오빠 심부름은 대부분 귀신이 나온다는 우물을 지나 있는 점방에서 주전부리를 사 오는 거였다. 5분! 이라는 시간이 주어진 심부름이었다. 빠듯한 시간이었다. 한 번도 오빠가 대문을 잠근 일은 없었지만, 그 길은 늘 두려움과 한바탕 싸움을 치러야 돌아올 수 있는 길이었다.

어두운 골목을 샅샅이 뒤졌지만 아이는 보이지 않았다. 소원아, 어디 숨었니, 수란은 중얼거리다 문득 소원이 숨는다면 안전한 곳을 선택할 거란 생각이 들었다. 그렇다면 집안 어딘가에 있을 확률이 높았다.

그 시절, 수란도 숨을 곳이 필요했다. 엄마는 새아버지와 장사하느라 집안을 돌볼 여유가 없었다. 혼자 밥상을 차렸고 혼자 집을 지켰다. 오빠는 예민하고 신경질적이었고, 엄격한 선을 긋는 사람이었다. 스스로가 허용한 범위 밖으로는 나오지 않았다. 엄마라는 호칭을 사용하지 않았고 수란은 야!로 불렸다. 그런 이유로 새아버지는 오빠를 달래도 보고 경고도 했지만, 오빠의 불만은 더 심해졌다. 새아빠가 오빠를 혼내는 날들이 늘었다. 가끔 손찌검도 있었다. 그럴 때면 수란은 본채에 붙어있던 창고에 숨었다. 한 평도 안 되는 공간이었지만 한쪽 벽면에는 연탄이 쌓여 있었고 반대편에는 노가리며 명태 마른 것들이 걸려 있었다. 문짝은 나무 조각으로 얼기설기 이어졌고 그 틈으로 셀로판지 같은 햇살도 숨어들었다. 햇살에 손을 비추며 노닥거리다 보면 바깥 소란에 숨죽이던 긴장도, 저 때문에 분란이 일어났다는 죄책감도 천천히 가라앉았다. 소란이 끝난 집은 언제나 무거운 침묵에 눌려있었고, 수란은 시멘트 마루에 앉아 엄마가 수란아, 부르며 자신을 찾아 나오기를 기다렸다.

수란은 문득 걸음을 멈추었다. 길바닥의 어둠이 휴대 전화 빛을 따라 흔들렸다. 소원이도 누군가 숨겨진 문을 찾아 열어주기를 기다리고 있을 거라는 생각이 들었다. 소원아, 입속말을 중얼거리며 수란은 소원이 무척 보고 싶어졌다. 사실 수란이 이곳에 온 것도 숨고 싶어서였다. 오르락내리락하는 병세와 항암치료, 사람들의 과한 친절과 관심, 계속 치료를 해 나가면 해결될 것인지에 대한 불안과 무기력에서 벗어나고 싶었다.

수란은 민박집으로 가는 어두운 계단을 오르다 뒤돌아섰다. 고층 건물들로 화려한 불을 밝힌 도시의 성장은 놀라울 뿐이었다. 하지만 50년 전 멈춰 있던 시간은 그대로 반복되는 중이었다. 민박, 달방 가능, 푯말을 내건 집 앞에서 수란은 너무 놀라 탄성을 질렀다. 설마, 하고 들어섰는데 기억

속의 집이 분명했다. 창고 자리까지 집채가 넓어졌고, 민박
용 별채가 생기고, 넓은 시멘트 마루도 없어졌지만, 그 자
리의 그 집이었다. 주인 여자는 12년 전 이 집을 사들인 뒤,
조금씩 손을 봤다고 했다. 이 집 어딘가에 여전히 아이가
숨어 있을 터였다.

소원은 별채 화장실에 있었다. 정말, 내가 돌겠다! 이러니
니 엄마가 너한테 걸려 넘어진다고 하는 거야. 주인 여자의
목소리가 예민해지는 것을 느끼며, 수란은 찾았으니 됐다
고 주인 여자에게 입 모양으로만 말했다.

너도 가슴이 벌렁벌렁했겠지. 얼른 씻고 들어가 자. 주인
여자의 말에 소원은 굳은 얼굴로 돌아섰다. 아이도 저 때문
에 분란 일어난 걸 안다, 왜 그랬냐, 자꾸 물으면 정말 큰일
처럼 된다, 이럴 땐 아무 일도 아닌 거처럼 넘겨야 한다고
수란은 주인 여자에게 말했다.

만만치 않은 애예요. 험하게 살아서 안 됐다가도 어느 순
간은 애가 아니라 방안에 커다란 코끼리 한 마리가 들앉은
거 같다니까요.

두 번째라고 했다. 재혼 얘기만 나오면 소원이 생떼 쓰고
학교도 안 가고 해서 처음 재혼 건은 소원 엄마가 포기했다.
이번에는 재혼까지 갔는데 식구들과 잘 어울리지 못했다.

남자 쪽에 저보다 두 살 위인 언니가 있는데 휴대폰을 물

에 빠뜨리고도 안 그랬다고 달려든 바람에. 결국 이까지 온 거지요.

소원 아빠는 이 세상 사람이 아닌 거지요? 오래됐나요?

이제 3년 됐어요. 골수암으로. 딸이라면 죽고 못 살더니, 훅 갔지요, 애가 충격이 컸어요. 얼마나 우는지. 먹으면 올각올각 다 게워 내고. 좀 나졌나 했는데 아닌가 봐요. 노래도 잘하고 웃기도 잘하던 애가 이렇게 달라졌어요.

수란은 가슴이 저릿해졌다. 아줌마 죽어요? 소원의 말이 환청처럼 들려왔다. 뭔가 울화가 북받친 목소리였다는 게, 예사로운 물음이 아니었다는 게 그제야 이해되었다. 현관문에 밀리면서도 수란을 향한 시선을 놓지 않던 아이를 떠올리며 수란은 두 손으로 얼굴을 감쌌다.

며칠이 흘렀다. 수란은 아침에는 요거트와 채소, 카스테라로 요기하고 점심과 저녁은 시장 밥집에서 해결했다. 점심 후에는 가까운 해변을 맨발로 걸었고 저녁에는 시장길이든 동네 길이든 시간을 정해 걸었다. 토기도, 병에 대한 예민함도 많이 줄었다. 몸이 좋아지는지는 알 수 없었다. 할 수 있는 걸 할 뿐이었다. 그동안 소원은 다시 입을 열지 않았다. 수란은 아이를 붙잡고 해명하고 싶었지만, 다시 아이가 입을 열기를 기다렸다. 다행히 흙을 먹는 모습은 보이지 않았다.

가끔 주인 여자가 소원에게 성이 나서 펄펄 뛰는 말들이 마당을 가로질러 들려왔다. 대부분 말 좀 하라거나, 니 엄마가 얼마나 힘들었겠냐고 야단하는 말이었다. 그럴 때면 수란은 창밖을 기웃거리며 주인 여자가 입버릇처럼 내뱉는 무자식 상팔자, 라는 말을 떠올렸다. 여자는 그 말에 거리낌이 없었다. 그렇지 않다고, 수란도 속내를 드러내지 않았다. 너무나 원했지만, 수란의 자궁은 제 역할을 하지 못했다. 결혼했지만, 한 번도 제 자궁 안에 아이를 가져 본 적이 없었다.

아이를 갖기 위해 온갖 걸 했지만 제 꿈은 실패였지요. 그 실패한 꿈이 암 덩어리로 자라고 있었다고 생각하면 끔찍해요. 그래도 유치원 교사로 지금껏 아이들에게 감사하다는 말 들으며 살았는데, 그 세월도 위로가 되지 않네요. 운명에 농락당한 기분이고. 마음도 잃고 길도 잃었네요.

자궁내막암 진단을 받았을 때 허겁지겁 병에 대해 알아보기 위해 가입했던 환우 동호회 게시판에 썼던 글이었다. 빈궁 새댁, 이라는 아이디를 썼던 열우를 만난 것도 그 카페였다. 20년 나이 차에도 열우는 의지가 되었다. 같은 기수로 출발했지만, 열우는 속도가 너무 빨랐다. 시간은 나이에 비례해서 흐른다는데 병의 속도는 반대로 흘렀다.

암에 걸린 후 병에 대해 타인에게 이해받는 게 쉽지 않았다. 첫 수술을 며칠 앞두고 우울해 있는 수란을 위해 사촌 동생은 마지막 파티라며 닭튀김과 맥주를 사 왔다. 암이라는 말에 놀라 찾아온 지인들은 한약류의 선물을 들고 왔다. 그때는 그런 사소한 것들에 힘이 빠졌다. 사람들과 말을 섞고, 터놓고 마음을 주고받는 게 힘들었다. 직장 다니면서 병원까지 들락거려야 했던 사촌 동생을 이해하면서도 짜증이 늘고 언성이 높아졌다.

나 한달살이로 휴양하는 거야. 혼자 생각할 것도 많고. 그동안 너도 좀 쉬고. 여기 재밌어. 친구도 생겼으니 걱정 마.

사촌 동생은 어디 있는지만 알려달라 했지만, 수란은 한달 후 돌아가겠다고만 답장했다.

간만에 전복죽을 끓였다며 주인 여자가 새벽같이 문을 두드렸다. 밤새 수란은 잠을 자지 못했다. 통증은 마치 살을 찢고 몸 밖으로 나올 듯 요동치다가 진통제가 들어가면 겁에 질려 몸 안으로 숨어들었다. 수란은 간신히 가발을 쓰고 주인 여자가 내민 죽그릇을 받았다. 소금간만 했다는 죽 냄새가 고소했다.

어젯밤에 소원이 담임한테 전화 왔어요. 이 나이에 학부모 행세하려니 어렵네요.

주인 여자는 휑한 눈으로 낯선 집에 들어온 듯 사방을 휘둘렀다.

지난번에도 전화 왔는데, 학교에서도 입 닫고 있으니, 언어장애냐고 묻는데 속이 뒤집어졌죠. 선생이고 뭐고, 냅다 소리부터 질렀으니까요. 왜, 애를 정신병자로 만드냐고요. 근데 이번엔 애가 흙을 먹는다면서. 당장 학교 오라는데. 오늘 단체 손님 예약 있거든요. 큰아들은 안 될 거 같고. 그래서 염치없지만, 소원이도 민박 손님 잘 따르는 거 같고……

주인 여자는 말을 끝맺지 못하고 수란을 바라보았다.

수란은 잠시 놀랐지만, 곧 고개를 끄덕였다. 수란도 소원의 이식증세며 함구증에 대해 걱정했지만, 주인 여자에게는 말하지 못하고 있었다.

애미한텐 연락 안 했어요. 내가 대신 아프면 된다, 그래 마음먹었거든요. 못난 것! 사실 소원이는 출생부터 비극이었어요. 입 밖으로 내뱉기도 챙피하고 괴로운데……. 태어나자마자 베이비 박스 신세였거든요.

수란의 눈이 벌어지며 저도 모르게 한 손으로 입을 가렸다. 여자는 수란의 시선을 피하며 한숨을 내쉬었다.

내가 잘못 키운 거예요. 미혼모라는 건 핑계고, 의지가 없었던 거지요. 그래도 그렇지 어떻게 그런 짓을 할 수 있는지! 나중에 소원 아빠가 알고서 되찾은 거예요. 그래서 가족들도 알게 되고. 부랴부랴 혼인신고하고 결혼시키고.

여자가 다시 말을 멈추고 사위를 휘둘렀다. 온 세상이 낯설다는 표정이었다.

그러니, 그러고 어찌 살 수 있겠어요. 영아 살해, 영아 유기, 이런 뉴스 나올 때마다 가슴이 철렁하는 거지요. 엄마가 힘들어하니 육아 휴직도 아빠가 하고. 애비가 애를 키웠지요. 병든 아빠를 돌본 것도 소원이였고요.

여자가 훌쩍이며 말을 멈췄다. 수란도 머리에 땀이 나서 가발을 벗고 싶은 충동이 일었다. 여자는 앞으로 애를 잘 키울 수 있을지 모르겠다며 일어섰다. 연신 미안하다고 하는 주인 여자에게 수란은 괜찮다고, 얼마든지 날 써먹어도 된다고 했다.

소원이한테는 이모할머니가 간다고 할게요. 전화번호도 주고요.

이모할머니라, 수란은 기분이 좋아졌다. 뜻밖에 생긴 조카 손녀가 마음에 들었다. 수란은 어떤 옷을 입고 갈지 설레며 간이 옷장을 열었다.

상담을 끝내고 나오니 소원은 교실 옆 화단 가에 앉았다가 벌떡 일어섰다. 이모할머니 가신다는 담임의 말에 저도 어찌 행동해야 할지 감을 잡았다는 듯 희미하게 웃었다. 수란은 소원을 향해, 어구, 우리 조카 손녀가 할미 기다리느라 고생했네, 짓궂게 말했다. 상담은 생각보다 잘 끝났다.

1층 상담실 창밖으로 화단이 바로 보였다. 상담 내내 소원은 꼬챙이로 흙을 파헤치다가 운동장에서 축구하는 아이들 함성이 들려오거나 바람에 머리카락이 날릴 때면 잠깐 고개를 들곤 했다. 담임은 상담하면서 혹시 아이가 흙을 먹는지 봐야 한다며 자주 창 쪽으로 시선을 돌렸다.

수란도 담임의 말을 들으며 가끔 창밖을 내다보곤 했다. 주황색 반바지에 주황색 티를 입은 아이가 외딴곳에 홀로 피어 있는 나리꽃처럼 보였다.

교단 경력 5년이라는 젊은 담임은 휴대폰 문자와 비밀 노트로 소통하며 아이 상황을 잘 이해하고 있었다. 수란도 그동안 보았던 일을 털어놓았다. 소원이에게는 따듯한 보살핌만큼이나 중요한 게, 스스로 마음을 열도록 기다려야 한다는 것, 조손 가정이라 무엇보다 담임의 역할이 중요하다는 것에 두 사람은 동의했다.

정말 문제는 애가 할머니 집에 오게 된 상황을 자기 잘못이라 생각한다는 거예요. 아마도 그런 말을 지속해서 들었겠죠. 그런 무의식적인 말이 아이를 코너로 몰았을 거고요. 거지처럼 얹혀산다는 언니 말을 비밀 노트에 썼더라고요.

너무 화가 나 언니 휴대폰을 집어 던졌는데 언니는 그걸 어항 속에 빠트리고는 소원이가 그랬다고 거짓말했다고요. 글로는 자신을 적극적으로 표현하는데, 절대 말은 안 해요. 불러서 물으면 아예 시선도 안 맞추거든요.

그렇게 자기를 숨기는 거 아닐까요. 말을 안 하는 게 더 안전하다고 생각하고요.

그럴지도 모르겠어요. 이 모든 상황이 아이에겐 위협으로 느껴질 테니까요.

중요한 건 아이의 죄책감이 잘못됐다는 걸 어른들이 수시로 알려줘야 한다는 것에 동의하며 상담을 끝냈다. 소원과 같이 교정을 둘러보고 싶었지만, 수란은 그만두었다. 그래도 4년 정도 다닌 학교인데 너무 변해서 아무 느낌도 불러오지 못했다.

오늘 우리 너무 잘했지? 하이 파이브!

수란이 한 손을 들었지만, 소원은 고개만 한 번 끄덕일 뿐 응하지 않았다. 햄버거 먹으러 가자는 말에는 적극적으로 고개를 끄덕였다. 엑스포장에 주차하는데 사람들이 많았다. 후쿠시마 오염수 방류 반대 집회 때문이었다. 바닷가 동네다 보니 걱정이 앞서는 건 당연했다. 어쩌다 보니 그들 틈에 끼어 같이 걷게 되었다. 잠깐 이모할머니가 조카 손녀 손 좀 잡을게. 수란이 말하며 손을 내밀자, 소원은 잠깐 머못대더니 곧 손을 맞잡았다. 수란의 마음에 조심스럽고 뜨거운 것이 차올랐다.

롯데리아 매장도 사람이 많았다. 그래도 더위를 면할 수 있어서 차례를 기다리는 줄 뒤에 가 섰다. 집회에 참여한 사람들 무리가 지나간 후 햄버거와 콜라, 아메리카노가 든 봉지를 들고 매장을 나왔다. 호수 산책길 벤치에 앉아 사 온 음식을 펼쳐 놓았다. 우리 소풍 온 거 같다고 수란이 말하자 소원은 희미하게 웃으며 고개를 끄덕였다. 나란히 호수에 시선을 둔 채 두 사람은 천천히 음식을 먹었다. 수란은 아이에게 오늘 일을 어떻게 말할지 고민했다. 이모할머니 역할도 맡았는데 좀 더 적극적이고 싶었다.

수란은 흑백 사진 속의 여자를 떠올렸다. 어렸을 때 엄마 손에 이끌려 그 집에 처음 들어섰을 때 엄격한 새아빠보다, 까칠한 오빠보다 더 무서웠던 것은 안방 벽에 걸려 있던 영정 사진 속의 사람이었다. 오빠의 엄마였는데 그분은 그 집에서 가장 강력한 존재였다. 안방 문을 열면 바로 맞은편 벽에 옆집 처마가 보이는 들창이 있었고 그 창 위에 영정 사진 액자가 걸려 있었다. 들창 밑으로 텔레비전이며 라디오가 놓인 장식장이 있었고 영정 사진은 그 위에서 방안을 내려다보며 집의 모든 일을 참견하고 감시하는 거 같았다. 오빠 방은 따로 있었지만, 수란은 안방에 딸린 작은방에서 생활했기 때문에 매번 자신을 내려다보는 여자의 시선을 피하려고 애썼다.

　너무 무서웠지. 우물귀신, 화장실 귀신, 이런 건 그냥 얘기잖아. 근데 사진은 안 그래. 진짜 사람처럼 느껴졌어. 엄한 표정으로 자기 얼굴이 검은 액자 속에 갇혀 있어 잔뜩 화 난 듯 보였거든. 우리 엄마를 무시하는 거여서 더 기분 안 좋았고. 오빠 말대로 이 집이 우리가 있을 곳이 아닌가 싶었고. 정말 우리가 그 여자 자리를 빼앗고 꿰차고 앉은 건가, 그런 고민도 했어. 사실 미안할 일은 아닌데, 그땐 그랬어. 그래서 어찌 됐는지 궁금하지?

　수란이 갑자기 억양을 바꾸며 물었다. 이야기에 몰두해 있던 소원이 연방 고개를 끄덕였다. 수란은 잠시 벤치 쪽으로 날아오는 갈매기 몇 마리를 바라보았다. 날개를 펼친 그 모습은 마치 커다란 눈망울들이 다가오는 듯 보였다.

　미안하다고 했어. 죽은 사람한테 내가 먼저 말을 걸었어. 엄마와 내가 아줌마 자리 빼앗은 거 미안한데 어쩔 도리가 없다고. 그래서 미안하다고. 근데, 화난 듯 보였던 여자가 살며시 웃는 듯이 보이는 거야. 괜찮다고 하는 거 같았고. 오빠랑 사이좋게 지내라고 했고. 그다음 날도 얘기는 계속 됐어. 시험 못 본 얘기, 애들 앞에서 책 읽을 때 목소리 떨려서 싫은 거, 어떤 애가 왜 오빠랑 성이 다르냐고 물었는데 아무 대답 못 한 거. 집에 오면 여자랑 얘기했어. 그때는 엄마 아빠는 장사하느라 늦게 들어왔고, 말도 섞지 않았던 오빠는 다음 해 중학생 됐고. 밤늦도록 집에 혼자였거든. 그래서 나는 늘 죽은 여자와 얘기했어. 그러면서 무섬증도 사라졌어. 차츰 그 집이, 안전하게 느껴졌고. 오빠와도 사이가 조금씩 좋아졌고. 그래서 가족끼리 소풍도 가고. 그렇게 어른이 된 거지. 소원아, 내가 뭘 말하는지, 아니?

소원이 입술을 꼭 다물며 허공을 올려다보았다. 수란도 시선을 허공에 둔 채 천천히 말을 이었다.

먼저 아빠랑 말해 봐. 근데 마음속으로 해선 안 돼. 죽은 영혼들은 목소리를 들어야 오거든. 그때 아빠는 소원이에게 무슨 말을 할까, 생각해 봐. 아마 아빠는 이런 말을 할 거 같아. 아빠 일도, 엄마 일도 너가 미안할 일이 아니라고. 세상을 무서워하지 말라고. 별채 철문 엄청 무겁잖아. 세상은 그것보다 몇백 배 더 무겁지. 그래도 소원이는 그 세상의 문을 밀고 나올 수 있다고 할 거야. 물론 밀면서 밀리기도 하지만 결국 밀고 나올 거라고. 언제든, 아빠가 문손잡이처럼 곁에서 지켜볼 거라 할 거고. 할머니하고도 학교 친구들과도 재밌게 지내라고 하겠지. 그게 아빠가 바라는 거라고.

소원의 인상이 잠깐 일그러지더니 고개를 수란의 반대편으로 휙 돌렸다. 수란도 마음이 쓰라렸다. 오래전 사진 속의 여자 얼굴과 함께 엄마 얼굴이 떠올라 수란은 벤치에서 일어섰다. 정말 그때 함께 소풍도 가고 그래야 했는데. 중얼거리며 벤치 주변을 서성거렸다.

이 도시에서 수란의 시간은 4년도 못 가 끝났다. 청과물을 실은 트럭이 빗길에 미끄러지면서 사고가 났고, 수란의 기대와 바람은 달리던 차량 밖으로 튕겨 나갔다. 새아빠는 다리를 다쳤고, 엄마는 세상을 떠났다. 외할머니가 데리러 왔고 수란은 그 집을 떠나는 게 싫었다. 지금도 그 시간이 떠오를 때면 수란은 주춤 마음이 멈춰졌다. 소중한 사람들을 잃었고 이곳은 꼭 되돌아와야 할 약속이 되었다. 그것은 미래를 기억하는 일이었다. 하지만 스무 살이 돼서 이곳을 찾았을 때 오빠네 가족의 행방을 아는 사람은 없었다.

이제 가자, 수란이 손을 내밀었다. 소원이 손을 맞잡았다. 주차장 쪽으로 조금 걷다가 수란은 뒤돌아보았다. 소원도 돌아섰다. 어머, 소원아, 우리 앉았던 벤치에 여자애 두 명 앉아 있는 거 보이니? 수란의 말을 알아들었는지, 못 알아들었는지, 소원은 아주 먼 곳을 보듯, 벤치 쪽을 오래 바라보았다.

플라워 고물상

그에게 고물에 대한 환상을 심어준 건 아버지였다. 고물의 과거를 들여다본 사람만이 고물을 보물로 바꿀 수 있다. 그건 고물에게 미래라는 시간을 만들어 주는 일이라고 그의 아버지는 말했다. 그는 어릴 때 집 마당에 어지럽게 쌓여있는 고물들이 판타지 만화에 나오는 거대한 로봇을 잠깐 해체해 놓은 거로 생각했다. 실제 그의 아버지는 고물들을 이용해 멋진 로봇이나 물 로켓을 만들어 주었다. 오래전, 그 환상마저도 고물이 돼버렸을 때, 그는 집을 떠났다.

고물들은 플라워 고물상에 와서 더 고물이 되어간다. 경기침체로 소형고물상의 경우 경영 상태가 매우 안 좋았다. 재고된 고물들이 제때 팔려나가지 못하고 늘어나는 적자처럼 쌓여갔다. 고물의 종류는 다양하다. 구형 냉장고와 세탁기, 알루미늄 캔, 가전류, 프라이팬, 복사기, 컴퓨터, 노트북. 배관 통들과 자재들, 폐전선들, 알루미늄 창틀, 그 옆으로 자전거, 오토바이가 쇠락한 몸체로 간신히, 생을 버티고 있다. 폐차에서 나온 보닛, 라디에이터 그릴, 차곡차곡 올라간 폐타이어, 알루미늄 휠과 철 휠, 흉물스럽기만 한 폐차 엔진들. 온갖 기계들의 내외장 폐기물이 야적된 쓰레기처럼 고공으로 행진 중이다.

그가 집으로 돌아온 것은 언제나 다시 떠나기 위해서였다. 집에 있다 보면 자신도 고물이 돼 버릴 것 같았다. 그래서 일주일을 못 버티고 떠나곤 했는데, 그해, 2012년 가을의 끝자락, 그는 다섯 달이 넘도록 집을 떠나지 못했다. 그가 모든 걸 다 잃었다고 생각했던 해였다.

그의 방 창밖으로는 어김없이 고물 더미가 보인다. 어둠 속에서 고물들은 어둠의 그림자 같다. 말을 걸고 싶은 것을 꾹 참고 있는 표정으로 고물들도 그를 마주 본다. 새벽에 잠이 깨면 고물 더미가 산처럼 보일 때가 있었다. 그 너머로 보이는 새벽별 때문이다. 그런 날은 다시 자려고 해도 잘 수 없었다.

그해 2월, 그는 6년간 일했던 건설 회사에서 구조조정 되었다. 그야말로 눈앞의 길들이 구름다리처럼 흔들렸다. 회사의 방침에 항의하며 농성했다. 해고자 복직 협상이 결렬되었을 때는 길들이 통째로 눈앞에서 사라진 느낌이었다.

싱크홀에 빠진다면 이런 기분일까. 낮에는 배달 일을 하고 밤에는 농성장에 들렀다. 협상은 계속 진행 중이었지만, 그는 언제까지 버틸 수 있을지 알 수 없었다. 그 와중에 그의 아버지는 위암 판정을 받고 수술했다. 아버지가 항암을 하고 몸을 추릴 동안 그가 고물상 일을 도와야 했다. 절대 떠밀리듯 집으로 돌아오고 싶지 않았지만 어쩔 수 없는 일이었다.

　결국 집으로 오면서 그가 생각한 것은 실컷 잠이나 자자는 거였다. 그러나 잘되지 못했다. 회사 다닐 때는 수렁처럼 그를 끌고 들어가던 잠이 집에서는 딱 끊어졌다. 끊어진 다리나 공사가 멈춰버린 길의 끝, 이어지지 못한 철골들이 우글거리는 벌레들처럼 허공에 머리를 흔들어 대며 달려드는 꿈을 꾸었다. 매번 잠의 끝자락에서, 몽롱하게 고물 더미가 눈에 들어오는 순간, 그는 자신이 집에 있다는 사실에 놀라 번쩍 눈을 떴다. 잠에서 깨 보니 집으로 떨어졌더군, 하는 심정이었다. 몇 번 자다 깨다 설치다 결국, 이불을 머리까지 뒤집어쓰고 일어나 앉는다. 창밖의 고물 더미와 독대하듯 마주 앉아 온갖 상념에 빠지곤 하는 것이다.

　어둠이 물러서며 고물 더미들의 모습이 좀 더 가까이 다가온다. 날이 밝아온다. 이제 별빛은 멀리 있다. 그 아득한 거리만큼 자신이 세상 밖으로 밀려나 있다는 생각이 든다.

어서 이곳 플라워 고물상을 떠나야 하는데 그게 쉽지 않다. 어쩌면 아버지의 병은 해결이 어려울지 모른다. 그의 마음의 병도 해결이 쉽지 않을 거였다.

고물들도 잠에서 깨어나는지, 뭔가 와자지껄 떠들어대고 있는 것 같다. 죽은 기계들의 탑, 망가진 부품들이 아무렇게나 처박혀서 뒤죽박죽 엉겨있지만, 고물들도 위계가 있고 등급이 있다. 고물 시세에 따라 그 등급이 오락가락하지만, 그것을 제때 분류하고 각 처우에 맞는 품목을 매겨줘야 한다. 고물들은 왜 하필이면 이 플라워 고물상으로 오게 됐는지 항의하는 것 같다. 한 달째, 아버지는 고물 정리를 하지 않고 탑처럼 쌓고만 있다. 무너지지 않도록 하단 부분을 더 견고하게 하려고 틈새 틈새를 메워 넣는다. 간간이 시세가 오른 구리나 알루미늄을 처분하려고 그가 고물들을 들어내면 아버지는 하루 종일 돌아다니며 수거해 온 고물들로 다시 그 자리를 메워 넣곤 했다.

아버지가 고물 정리를 그만둔 것은 기가 막히게도 그해에 있었던 나로호 3차 발사 날짜와 겹쳐 있다. 아버지가 기대해 마지않던 나로호 3차 발사는 한 달 전, 무슨 결함 문제가로 연기됐다.

"고수야, 나로호 3차 발사가 또 연기됐다는구나. 두 번 연기했는데, 참! 우리나라 우주개발이 끝장났다."

밥상을 앞에 두고 아버지의 우주개발 연설은 시작됐다.

"네. 아버지 말대로 고물이 아니라 항공 기술이 미래의 시간을 만드는 핵심인 거죠."

그는 아버지에게 그 비슷한 얘기들을 여러 번 들었던 터라 빈정대며 말했다.

"나로호는 한국 최초 위성발사체다. 그게 가슴 벅찬 거지. 젊은 애가 그걸 모르냐!"

아버지가 그를 나무랐다.

"나로호! 한국 최초 위성발사체! 그게 우리랑 뭔 상관인데요? 실패해서 우리 고물상으로 떨어진다면 모를까! 이제 쫌, 그만 하세요!"

"이 짜식이 점점! 야, 나로호가 2009년 1차 발사 땐 날아가지도 못했어. 지구로 떨어지면서 대기권에서 사라졌지. 2010년 2차 땐 비행 중 폭파했고. 이제 3차도 실패하면……, 스산해."

"내 참! 듣다 듣다! 나로호로 이쑤시갤 만들어 당신 입안에 뭉개 넣고 싶으니까, 제발 그 입, 다물지! 동네 사람들은 당신이, 나로호 발사 위원장인 줄 알고 있으니까!"

조용히 밥을 먹던 어머니가 앙칼지게 내뱉는다. 부자지간의 말다툼을 최종적으로 결정짓는 것은 언제나 플라워 여사장인 그의 어머니였다. 나로호 3차 발사 연기로 인한 아버지의 가슴앓이는 그렇게 끝나는 듯싶었다. 그러나 후유증은 심각했다.

아버지의 암 수술은 성공적이었지만 그 결과는 장담할 수 없었다. 아버지의 병원비를 대기 위해 어머니는 고물상을 담보로 대출을 받았다. 매달 이자를 갚아야 했으므로 어머니는 대포 바다로 회 뜨는 일을 나갔다. 병과 함께 찾아온 아버지의 우울증도 큰 문제였다. 위암 치료를 받던 아버지가 나로호에 필이 꽂혀 버린 것을 그는 우울증 때문이라고 생각했다. 어머니는 60대 후반에 진입한 아버지가 육춘기를 맞고 있다고 했다. 아버지는 자신에게 찾아든 그런 스산한 마음을 잘 받아들이지 못하는 거 같았다. 어쨌든 〈나로〉가 전라남도 고흥에 위치한 섬 이름이며 그곳에 우리나라 우주개발 센터인 〈나로우주센터〉가 있다는 사실도 그는 그때 처음 알았다.

아침 햇살이 고물 더미 중간쯤에 가 부딪친다. 이제 천천히 빛은 붉은 에스컬레이터를 타고 고물 꼭대기까지 올라갈 것이다. 7시가 넘은 것이다. 일어나야 할 시간이다.

"고수야, 성규네 가게에서 폐차 엔진이 필요하다는구나."

아버지가 차종별로 엔진을 체크한 명세서를 그에게 넘겨준다. 아버지는 또 고물 수거를 나가려고 한다.

"아버지, 오늘은 나가지 말고 고물 정리 좀 해요? 박스랑 고철 비철도 정리하고."

"정리하면 뭘 해? 시세가 말이 아닌데. 팔아 봐야 돈도 안 돼. 좀 기다리자."

사실 아버지의 말이 맞다. 고물 시세가 바닥을 쳤다. 아 버지가 트럭을 몰고 나가자마자 〈성규네 고물나라〉 마크 가 찍힌 2톤 트럭이 들어온다. 직원이 올 줄 알았는데 성규 가 트럭에서 손을 흔들며 내린다. 성규는 그의 중, 고등학 교 동창이다. 부모님 직종이 같다 보니 어릴 때부터 잘 알 고 지냈다. 성규는 지방의 전문대를 졸업하고 아버지 사업 을 물려받아 그 세를 확장하는 중이었다.

"야, 산더미처럼 쌓인 고물 봐라. 보기만 해도 무겁네, 무 거워."

성규의 너스레를 무시하며 그는 어서 오라고 한다.

"하긴 니가 고물에 마음이 가겠냐. 느 아버지 병도 그렇 고. 아버지는 여전히 우주개발에 열심이라며? 그러고 보니 내일이네, 나로 발사."

성규 말이 그에게 좋게 들릴 리가 없다. 그러나 그는 씩 웃어넘기며 고물 집게 쪽으로 등을 돌린다. 성규가 그의 팔 을 잡으며 집게 차 운전을 자기가 하겠다고 나선다. 커피나 한잔 달라며 녀석은 운전대에 오른다. 성규는 집게로 고물을 트럭으로 옮기며 그동안 중장비 면허는 모두 땄다고 자랑한다. 고물 집게 작동이 쉽지 않은데 이제 성규는 일이 몸에 딱 배어버린 것처럼 능숙하게 기계를 움직인다.

"근데 고수야, 앞으로 어쩌냐? 넌 어릴 때부터 고물 일 싫어했잖아."

"걱정 마. 곧 떠날 거야. 잘 가라고 술이나 한잔 사."

그는 억지로 웃어 보인다. 정말 갈 곳이 있기는 하고? 미심쩍어하는 성규의 시선을 피하며 그는 집으로 들어온다. 거실 거울에 비친 그의 모습은 엉망이다. 불면증에 시달린 얼굴을 까맣게 뒤덮은 수염이며 부스스한 머릿결이 고물성에 갇혀 죽음을 기다리는 죄수를 닮아간다. 형편없이 퀭하게 열린 눈빛이 연민으로 다가온다. 그는 고개를 흔들어 주눅 든 표정을 지워내며 일회용 커피를 일회용 컵에 쏟아 붓는다. 성규는 벌써 일을 끝내고 그가 고물로 만든 맹꽁이 의자에 앉아 있다.

"이 의자 너가 만든 거지? 고딩 때 생각나네. 그때 너가 고물로 만든 기린 조형물에 다들 감탄했지. 선생님들도 칭찬 많이 했잖아. 대학을 정크 아트 쪽으로 갔어야 했는데 말야."

성규가 그를 추켜세운다. 그러더니 금방 정색하며 마당 한쪽에 세워놓은 간판들에 시선을 꽂으며 묻는다.

"근데 느 아버지는 왜 망한 가게 간판은 거둬들인다니?
남는 것도 없는데. 얼마 전에 부도난 〈바다로 모텔〉도 벌써
갖다 놓으셨네!"

"고물이니까 수거했지."

그는 당연한 걸 왜 묻냐고, 훅 감정이 올라왔지만 애써 감
정을 누르며 말한다. 사람들은 그의 아버지가 인근 동네에
서 망하거나 상가 업종이 바뀔 때면 버려지는 간판을 모으
는 것에 관해 묻곤 했다. 아버지는 늘 그냥, 고물이니까, 라
고 했지만, 그는 대답하지 않았다. 그는 아버지의 마음을 알
고 싶지 않았다. 어차피 언젠가는 그 간판들도 해체되거나
고철 압축기에 들어가 사라질 존재들이었다. 그는 고물 더
미 뒤로 보이는 논, 밭들로 시선을 던진다. 초겨울 햇살이
텅 빈 논밭 위에 메마르게 내려앉아 있다.

"고물상 간판이 〈플라워 댄스〉가 뭐냐? 〈성규네 고물나
라〉, 이 정도 돼야 고물상 품격이 제대로 나지."

"어쩌다 그렇게 된 거지. 쓸만해서 세워놨는데, 사람들이
플라워 고물상이라 부른 거고."

"근데 니 집 간판, 플라워인 거, 해나 씨는 아나 몰라."

뜬금없이 성규가 해나 얘기를 꺼낸다. 〈플라워 댄스〉는
인근의 S시 시내에서 해나가 했던 무용학원 간판이었다.

"참, 해나 씨 음식점 내놨던데. 해나 씨 봤어? 니 번호 묻

던데."

그는 고개만 좌우로 흔든다. 그는 해나가 이혼한 후에도 이곳을 떠나지 않고 가게 내고 꿋꿋하게 잘 산다는 얘기를 들었던 터라 조금 놀란다. 가게를 내놓았다니, 결국 해나는 물치를 뜰 모양이었다. 성규는 남은 커피를 단번에 마신 후 말을 이어간다.

"해나 씨 횟집으로 시집갈 때, 알아봤어. 돈 때문에 한 결혼, 맞잖아?"

성규가 그에게 기습적으로 묻는 말에 그는 마음이 저릿하다. 온몸을 어두운 허공 속으로 던지듯 춤추던 해나의 모습이 사진처럼 떠오른다.

"하여간 옛날에 너랑 사귈 때 해나가 아냐. 얼마나 악착같아졌다고."

"이제라도 떠난다니 다행이네."

그의 무뚝뚝한 대답 때문인지 분위기가 썰렁해진다. 성규도 늦었다며 트럭에 오른다.

"성규 너야말로 이젠 진짜 고물상 사장 품격이 난다."

그는 진심으로 감탄을 담아 말한다. 성규가 정색하며 말을 꺼낸다.

"근데, 고수야. 내가 이런 말하기 좀 그렇지만, 너희 집 경매 넘어갈 거라고 아버지한테 들었어. 얼마 안 남았다 하던

데……."

성규가 우물쭈물하더니 더 이상 말을 잇지 못하고 그를
바라본다.

"어떻게 되겠지, 뭐. 마음 쓰지 마."

그는 허탈하게 대답한다.

"네가 맡을 건 아닐 거고. 이참에 고물상 처분하는 건 어
떠냐고. 여기 부지가 넓잖아. 아버지가 값은 후하게 쳐줄 거
라던데."

성규는 한껏 진지한 표정이다. 그는 가끔 새벽에 잠이 깨
서 맞은편 방에서 옥신각신 들려오던 말들을 떠올린다. 팔
자, 못 판다. 대출이자도 몇 달째 밀렸는데 어쩌냐고. 늙은
부부는 이부자리 속에 고물들로 바리케이드를 치고 아들이
듣지 못하도록 최대한 낮은 목소리로 승강이를 벌이곤 했다.

"젠장, 그런 말, 너한테 듣는 거, 별로네! 이 고물상이 내
것도 아니고."

저도 모르게 언성이 조금 높아진다. 그냥 생각해 보라고!
성규도 어색해하며 집어 던지듯 말을 뱉는다. 그리고 거칠
게 뒤로 차를 빼고 고물상 입구를 빠져나간다. 그는 맥없이
주저앉는다. 눈꺼풀이 무겁다. 손바닥을 펴고 얼굴을 문지
른다. 합판과 철판 벽으로 둘러싸인 이곳을 절대 벗어나지
못할 거라는 생각이 든다.

〈플라워 댄스〉알루미늄 간판이 이곳 고물 처리장으로 온 것은 3년 전 겨울이라고 했다. 그때 해나는 결혼과 함께 무용학원을 그만두었다.

오래전, 해나를 처음 만난 것은 그가 제대한 직후였다. 전문대라도 다시 복학할지, 아니면 비정규직이라도 취직할지 고민하던 때였다. 민박집과 펜션이 즐비해 있는 도롯가를 두리번거리던 여자가 물치 정류장에 서 있던 그에게 말을 걸어왔다.

"혹시, 물치 슈퍼라고 아세요?"

낯선 여행자였다. 캐리어를 끌며 서 있는 모습이 여자가 금방 이곳에 도착했다는 걸 알려주었다. 그녀는 옛집을 찾고 있었다. 물치 슈퍼라면 그도 알고 있었지만, 지금은 그 자리에 〈바다 펜션〉이 들어서 있었다. 더 이상 갈 곳이 없는데…… 심드렁하게 중얼거리는 여자의 혼잣말을 들었다. 그래선지 그는 여자에게서 선뜻 돌아서지 못했다. 이곳에 살면 바다를 옆에 데리고 다니는 기분이겠어요. 친구처럼요. 여자는 7번 국도변의 정류장에서 먼바다에 시선을 둔 채 말했다. 그러는 동안 파도는 때로는 강하게 때로는 약하게 출렁이며 그의 가슴 한 귀퉁이를 헐어 내렸다. 이심전심이랄까. 어디로 가야 할지 알 수 없는 암담함이 여자의 옆얼굴에서도 느껴졌다.

그날 그는 동사무소로, 상호는 바뀌었지만, 여전히 같은 장소에서 슈퍼를 하는 김 사장에게로, 해나를 데리고 다녔다. 물치 슈퍼가 헐린 것은 2년도 더 된 일이었다. 슈퍼를 운영하던 부부는 이곳을 떴다는 말에 그녀의 눈빛이 흔들렸다. 며칠 묵고 싶다는 그녀의 말에 그는 잘 아는 민박집을 소개했다. 그는 늘 떠날 생각을 했던 이곳을 해나는 아주 좋아했다. 바닷가 동네야말로 세상의 가장 낮은 곳이라고, 이곳에 정착해서 살 수 있을 것 같다고 했다. 그는 그녀가 〈플라워 댄스〉라는 간판을 내걸고 무용학원을 열도록 도와주었다. 왼쪽 발과 허리까지 이어지는 신경이 망가져서 더 이상 무대에서 춤을 출 수는 없지만 가르칠 수는 있다고 했다. 자연스럽게 그녀는 그를 남자 친구로 생각하는 것 같았는데 그는 개의치 않았다.

그가 고향에 내려올 때면 혼자서 자주 가던 초등학교에 그녀를 데려갔다. 먼바다가 한눈에 보이는 운동장의 어둠 속에서 그녀의 춤을 보았다. 여자의 몸이 만들어 내는 곡선과 직선의 아름다움, 경사의 아찔함에 취해 그는 그녀와 처음 입맞춤을 했다. 그가 어색하게 해나의 허리를 끌어당겼고 그녀는 기꺼이 입술을 열었다. 해나의 혀가 그의 입안으로 밀려들었을 때 그는 어릴 때 쏘아 올렸던 물로켓처럼 하늘 위로 솟아오르는 느낌이었다. 짧고 황홀한 격렬함이 지났을 때 그녀는 말했다. 당신은 내가 처음으로 발을 디딘 미지의 세상이라고. 그는 무안해하며 웃었지만, 그 또한 해나가 첫사랑이었다는 것은 말하지 않았다.

해나는 가자미요리를 좋아했다. 가자미 전이나 회, 식해, 가자미 찌개를 잘하는 음식점을 그보다도 더 잘 찾아냈다. 가자미가 뼈에 좋은 음식이라는 말을 입에 달고 살았다.

몇 개월이 지나면서 그녀는 7번 국도변의 작은 마을에 완전히 정착한 듯싶었다. 여전히 그는 복학할지, 취직할지 고민 중이었다. 어느 쪽이든 이곳을 떠나야 한다고 결정했지만, 마음은 복잡했다. 군 제대 후 다니던 대학을 때려치우고 원양어선을 탔던 친구처럼 그도 한 일 년 정도 대양으로 나갔다 오면 제대로 이 땅에 정착할 수 있을 것 같았다. 그녀는 무섭게 화를 냈다. 그녀가 이곳으로 온 것은 자신을 버려두고 떠나버린 어머니를 찾아왔다는 내력을 그때 들었다. 언젠가는 그도 그녀 곁을 떠날 거라는 사실을 그녀는 받아들이지 못했다. 가자미처럼 그녀의 두 눈은 세상의 한쪽만을 보도록 몰려버린 것 같았다. 가끔 제 몸을 뒤집어 속내를 보일 때면 그녀의 집요한 성격에 그는 우울해졌다. 원양어선 선박회사에 신청 서류를 접수하던 날, 그는 해나와 헤어졌다.

결국은 부모님의 반대로 원양어선도 타지 못했지만, 그

는 복학하기 위해 이곳을 떠났다. 그가 졸업하고 자동차 부품 회사에 취직한 후 세상사에 발을 붙이는 동안 그녀는 그가 잘 모르는 남자와 결혼했고 이혼했다.

아버지가 고물상 입구에 〈플라워 댄스〉를 간판처럼 세워놓았다. 집에 내려와 처음 간판을 보았을 때 그는 간판 앞에서 너무 화가 났다. 정말 왔던 길을 그대로 되돌리고 싶어서 두 다리에 힘을 줘야 했다. 원래 그의 집 간판은 〈물치 고물상〉이었는데 글자는 벗겨지고 철 부식 상태가 심각했다. 어머니는 망한 집 간판을 뭐 하러 쓰는지 모르겠다고, 고물상 간판이 플라워 어쩌고는 지나가는 개가 웃는다며 한소리를 했다. 그러나 고물상 옆으로 길게 누운 낮은 산에서 벚꽃이며 이팝나무 꽃잎들이 바람에 날릴 때가 되면 어머니는 플라워 고물상 맞네, 하며 감탄했다. 꽃잎들이 폐고물 위로 눈꽃처럼 떨어져 내렸다. 그해는 유난스럽게 집 마당이 흩날리는 꽃잎 천지였다.

검은 구름이 빠르게 몰려가더니 갑자기 빗방울이 소란스레 떨어지기 시작한다. 가을과 겨울의 경계에서 내리는 비는 신경질적이다. 이 빗속에 아버지는 어디 있는지, 고물 창고 지붕 위로 떨어지는 빗소리가 불안한 그의 심중으로 스며든다. 한기가 느껴져서 그는 가슴을 움켜 안는다. 가을

이 끝나가고 있었다. 정말 아버지의 병은 오래 버틸 수 없는 것인지 모른다. 가끔 고통이 발작적으로 찾아오는 것인지 진통제를 입안으로 털어 넣곤 하던 아버지를 훔쳐보며 그는 그런 생각을 했다.

비 오는 날이면 고물들도 숙연한 자세가 된다. 잔뜩 주눅든 채 자책하는 표정이다. 빗방울이 녹슨 고물 위로 떨어지며 만든 파편들이 키 낮은 음지 꽃처럼 보인다. 고물상을 둘러싸고 쳐져 있는 합판과 골진 철판을 덧대어 만든 벽 너머, 펼쳐진 논밭이 빗줄기에 갇혀서 아득하게 멀어진다. 더 멀리 있는 7번 국도변은 아예 빗줄기에 지워져 보이지 않는다. 텅 빈 들판 위로 새들이 날아간다. 그도 시선을 돌려가며 따라간다. 새들은 허공에 낸 길을 지우며 빗속으로 사라진다. 성규가 간 뒤, 그는 기력이 다 된 기계처럼 그냥 멈춰버렸다. 더 이상 달릴 수 없는 폐차가 된 채 멀리 달아나는 길들을 바라본다.

고물상으로 연결된 시멘트 길 위로 홀연히 빗속을 걸어오는 사람이 보여서 그는 두 눈이 절로 벌어진다. 흔들리는 빗줄기 속을 리어카를 앞세우고 흔들림 없이 걸어 오는 사람. 환영인가. 가끔 그는 해나와 다시 만나는 상상을 했다. 그러나 해나도 이곳을 떠날 거라니, 문득 해나를 만나야겠다는 생각이 간절해진다.

리어카를 밀고 고물상 안으로 들어선 사람은 노인이다. 요즘은 리어카로 고물을 가져오는 사람은 거의 없는데. 그는 노인을 창고 안으로 들어오게 한 후 따뜻한 차를 내준다.

"이곳이야말로 고물들의 고향이군요."

노인이 빗물을 털어내며 말한다. 노인의 말치고는 무척 우아한 것이어서 그는 헤벌쭉 입이 벌어진다. 노인은 고물 더미를 바라보며 탄성을 지른다.

"오면서 보니까 빗속이라 그런지 고물 더미가 무슨 제단처럼 보여요."

그는 놀란다. 한 번도 그런 생각을 해보지 않았다. 그런데 노인의 말을 듣고 보니 아버지가 고물을 정리하지 않고 고집스럽게 쌓는 행동이 뭔가 아버지가 혼자 치르는 의식 같은 건지도 모르겠다는 생각이 든다.

노인이 밀고 온 리어카 속에는 표지가 하드커버로 된 전집과 오랫동안 모았을 신문지가 한가득하다. 그리고 텔레비전과 이미 사장된 모델의 컴퓨터 본체 3대, 마라톤 대회 마크가 찍힌 여러 개의 메달, 놋그릇 몇 개와 골드스타 로그가 찍힌 압력밥솥, 스텐 냄비, 프라이팬 등이 들어 있다. 사람이든 물건이든 세월을 비껴가는 것은 없다.

오래된 것들이네요. 그가 조심스럽게 말하자 노인은 고개를 끄덕인다. 노인의 표정은 비 오기 전의 하늘빛처럼 복잡해 보인다. 지난 것들에 대한 회의와 그리움, 현재의 간절함이 엉켜있다. 물건값은 다 해야 사만 원이 안 됐지만 그는 오만 원을 노인장에게 건넨다. 그리고 고물상 명함도 함께 건넸다. 고물이 모이면 전화만 하면 된다고 말해준다. 이만하면 하루 밑천은 됐다며 노인은 소리 없이 웃는다. 노인의 웃음에서 녹 냄새가 난다.

며칠 전, 그는 집에 있는 물건들을 모두 비워줄 수 있냐는 여자 손님의 전화를 받았다. 낮고 냉담한 목소리였다. 그는 멀리 이사 가는 집이겠거니 생각했다. 그러나 좁은 골목을 휘돌며 어렵게 찾아가서 보니 고독사한 할머니의 집이었다. 할머니는 죽은 지 이틀이나 지나서 발견되었다. 새로 도로가 나는 곳이어서 할머니 집은 곧 철거될 거라 했다. 집 뒤로는 가림막이 쳐져 있고 포크레인도 이미 대기 상태였다. 온기 하나 없는 집이지만 그래도 망자의 체취가 남아 있는데 너무한 거 아니냐고 아버지가 쓴소리했다. 기다리고 있던 포크레인 기사가 서울에 살던 딸이 내려와서 모든 행정절차는 끝냈다고 했다. 대도시에는 망자의 유품을 정리하는 대행사가 따로 있다고 그가 말했다. 시골에서 누가 그딴데 돈 쓰나. 가끔 이런 일도 한다고 아버지는 대답했다. 오랫동안 허물어져 내렸을 집에 쓸 만한 물건은 없었다. 할머니 유품이래야 모두 낡은 것들뿐. 아마도 할머니가 동네 돌아다니며 고물을 수거한 거 같다는 아버지 말에 그는 그저 입술을 감쳐물었다.

그의 만류에도 괜찮다며 노인은 왔던 길을 되돌아간다. 거센 빗줄기와 하루치의 책임을 리어카에 싣고 묵묵히 걷는 뒷모습을 그는 한참을 지켜본다. 이상하게 밤이 빨리 찾아왔다.

이래 한 끼 먹으면 될 걸, 사는 게 왜 맨날 안달복달인지 모르겠다. 늦은 저녁상을 물릴 때면 어머니는 입가심처럼 이렇게 말했다. 그 말이 목에 걸려 그는 밥을 다 먹고도 한참을 뭉그적대며 앉아 있었다. 아버지가 헛기침과 함께 말을 꺼낸다.

"오늘 낮에 성규 아버지 만났어. 경매 가기 전에 고물상 팔라고. 값은 후하게 쳐주겠다는데. 내가 안 판다 했다."

"아니, 원금 상환이 세 달이나 남았는데 왜, 다들 야단이래! 경매 넘어가길 두 손 모아 기다리는 거야, 뭐야! 그래서 내가 소문나기 전에 팔자 그랬던 거라고요."

어머니가 눈물을 훔치며 하는 말을 들으며 그는 문득 어머니가 녹슨 고철 더미에 머리를 박고 울던 모습이 떠오른다. 전화로 아버지의 암 판정 결과를 들었을 때였다. 그는 낮에 성규에게 들었던 얘기는 꺼내지 않는다.

"이곳에 우리가 들인 시간, 정성, 당신 인생. 그걸로 우리 지금까지 먹고 살았어. 그럼 됐잖아. 그냥 팔아요!"

"팔아봤자 빚 갚고 나면 남는 것도 없어."

아버지가 언성을 높인다. 그는 어머니 아버지의 말이 평 풍처럼 몸에 부딪히는 거 같다. 동그란 평풍 볼 모양이 올 록볼록 새겨지는 기분이다.

"고물상, 전망 괜찮아. 압축기랑 장비 몇 개 들이고 공장 에 직접 납품할 수 있으면 이 사업 괜찮다고. 고수 년, 너가 하는 이 일에 믿음을 가져야 한다."

아버지가 그를 향해 무슨 다짐처럼 건네는 말에 그는 대 꾸하지 않는다.

늦게까지 고물 창고에서 망치를 들고 모터에서 구리를 분 리해 내는 일을 한다. 손바닥에 마비가 온 듯한 통증이 느껴 졌지만, 그는 망치를 움켜잡은 손을 멈추지 않는다. 어떻게 할지, 생각에 몰두하지만, 답이 안 나온다. 쇠를 두드리는 소리가 어두운 하늘로 튀어 올랐다 가슴으로 떨어진다.

조금 후, 아버지도 나와서 일을 거든다. 가끔 아버지는 기 도하는 눈빛으로 하늘을 우러른다. 예전 같으면 내일 있을 나로호 발사며 날씨 타령을 할 것이었다. 그러나 아버지는 조용하다. 그동안 몇 차례 연기된 터라 이번에 또 그르치면 안 된다는 표정이다. 그는 그것이 더 기가 막힌다. 아버지는 내일 나로호 발사 성공 여부를 두고 어떤 운명을 건 내기라도 한 것일까. 그러나 그는 묻지 않는다. 묻고 싶지 않다. 우박이라도 떨어져 내렸으면 좋겠네. 그는 딴죽 걸듯 중얼거리며 손목에 힘을 준다. 자신이 뱉은 말에 망치질을 하고 싶은 심정이다.

"짜식, 성질은! 너도 내 나이를 살아 봐. 암 수술 한 의사가 그러더라. 내 나이가 인생의 정오를 막 지났대. 이제야말로 인생 본 게임이 시작됐다는 거지."

그는 더 심란해진다. 아버지가 무슨 말을 하는지 알 수 없다.

"그나저나 해나는 봤니?"

그는 못 들은 척한다.

"해나가 그러더라. 여길 떠나도 마음은 해안선처럼 이곳과 이어져 있을 거라고. 아까운 사람이야."

그는 더 힘껏 망치를 내려친다. 두 사람이 망치를 두들겨 내는 불협화음이 가슴을 거쳐 본격적으로 정수리를 때린다. 그는 더 이상 참지 못하고 창고 바닥에 망치를 집어 던지며 일어선다. 아버지가 고개를 들고 멍한 눈빛으로 아들을 올려다본다. 그는 아버지의 시선을 외면한다. 창고를 나와 무작정 걷는다. 바다는 언제나 쉬지 않고 제 일을 한다. 첫 번째 파도가 해안가에 도착하기 전, 두 번째 세 번째 파도가 밀려

온다. 그의 인생에 네 번째, 다섯 번째 파도는 없을지 모른다. 그는 있는 힘껏 어두운 바다를 향해 몇 번 아, 소리를 지른다. 그의 목소리는 파도 소리에 뒤섞여 사라진다.

그는 해변도로를 조금 더 내려가 해나가 일하는 음식점 앞에 선다. 머뭇거리지 않고 유리문을 밀고 안으로 들어선다. 해나는 둥근 테이블에 손님이랑 앉아 있다. 환하게 웃던 해나는 그를 보며 무척 놀란 것 같더니 금방 시선을 거두어 손님에게 향한다. 그는 바다가 잘 보이는 테이블을 골라 앉는다. 해나씨, 미안해. 다 끝난 계약 물리는 게 정말 도리가 아닌데. 집사람 고집이 웬간해야지. 해나와 마주 앉은 손님이 안절부절 목소리를 낮춘다. 괜찮아요. 사정 모르는 것도 아니고. 사모님도 오랫동안 횟집하다가 힘들어서 건어물로 바꾼 건데 다시 물일하기 쉽지 않죠. 해나의 말을 들으며 그는 가슴이 눅눅해진다.

몇 년 만에 보는 건데 그는 늘 만났던 사람처럼 해나가 낯설지 않다. 그녀와 그가 지나온 시간의 내력을 더듬으며 그는 천천히 소주를 마신다. 해나가 가자미 회무침 접시와 조갯국을 내려놓으며 마주 앉는다. 안 그래도 전화하려 했다고 그녀가 말한다. 아버지 때문에 내려왔어. 그는 말하며 해나의 잔에 술을 따른다. 실은 세상살이에 떠밀려 온 거라고, 이곳이 추락의 종점이라고 스스로 빈정대고 싶었지만 그만둔다. 아, 난 나 보고 싶어서 돌아왔나, 했지. 해나는 장난스레 대꾸한다. 그는 먹먹한 감정을 내리누르며 유리문 밖으로 시선을 돌린다. 쉬지 않고 밀려오는 파도를 보며 오래전 해나가 했던 말이 떠오른다. 이곳에 와서야 파도가 밀리는 게 아니라 달리는 중이라는 걸 알았다고 했다. 그는 파도가 밀리든 달리든 그게 무슨 상관이냐고 했지만 해나는 그렇지 않다고 했던가.

"춤추던 손으로 음식 장사할 줄 몰랐지?"

연거푸 술만 들이켜는 그를 바라보며 해나가 말을 꺼낸다.

"그랬지. 몰랐지."

그는 애매하게 웃는다.

"해보니까 되더라고. 어쩔까 많이 망설이며 시작했는데 보이는 거야. 장사가 뭔지, 요리가 뭔지. 가자미 눈이 치어일 땐 양쪽에 있다가 성어가 되면 오른쪽으로 몰리는 거, 사람도 그렇다고. 당신네들도 한쪽만 보면 쏠리게 된다고, 그런 얘기도 팔고. 술꾼들이 그런 얘기 좋아해. 당신도 내가 가자미 같다 했잖아. 그땐 당신만 보였지. 이젠 세상이 보여. 두렵지 않아. 그래서 떠나려 한 건데. 잘 안되네."

해나는 예전과 많이 달라져 있다. 오로지 그에게만 꽂혀 있던 시선이 이젠 세상 너머까지 보려고 한다. 한 무더기 단체 손님들이 해변도로를 빠져나가자, 유리문 밖으로 보이는 물치 바다도 조용해진다. 긴 한숨처럼 달려오는 파도를 바라보다 그는 말한다.

"왜? 계약에 문제 있는 거야?"

"집에서 반대한대. 사모님이 절대로 바닷물에 손 담그는 일은 안 하겠다 했나 봐."

해나는 잠깐 고민하더니 이어 말한다.

"엄마 찾았어."

"아, 그래! 정말 잘 됐네."

"일단 만나 봐야지. 근데 당신 아버지, 괜찮은 거야?"

"괜찮지 않아. 아프다고 하진 않는데, 그냥 약으로 버티는 거 같아."

"나로호 얘기 들었어. 사람들은 아버지가 이상해졌다던데."

"우리가 사는 세상이 이상하잖아."

"썰렁한 말버릇은 여전하구나. 당신이야말로 아직도 어린애처럼 지구 밖으로 날아가는 꿈을 꾸는 거 아냐?"

"맞아. 정말 지구를 떠나고 싶어. 한 번도 내 뜻대로 살아본 적이 없었어. 아버지는 넝마주이 아들로 태어났고 난 고물상 아들로 태어났어. 태초에 고통이 있었고, 이제 아버지는 그 고통을 우주로 쏘아 올리고 싶은 건지 모르지."

그는 저도 모르게 울컥하는 감정이 인다. 무슨 말을 하는

지도 모르면서 말을 쏟아놓는다. 아버지가 허리도 펴지 못한 채 갑자기 아랫배를 움켜잡곤 하던 모습을 떠올리며 단숨에 술잔을 비워낸다.

"고수 씨, 아냐. 태초에 춤이 있었지. 우리들의 춤. 당신이 그랬잖아. 꽃잎이 땅에 닿기까지, 그 열정으로 살고 싶다고. 그래서 간판 이름도 플라워 댄스라고 지었고. 망가져 버린 다리로도 춤출 수 있다고 했잖아. 설마, 기억 안 나?"

실망했다는 표정으로 말하는 그녀에게 그는 자신이 그런 말을 했을 리 없다고 대꾸한다.

"난 기억하고 싶었어. 당신 아버지가 간판 가져갈 때도 그랬고. 아버지, 가끔 이곳에 왔어. 사람들이 플라워 고물상이라 부를 때 너무 기분 좋다고. 마음이 가벼워진다고 했어."

해나가 잠시 말을 멈추고 자신의 잔에 술을 따른다. 그는 당혹스럽다. 아버지가 그랬냐고 물으려다 입을 다문다.

"어쨌든 우리가 함께 춤췄던 시간이 있었던 거, 잊지 마. 이곳에서 고수 씨 만난 거, 난 너무 감사해. 떠나기 전에 이 말 꼭 하고 싶었어."

그는 탁자 위에 올라와 있는 그녀의 손을 잡고 싶다. 자신이 왜 해나를 보려고 했는지 알 것 같다. 어쩌면 예전처럼 해나가 자신을 붙잡아 주길 바란 건지 모르겠다. 그러나 그는 고개를 흔든다. 그나마 그녀와 작별 인사라도 할 수 있어 다행이라 생각하며 그는 일어선다. 해나는 그를 배웅하며 한 번만 안아보자고 한다. 그는 그러자, 대답하며 그녀를 안는다. 가슴이 뜨거워졌지만, 그는 내버려 둔다. 할 수만 있다면 그는 온전히 기억하고 싶다. 자기 몸의 떨림을, 자신의 등을 토닥이는 해나의 손길을. 해나의 몸은 정말 가자미처럼 동글다. 그녀의 키는 그의 귀에 닿는다. 해나 몸이 이랬구나, 그는 새삼 생각한다. 해나가 작은 몸을 그에게 밀착시킬수록 그의 마음은 허탈해진다. 그러고 보니 오래전에 이렇게 서로를 안고서 춤추었던 기억이 떠오른다. 그녀가 통증을 느끼며 왼쪽 발을 높이 올리지 못할 때는 그가 대신 들어 올렸다. 해나 말대로 그에게도 꽃잎처럼 춤을 췄던 시간이 있었다.

잠결에 잠깐 눈을 떴는데, 창밖으로 보이는 고물 더미 꼭대기가 이상하게 뾰족한 쇠붙이처럼 솟은 듯 보인다. 문득 고물을 팔러왔던 노인의 말이 떠올라 그는 반쯤 감긴 눈으로 다시 창밖을 살핀다. 몇 겹으로 쌓여있는 폐타이어들이 보이고, 그리고 들쭉날쭉한 고물 능선 꼭대기에 놀랍게도 아버지가 엉거주춤 휘어진 일자로 서 있다. 뭐야, 아니, 아버지, 미쳤어요! 그는 이불을 걷어내며 벌떡 일어선다. 그는 해나와 헤어진 후, 새벽녘에 집으로 왔다. 술기운을 빌어 자려했지만 깊게 잠들지 못했다. 몸도 안 좋으면서, 고물 꼭대기엔 뭐 하러 올라갔는지, 도대체 아버지가 무슨 생각을 하는지 알 수 없어 그는 화가 난다.

그는 대충 잠바와 모자를 뒤집어쓰고 밖으로 나온다. 어머니가 깨기 전에 빨리 아버지를 제자리로 돌려놓아야 했기 때문에 살금살금 걷는다. 가까이 갈수록 뭔가에 홀린 듯 고물 더미에서 심상찮은 에너지가 느껴진다. 아버지가 쇠붙이처럼 그곳에 끌려가 버린 거 같다. 그는 자신이 아직 술이 덜깼다고 생각한다. 고물 더미가 자석처럼 몸을 끌어당기는 느낌. 아직 밤이 채 사라지지 않는 대기와 푸르스름하게 어둑한 하늘, 여명의 기운 속에 갇혀버린 듯 눈앞의 상황이 비현실적이다. 고물 더미 옆에서 아버지를 올려보며 그는 한숨을 내쉰다. 아버지는 고물 더미 위에서 그야말로 고물 탑처럼 기우뚱 서서 자신이 만든 고물 왕국을 내려다보고 있다. 아버지! 그는 목소리를 낮추며 크게 팔을 휘젓는다. 그래봤자 소형 집게 차 높이 정도인데 아버지가 있는 꼭대기가 너무 멀게 느껴진다. 얼릉 내려와요. 아버지는 조금 놀란 것 같더니 허허 웃으며 너도 올라와 보라고 한다. 그는 기가 막히고 화가 치민다. 그렇다고 고물 꼭대기로 올라갈 수는 없다. 그는 아버지가 내려올 때까지 기다린다. 아버지는 한 번 더 하늘을 휘두르더니 고물 더미를 내려온다. 한 발을 내디딜 때마다 쇠붙이들이 조금씩 밀리는 소리가 시끄럽다.

"위험하게 거긴 왜 올라갔어요?"

그가 짜증을 섞어 말한다. 아버지는 쓰다듬듯 고물 더미를 바라보며 말한다.

"그냥, 잠도 안 오고. 고물 꼭대기서 보면 우리 집이 어찌 보이나 해서. 가끔 올라가 보고 싶었는데 오늘 처음 해 봤어. 그래도 잘 버텨주더라고. 오늘 성공할 게야."

아버지는 입가 주름이 움푹 패도록 볼웃음을 지으며 말한다. 그는 문득 아버지 말이 맞다고, 꼭 성공할 거라고 말하고 싶었지만, 하지 못했다. 꼭 해야 할 말인데 하지 못했다는 것을 그때는 몰랐다.

디데이. 나로호 3차 발사 얘기로 텔레비전은 아침부터 야단이다. 정작 들떠야 할 듯한 아버지는 조용하다. 날씨는 별로 좋지 않다. 아침부터 연기처럼 번져오는 해무가 논밭을 가로질러 고물 처리장까지 가두어 버렸다. 사람들도 모두 우주여행을 떠났는지 오늘은 고물을 가져오는 사람도 없다. 맛없는 점심을 먹고 내내 창고에 앉아서 고물 정리를 했다. FM 라디오를 들으며 폐전선의 피복을 벗기고, 알루미늄판도 따로 정리했다. 대충 창고 일을 끝낸 아버지는 트럭

을 몰고 고물 수거를 나간다. 나로호가 4시에 발사하니 그
쯤이면 돌아올 거라고 그는 생각한다. 그러나 4시가 가까
워져 오는데도 아버지는 집으로 돌아오지 않는다. 플라워
고물상으로 들어오는 진입로 길은 몇 시간째 텅 비어 있다.
텔레비전에서는 발사 대기 중인 나로호 발사체 사진을 실
시간으로 보여 준다. 그도 나로호 발사가 성공하길 바란다.
그러나 발사 16분 전, 발사 취소라는 글자가 화면을 가득
채우며 떠 있다. 상단부 출력기에 문제가 생겼다는 보도가
나온다. 내년 1월 중 3차 발사를 다시 할 수 있을 거라는 내
용. 또 연기. 그는 마음 한쪽이 스산하다. 아버지도 어디선
가 발사 과정을 보고 있을 텐데 실망이 클 거였다. 그로서
도 어쩔 수 없는 일이다.

　그가 아버지의 사고 소식을 들은 것은 그로부터 30분 정
도 더 지난 후였다. 사고는 해변도로의 횟집들 앞에서 일어
났다. 조금 경사진 코너를 돌아 빠르게 달려오던 외지 차는
횟집 생선 수송 차량에 부딪힌 후 해나의 횟집 앞에 정차해
있던 아버지 트럭을 그대로 밀고 나간 후 멈췄다. 아버지는
갈비뼈가 부러지고 척추에 금이 갔다. 병문안을 온 동네 사
람들은 말도 하고 정신도 또렷하니 그나마 다행이라고 했
다. 사고를 눈앞에서 직접 목격한 해나는 몇 날 며칠을 아
버지 간호에 매달렸다. 그러나 아버지는 병원에서 다시 집

으로 돌아오지 못했다. 아버지는 괜찮다고 했다. 저 세상에서도 나는, 이 세상과 해안선처럼 이어져 있을 거야. 아버지가 해나의 손을 잡고 마지막으로 한 말이었다.

그는 아버지의 영정을 보며 그날 새벽녘 고물 꼭대기에 서서 자신이 쌓아 올린 고물 왕국을 내려다보던 아버지의 모습을 떠올린다. 고물 왕이었던 아버지는 폐고물로 폐기처분되었다.

아버지의 장례는 수목장으로 치렀다. 이제 정말 아버지는 꽃잎처럼 춤추며 고물들 위로 날아오를 수 있게 된 걸까. 어이없게도 아버지가 남긴 사망 보험금과 사고 합의금으로 고물상 빚을 청산했다. 젠장, 그러고도 돈이 남았으니, 씁쓸할 뿐이다.

결국 그는 어머니와 함께 고물상을 운영하기로 했다. 어쩌면 세상을 향해 운명을 건 내기를 한 쪽은 자신의 무의식이었는지 모르겠다고 그는 생각해 본다. 내기에 졌는지 이겼는지, 스스로 묻지만, 답은 알 수 없다. 그저 아버지에게 자신의 마음을 전하지 못한 것이 죄스러울 뿐이다. 그럴 때면 해나는 아버지의 유언을 들려주곤 했다. 아버지가 우리를 다시 살게 한 거라고 덧붙이며.

다음 해 1월, 아버지의 열망대로 나로호는 성공적으로 우주 궤도에 진입했다. 카운트 다운 0초, 나로호가 위력적으로 흰 연기를 내뿜으며 지상을 출발한다. 마하 속도로 날아가는 불꽃. 정말 거대한 로켓이 꽃처럼 보였다. 붉은 꽃처럼 떨며 우주를 향해 날아가던 나로호는 나중에는 동그란 민들레 홀씨처럼 보였다가 점으로 사라졌다. 그날 기념으로 그는 플라워 댄스 간판 옆에 알루미늄 캔과 철골, 폐전선, 폐타이어를 이용해서 나무 한 그루를 만들어 세웠다. 알루미늄 캔으로 만든 꽃잎은 바람이 불 때마다 소리 내며 흔들렸다.

　가끔 아버지가 그리우면 그는 물치 해변에 간다. 난바다의 파도가 물기둥을 이끌며 해안가로 달려온다. 정말 해안선은 한 번도 같은 선을 긋지 않는다. 늘 엇비슷한 거리로 잠시 도착해 있을 뿐. 그는 붙박여 서 있는 등대를 바라본다. 야아, 어둠 너머를 향해 소리 지른다. 그럴 때면 그의 마음은 나침반 바늘 끝처럼 떨린다.

빈방

노인이 떠났다. 그러나 빈방에서 풍기는 취기(臭氣)는 여전하다. 당신은 어렵지 않게 침대 머리맡과 벽 틈에 숨겨져 있는 냄새의 진원지를 찾아낸다. 숨겨진 봉지 안에는 늙은 아버지의 트렁크 팬티가 부끄럽게 들앉아 있다. 그것을 숨기려고 애를 썼을 노인의 외로움이 큼큼한 냄새를 풍기는 것 같아 당신은 팬티를 쓰레기통에 집어 던진다. 문득 어릴 때 아버지가 당신을 버릴까 두려워 자주 오줌을 지렸던 기억을 떠올리며 당신은 난데없이 요의를 느낀다. 당신은 방을 청소하려고 들고 있던 비와 쓰레받기를 내려놓는다. 그리고 손잡이를 힘껏 잡아당겨 문을 닫고 나온다. 오랫동안 쓰지 않을 물건을 담은 상자 뚜껑을 봉인하듯 손잡이를 여며 쥐며 당신은 앞으로 당분간 이 방문을 열지 않겠다고 생각한다.

거실 식탁 위에는 노인이 먹던 홍합 껍데기가 수북하게 쌓여 있다. 오늘 아침, 당신은 요양원으로 떠나는 노인을 위해 홍합을 삶았다. 일일이 족사를 떼어낸 다음 큰 냄비에 담고 가스렌지를 틀었는데 금방 한소끔 끓어올랐다. 뚜껑을 열자 흰 거품 속에 진주 빛 입들이, 입안의 주홍빛 혀들이 깜짝 놀란 듯 일제히 벌어져 있었다. 숨겨야 할 뭔가를 들켜버린 듯 당신은 서둘러 홍합을 큰 대접에 담아냈다. 천천히 걸어 나온 노인은 섭이네! 낮게 웅얼댔지만, 눈빛은 코거울처럼 빛났다. 그러나 요양원을 가는 동안, 요양원에 내려서도 노인의 앙다문 입은 열리지 않았다. 완강하게 고개 숙인 노인을 향해 당신은 아무 말도 하지 못하고 요양원을 나왔다.

당신은 냄비 뚜껑을 열고 아침에 노인에게 그랬듯 대접에 홍합을 한 가득 담아낸다. 그러고도 홍합은 냄비 삼 분의 일 정도가 남았다. 도대체 무슨 생각으로 이렇게 많은 홍합을 삶았는지 당신은 생각해 낼 수 없다. 4인용 식탁에 홀로 앉아 베란다 창을 마주 보며 개수를 헤아려 가며 홍합을 까 입으로 밀어 넣는다. 홍합을 마흔두 개까지 먹은 후 당신은 일어서서 포도주병을 꺼내 든다. 42개월, 노인과 함께 살았던 시간이다. 노인과 함께 당신 스스로를 봉인시켰던 시간이다.

창밖에는 여전히 매서운 황사 바람이 불어와 있다. 롤러코스트를 타고 까무룩 지상으로 추락했다가 한순간에 14층 높이까지 튀어 오른다. 한 사람의 전 생애를 뒤흔들 것 같은 바람이다. 고비사막이 진원지라는 황사가 어떻게 먼 이곳까지 날아올 수 있는지 당신은 의문이다. 한 번도 가본 적 없는 곳을 향해 어떻게든 발을 내디뎌야 하는 것은 당신의 삶 또한 마찬가지 아닌가.

당신은 술잔을 들이키다가 시계를 올려보며 갑자기 불안해진다. 종합병원 산부인과 간호사인 당신은 지금, 이 시각이면 수술실에 들어가 있어야 했다. 보통 6주에서 12주 사이의 생애를 가진 아이를 자궁 밖으로 떼어 내는 수술들이었다. 자궁 입구를 늘이고 태아를 빨아들일 튜브를 자궁 속으로 삽입한 후 가정용 진공청소기보다 몇 배 강한 압력을 가하면 온몸이 찢긴 채, 조각난 피투성이 살점들로 태아는 세상과 작별했다. 온전하게 태어났더라도 어떤 식으로든 세상에서 지워졌을 아이들이라고 당신은 생각했다. 세상 진화의 이치대로 아이들은 더 폭력적으로 되거나 더 소극적으로 되거나 더 냉소적으로 자라날 거라고.

그러나 곧 당신은 오늘 하루 연가를 낸 것을 생각해 내며 안도한다. 오로지 당신만을 위해 존재하는 시간 앞에서 잠시 마음이 가볍다. 시간은 많다. 집 안을 청소하고 음악을 듣고, 그리고 술을 마시고, 혼자서 해 보고 싶었던 일들은 많았다.

요양원 가기 전에 디베 죽을 기다. 요양원 얘기만 꺼내면 모질게 맞받아치던 노인의 말이 바람 소리와 함께 들려온다. 연거푸 술잔을 들이킬수록 어젯밤 일은 더욱 선명하게 떠오른다.

어제 저녁 퇴근길, 당신은 어떻게든 요양원 얘길 마무리 지어야 한다고 다짐하며 아파트 문을 열었다.

누구냐? 누구냐? 노인의 목소리와 함께 변 냄새가 밀려 나왔다. 다녀왔어요, 인사하면서도 당신은 노인의 움푹 팬 눈과 마주치지 않았다. 이틀째 변비약을 들더니 결국 앉은 채 변을 봤다는 것을 당신은 금방 알아차렸다. 다리를 타고 흘러내린 변이 화장실로 가는 길을 만들었다. 노인은 치운다고 치웠겠지만, 되레 사방에 똥칠하는 격이 되고 말았다. 노인은 침대 위에서 당신의 눈치를 살피며 냄새나서 세 번 씨쳤어, 세 번! 이라고 말했다.

당신은 망설이지 않고 노인의 옷을 벗겨냈다. 팔이며 목, 배, 허벅지의 쭈글쭈글한 피부들이 어류의 지느러미처럼 늘어져 있다. 애써 앞을 가리려 비척대는 부끄러움만이 노인이 사람임을 알리는 증표였다. 노인을 침대에 눕힌 채 고무장갑을 끼고 젖은 수건으로 노인의 몸을 이리저리 돌려가며 닦아냈다. 매번 그랬지만 날 선 칼을 들고 생선 비늘을 벗겨내는 기분이 들어서 당신은 우울했다. 그러나 아랑곳하지 않고 당신은 최종 선고를 내리듯 요양원 얘기를 마무리 지었다. 사실 당신은 좀 더 시간을 갖고 노인을 설득해야 한다는 생각도 했다. 그러나 그렇게 하지 않았다.

목욕하고 방 청소를 하는 내내 노인은 하느님, 그냥 죽고 자퍼요. 거 가기 전에. 씨바, 이레 살아 뭐하나요? 늘 하던 대로 욕설이 반인 기도를 쏟아냈다. 뜨거운 물에 불어난 고무장갑이 피부에 친친 감기지만 당신은 묵묵히 장판을 들치고 더뎅이 진 똥을 닦아냈다. 그래도 냄새는 가시지 않았다. 냄새에 체할 수도 있구나, 당신은 어젯밤부터 아무것도 먹지 못했다. 배고프지도 않다. 이상하게 화가 나지도, 슬프지도 않다.

10년 병치레 끝에 새엄마가 돌아가셨을 때 혼자 된 노인은 요양원은 싫다고 마다했다. 노인을 직접 모시진 않았어도 매달 생활비를 대고 주말마다 일주일간 먹을 반찬을 챙겼다. 직장동료들이며 주위 사람들은 대단하다며 당신에게 효녀라는 꼬리표를 달아 주었다. 거동이 더 불편해지고 치매기가 조금씩 보이는데도 노인은 여전히 요양원 가는 것을 원치 않았다. 할 수 없이 방 두 칸 중 한 칸을 내주며 당신은 숟가락 하나 더 올리는 거로 생각했다.

그리고 42개월. 노인은 서서히 아이로 변해 갔다. 철없는 노인은 당신의 고단한 미래가 되었다. 노인은 혼자 있는 걸 두려워하고 어둠 속에선 잠들지 못하고 방문이 닫힌 것을 답답해했다. 노인이 즐겨서 하는 일은 텔레비전 시청과 허벙저벙 지팡이를 찍으며 너덧 차례 집 안 횡단하기, 그리고 먹기였다. 몸체는 바짝 말라 물기를 잃어 가는데도 식탐은 줄어들지 않았다. 입이 꿉꿉하다는 채근에 당신은 병원 끝나고 격일제로 다니던 수영교습을 그만두었다. 칼같이 직장 퇴근 시간을 지키고 허겁지겁 저녁을 준비하느라 당신의 몸도 마음도 쇠잔해졌다.

노인의 삶이 곧 당신의 삶이 되었을 때, 비로소 당신은 노인에 대한 감정이 적나라하게 보였다. 노인에 대한 봉양은 최소한의 도리일 뿐, 아무 의미도 없게 되었다. 노년의 무능력이 유아기의 미숙과 연결되어 있다는 것이 당신은 두려웠다. 그것이 마치 운명처럼 당신을 옭아매고 있다고 생각할 때면 더 그랬다.

노인네, 이제 떠났어. 혼잣말하며 당신은 고개를 흔든다. 그런데도 당신은 여전히 노인이 이 집에 있다는 생각이 든다. 방안에 그대로 있는 노인의 물건들을 깨끗하게 청소해 버리면 나을까. 아직 시간은 많아, 생각하며 베란다로 나가다가 멈춰 선다. 노인이 창밖을 내다보며 베란다 소파에 앉아 있다. 집요한 시선은 창밖 너머로 달아나는 시간을 붙잡기라도 할 태세다. 아버지, 그래봤자 잡히는 건 먼지 같은 시간일 뿐이에요. 절대 잡을 수 없는요! 당신은 노인을 향해 속으로 화를 내곤 했다. 노인은 베란다에서 앞산을 내다보는 걸 좋아했다. 외출이 불가능했던 터라 베란다는 노인이 밖을 내다볼 수 있는 유일한 장소였다. 느 에미랑 저 언덕배기를 오르려고 했는데 느 에미 먼저 가뿌렸다······. 앞산을 내다보며 노인은 돌아가신 새엄마를 그리워했다.

사실 일인용 소파에 파묻혀서 앞산을 오르는 자드락길을 바라보는 것은 당신의 오랜 습관이었다. 산속으로 숨어든 길을 눈으로 좇다 보면 실제 뭔가를 잃어버린 듯 마음이 조급해졌다. 그것은 상실감이 던지는 짧은 파문이었지만 동시에 실제가 아니라는 데서 오는 얄팍한 위안에 당신은 만족했다. 그러나 노인이 오면서 당신은 이 짧은 만족을 포기했다. 혹여 주말이나 휴일에 당신이 베란다 소파에 앉아 있으면 노인은 지팡이에 두 손을 포개고 베란다로 통하는 유리문 앞에 와 섰다. 일어나라, 말한 적은 한 번도 없지만 당신이 일어서면 노인은 기다렸다는 듯 소파에 앉았다.

언젠가 노인이 앞산에 가 보고 싶다고 했을 때 당신은 바쁘다며 일언지하 거절했다. 문을 열고 나서면 걸어서 십 분거리에 있는 산이지만 한 번도 올라 가 본 적이 없기는 당신도 마찬가지였다. 주간과 야간 근무를 번갈아 가며 해야 하는 일상에서 산은 늘 너무 멀리 있었다.

젊어서 변명만 하다 늙으면 못 올라간다. 나를 봐라. 노인은 하품한 뒤 눈에 고인 물기를 닦아내며 말했다. 노인이 모르고 한 말이었다. 이미 오래전, 당신은 노인을 앞질러 먼저 늙어버렸다는 것을. 언니의 사진이 노인의 손에서 찢겨 나간 날이었다. 그날 당신은 노화를 촉진하는 가장 중요한 요인은 자연의 순리가 아니라 인간의 무서운 결심인 것을 알았다.

그나마 희부옇게 보이던 앞산이 이제는 눈앞에서 사라졌다. 매서운 황사 바람 소릿결에 따르릉 전화벨 소리를 들은 것 같아 당신은 황급히 전화기 쪽을 돌아본다. 그러나 소리는 더 이상 들려오지 않는다. 어쩌면 십년지기 직장동료인 황이 전화했을 수도 있다. 황은 어제 당신이 연가를 내는 것을 궁금해했다. 당신은 대답하지 않았다. 언니 때문이야? 라고 황은 물었다. 뭘 알고 싶냐고 당신이 눈초리를 올리자, 황은 아니, 내일 낙태 수술이 3건이나 돼서. 당신 전문이잖아, 하며 웃었다.

당신은 노인을 요양원에 보내야겠다고 처음 마음먹었던 날, 전국적으로 황사 경보령이 내렸던 날, 아침을 떠올린다.

그날 아침, 눈앞의 풍경을 감추며 짙은 황사가 불어왔을 때 당신은 이유 없이 조급해졌다. 뿌연 때로 얽은 유리창에 눈을 박고 사방을 훑었다. 누군가 바람을 헤치며 당신을 향해 걸어오고 있다는 생각이 들었다. 창문을 열면 텁텁한 먼지 냄새가 났다. 그러나 차가운 바람이 달려들어 빠르게 냄새를 지웠다. 하루 종일 그랬다. 그러다 늦게 당신은 당신 언니의 전화를 받았다. 돌이켜 보면 그날 종일토록 누군가를 기다렸고 그것이 언니 전화였던 셈이었다. 그런데도 어디 사는지, 전화번호는 뭔지, 집에 한 번 들르라는 말도 건네지 않은 독기에 당신은 잠깐 진저리를 친다.

언니는 당신과 노인의 이름을 들먹이며 부녀 관계를 확인한 후에야 자신이 언니인 것을 밝혔다. 그러나 당신은 '언니'라는 호칭이 낯설었다. 언니보다 사지를 버둥거리며 우는 어린애 이미지가 먼저 떠올랐다.

어릴 때 헤어진 후 당신이 언니를 만난 적은 한 번도 없었다. 부모의 이혼으로 찢겨 나간 어린 시절 기억 속에서 언니에 대한 기억은 정확한 게 아무것도 없었다. 언니 얼굴도 잘 기억나지 않았다. 사진이래야 언니가 결혼하기 전 보내온 남자 친구랑 찍은 사진 한 장이 전부였다. 언니는 그 사진 한 장을 남기고 미국으로 떠났다. 당신이 지방의 간호전문대학에 다니고 있을 때였다. 사진 속에서 언니는 백인 병사와 어깨를 맞대고 있었다. 병사의 흰 얼굴보다 더욱 흰 언니의 피부색을 보며 당신은 소름이 돋았다. 언니가 왜 외국인 병사와 결혼하는지 아버지에게 물어야 했지만 묻지 않았다. 사진을 돌려보며 식구들 중 누군가가 양갈보, 라는 원색적인 단어를 내뱉었다. 동시에 노인은 그 자리에서 사진을 찢어 냈다. 사진 속의 언니가 사지가 절단되고 눈, 코, 입이 조각조각 찢겨 나갔다. 당신은 낙태 수술을 할 때처럼 신물이 올라왔다. 간호대학 3년 차던 당신은 간호사 수련 과정 중 낙태 수술에서는 늘 프로답지 못했다. 누구에게도 들키지 않았지만, 마스크 안에서 입술을 깨물었다. 낙태하는 데 걸리는 시간은 길어야 30분을 넘기지 않았다. 그 30분을 당신은 한 사람의 버거운 일생을 견뎌내는 거라고 생각했다.

잘 가, 언니. 당신은 찢어진 귀와 머리 한쪽이 보이는 사진 조각을 들고 짧게 혼잣말을 했다. 나머지 찢긴 사진도 집어 들어 쓰레기통에 버렸다.

그리고 시간이 좀 더 흘러 당신이 사회인이 되었을 때 언니에게서 전화가 한 번, 왔었다. 언니의 전화번호를 받아 적었지만, 당신은 전화하지 않았다. 20여 년 전 일이었다. 사진에서 본 언니는 당신과는 달리 화려한 외모에 몸체도 컸고 이목구비도 큼직큼직했다. 그 얼굴 위에 덧씌워졌을 20여 년의 시간을 당신은 감을 잡을 수 없었다.

당신은 약한 현기증을 느꼈다. 아, 어떻게…… 잘 계시죠? 인사말을 했다. 어색하게 침묵이 흘렀다. 전화기 줄 끝에 매달려 시간도 공간도 존재하지 않는 우주를 떠돌고 있는 느낌이었다. 황사가 심해요, 헛소리를 내뱉고는 거긴 어디냐고 뜬금없이 물었다. 어디라니? 문득 당신은 지금, 이 상황이 실제가 아닌 것 같은 착각이 들었다. 실제가 아니었으면 하는 바람으로 아직도 미국에 있나요? 조급하게 물었다. 언니는 한숨을 내쉴 뿐 아무 대답이 없었다. 왜 전화했을까, 의문이었지만 물어 볼 수 있는 말이 아니었다. 다시 무거운 침묵이 흘렀다. 몇 번 헛기침을 뱉어낸 후 언니는 비로소 길게 말을 이어갔다.

"지금 한국이야. 들어온 지 한 달 됐나. 실은 중국 쪽으로 여행을 떠나게 돼서. 몽고 쪽도 걸치고. 그 준비하느라 연락이 늦었어. 아버질 봬야 하는데. 언제 돌아올지도 모르겠고. 예전 미국 갈 때 한 번 전화한 게 마지막이네. 미국으로 시집간다 했더니 다시는 보지 말자고 하셨지."

당신은 떠올리기도 싫은 기억들을 언니는 조심스럽게 꺼내 놓았다. 문득 오랫동안 잠가 놓았던 빈방에 발을 들여놓는 기분이 들어서 당신은 주춤거렸다.

"아버지 많이 미워했어. 이젠 좀 덤덤해졌지만. 넌 어떻게 사니?"

"예에. 전 그냥, 살아요. 간호사 일 해요."

"아, 간호사. 결혼은?"

"아니, 아직요. 어떻게 사세요?"

"너도 혼자구나. 난 알콜 중독으로 일 년간 치료받았어. 엄마 닮았단 소릴 젤 싫어했는데 엄마 꼴 난 거지. 이젠 나이보다 술이 더 무서워. 술로 잊을 수 있는 기억들이 아닌데, 세월에 무뎌진 채 결국은 받아들이게 되는 건데. 엄마 돌아가신 거 모르지?"

모친이 돌아가셨다는 말에 당신은 불쑥 화가 치밀었다. 절대 듣고 싶은 말이 아니었다. 그러나 당신은 애써 담담하게 말했다.

"아, 예. 전, 별 느낌이……. 별로 기억나는 게 없어서요. 죄송해요. 지병이라도 있었나요?"

"술이 원인이지, 뭐."

"예에."

"넌 모르는구나. 그래, 넌 어렸지. 아버지가 말해줬을 리도 없고. 기억도 공유해야잖아. 나도 이젠 아버지 얼굴, 선명하게 안 떠올라. 너나 나나 사는 게 참 허망하다. 가끔 네 꿈을 꿔. 숨바꼭질하듯 넌 늘 숨어있어. 그래도 너는 잘 살겠거니, 아니 잘 살길 빌었는데……, 저기, 롱다, 라고, 아니? 기도 깃발이라는데 그쪽 동네에선 그걸 달고 소망을

빈대. 널 위해 그럴게. 바쁜데, 그만 끊자."

끊자, 급하게 말을 맺고서도 언니는 그리고……, 하며 뜸을 들였다. 잠시 후, 낮은 흐느낌 소리가 당신의 귓속으로 스며들었다. 갑작스러운 울음소리에 당신은 주춤 물러서며 전화기를 귀에서 멀리 뗐다. 갑갑하고 허망할 뿐이었다. 당신이 참지 못하고 수화기를 내려놓으려는 순간 전화는 언니 쪽에서 먼저 끊겼다. 오래전 언니의 사진을 쓰레기통에 버렸던 기억이 비릿하게 떠올랐다. 삐삐 소리가 들려오는 전화기에 대고 뒤늦게 당신은 언니? 언니? 소리를 질렀다. 그리고, 언젠간 한번 보자, 라고 언니는 말하고 싶었을까. 당신은 뭔가에 홀린 듯 멍해졌다. 혹시 끊겨버린 전화가 다시 올까 싶어 전화기만 바라봤다. 그러나 전화는 오지 않았다. 또 이렇게 십여 년을 기다린 후 어느 날, 언니는 다시 전화를 걸어올까. 그동안 빼놓았던 접속 플러그를 연결하고 통성명하고 서로의 관계를 재생시켜야 할까, 생각하며 당신은 헛웃음을 흘렸다.

그때 지팡이 소리가 들려왔다. 노인은 지팡이로 당신 방문을 치며 야야, 오늘 저녁 늦네, 언성을 높였다.

그날 결국은 이른 저녁상을 차려 놓고 당신은 노인에게 물었다. 당신이 맘먹고 유년의 기억에 관한 얘기를 꺼낸 건 그때가 처음이었다. 살아온 시간이 녹록지 않은 탓이 컸지만, 무엇보다 당신은 과거를 들여다보고 싶지 않았다. 노인 또한 마찬가지여서 생전에 새엄마가 노인의 젊은 시절을 물어보는 것도 달가워하지 않았다. 그런데도 그날 얘길 꺼낸 건 충동적이긴 해도 언니에 대한 회한 때문이었으리라.

그러나 노인의 대답은 모른다, 였다. 언니와의 정확한 나이 차를 물은 정도였다. 치매기가 있긴 해도 여든셋의 본인 나이며 생일까지, 정확한 기억력을 가진 양반이었다. 좋은 기억이 아니지만 그게 우리가 살아온 시간인데 어떡하느냐고 설득해도 노인은 들은 체도 하지 않았다. 힘겨운 젓가락질로 집어 올린 오징어무침 씹는 것에만 열중했다. 당신은 화가 났다. 쓸린 듯 마음이 아린 것을 참아내며 조용히 식탁에서 일어났다. 창밖의 황사가 드레드레 처진 발처럼 흔들리며 당신을 비웃었다. 무의미한 밥알을 혓바닥으로 굴리며 당신은 오랫동안 언니를 기다렸다는 걸 인정했다. 아무에게도 말하지 않았지만, 당신이 성인이 되어 마셨던 최초의 술잔은 언니에게 보낸 건배였다. 처음으로 남자를 안으면서도 언니를 떠올렸다. 언니, 비밀인데, 남자랑 잤어. 뭐! 어떤 남잔데? 당신은 다정한 자매지간이면 할 수 있는 대화를 그리워했다. 그러나 그것뿐, 당신은 그 그리움을 가볍게 끝을 냈다. 당신은 언니로부터 숨고 싶었다. 더 솔직히 말하면 당신은 언니와의 관계를 따져 묻고 싶지 않았다.

어쩌면 노인도 언니로부터 숨고 싶었을지 모르겠다는 생각이 들었다. 그렇다고 당신이 노인에게 동질감을 느낀 것은 아니었다.

다음날 당신은 노인 요양원을 알아보았다. 기초수급자나 독거노인 아니면 전액 국가 지원을 받을 수 없었다. 보증금 넣고 한 달에 칠팔십 되는 요양비를 댄다는 것은 혼자벌이에 힘들 수밖에. 당신은 적금 한 개를 중도 해지했다.

뻐꾸기가 문을 열고 나와서 뻐꾹 소리를 내고는 다시 문을 닫고 들어간다. 열두 번을 속으로 헤아리며 당신은 숨이 찬다. 정오, 시간은 더디 흘러간다. 아침 아홉 시에 입소했으니 이제 겨우 세 시간이 지났다. 지금쯤이면 노인이 점심을 들고 있을 시간이다. 이제 노인은 체념하듯 자신의 남은 삶을 받아들였을까, 생각하며 당신은 식탁 위에 놓여 있는 사과를 가슴 앞으로 당겨온다.

노인은 사과를 좋아했다. 아침 출근 시간이 늦어 짜증을 내면서도 당신은 혼자 먹을 노인의 점심상엔 꼭 사과를 깎아 올렸다. 노인은 니도 사과 좋나? 라고 물었다. 당신은 사과를 좋아하지 않았다. 단지 사과를 깎아내며 숨겨진 과거로 돌아가고자 했다. 그러나 노인은 사과를 우걱우걱 썹으며 화를 냈다.

"은화리요, 몇 번 가 봤는데 고향이라 해도 기억나는 게 없어요. 아버진 기억나시죠?"

"글쎄, 가 본 지 몇 십 년 지나서……. 나도 일루 오면서 그쪽하곤 발 안 끊었나? 가끔 연락 되든 기도 끊겼다. 다아 늙어 뿌릿겠제."

"거기 떠나올 땐 기억나요. 여섯 살 되던 설날이었는데 아버지가 이제부터 가는 집에 새엄마 있다, 가서 잘 해야 한다, 그랬어요. 근데 언닌 도통 기억에 없어요. 그때부터 언니랑 헤어진 건가요?"

"야가, 쓸데없이. 니 요즘 들어 와 자꾸 니 언니 얘긴 꺼내 가만 있던 사람 속을 디베 놓나? 앙?"

금방이라도 뒷목을 잡고 쓰러질 듯 노인은 흥분했다. 노인이 감추려고 할수록 당신은 들춰내려고 했다.

문득 사과를 깎는 게 시간의 껍질을 돌려 깎는 것 같다고 당신은 생각한다. 그러나 깎아낼수록 드러나는 기억들이 고통일 거라는 생각에 미치자, 엉겁결에 당신은 사과 깎던 손을 멈춘다. 입을 크게 벌려 덥석 사과 한 입을 베어 문다. 가슴 한 귀퉁이가 아려온다. 손 가득 풀풀 날리는 사과 냄새를 코끝에 갖다 댄다. 사과 냄새 너머로 떠오르는 기억이 있다. 화장품 냄새가 밴 사과를 먹었던 기억. 엄마랑 살래? 아버지랑 살래? 사과에 밴 진한 엄마 화장품 냄새가 싫어서 아버지랑 살겠다고 대답했나. 언니는……, 당신은 기억 속에서 언니를 찾기 위해 애를 쓰지만 소용없다. 아니 상황 자체가 또렷치 않다. 언니랑 함께 살았을 때 기억으로 남아 있는 두서너 개의 기억들이 모두 그렇다. 항아리에 쌀 떨어지는 소리도 그랬다. 잠결에 듣곤 했는데도 쏴아 소리에 대한 기억은 났다. 흙바닥을 패며 쏟아지는 오줌 소리 같던 쌀 부딪는 소리와, 숨죽이고 듣던 두려움의 느낌만은 선명하다. 그것이 엄마가 쌀독에 쌀을 쏟아붓는 소리인 것은 당신이 자라면서 눈치껏 챙긴 내용이다. 그렇게 쌀독을 채워 놓고는 며칠씩 집을 비우곤 했으리라. 당신은 사과 냄새 나는 손으로 얼굴을 감싸 쥔다.

다시 전화벨 소리가 들려온다. 당신은 사과를 밀어내며 일어섰으나 금세 소리는 끊어진다. 혹시 노인에게 문제가 생겨서 전화가 온 것인지, 불안해진다. 당신은 노인의 방문을 벌컥 열어본다. 방은 썰렁하게 비어 있다. 그런데도 당신은 두 눈에 힘을 주며 언성을 높이던 노인의 얼굴이 눈앞에 있는 것 같다. 늘 일을 벌여 놓고도 노인은 가지런히 누인 두 발만 이불 밖으로 내놓은 자세로 팬티 어딨는지 모른다고 발뺌했다. 지금 화장실 청소했어요, 아버지이! 팬티도 젖지 않았냐고 확성기를 댄 듯 당신이 목소리를 높이면 그제야, 청소했나? 어제 낮에 변비약 묵었는데 오늘 변이 일어날 줄 누가 알았겠냐는 식이었다.

할긋 노인의 빈방을 돌아보고는 욕실로 들어가 세수를 한다. 비누를 잡으려 했지만, 몇 번 비누를 놓친다. 앞 머리카락을 쓸어 올리자 희끗희끗 드러나는 흰 머리카락을 들여다본다. 문득 거울에 비친 당신 얼굴이 오늘따라 유난히 노인을 빼닮았다는 생각이 든다. 당신, 아버지랑 붕어빵이던데, 뭘. 황의 말이었다. 노인이 집으로 들어올 때 황은 노인의 이삿짐을 돕느라고 노인을 본 적이 있었다. 당신은 황의 말을 건성으로 흘렸지만, 시간이 흐를수록 그의 말을 수긍하게 되었다. 당신은 거울 속 얼굴을 향해 손으로 물을 끼얹는다. 그리고 간단하게 화장한 후, 황에게 전화를 건다.

당신은 황을 위해 삼겹살과 소주를 미리 준비했다. 웬일이냐고 놀라서 소리치던 황은 노인넨? 하고 묻는다. 노인네…… 지웠어. 당신은 은밀하게 대답한다. 황은 금방 당신 말을 알아듣는다. 말을 해도, 어떻게! 핀잔을 주더니 어떻게 요양원 가신 거야? 연이어 묻는다. 황의 목소리가 들떠 있다.

황은 당신이 근무하는 병원의 업무과 일을 보고 있다. 당신은 황과 잠자리를 하기도 했지만 그렇다고 그와 결혼할 생각을 하는 건 아니다. 그러나 술이 취했거나 병이 났거나 우울하거나 등의 소소한 일상을 챙겨줄 관계는 되어서 병원 사람들은 둘 사이를 연인으로 오해했다. 그래도 당신은 그러거나 말거나 내버려 두었다. 이제 그만 말년 연애 끝내자고 가끔 황이 취중 농담을 했지만 그 말은 실제 농담일 뿐이었다. 그렇지 않았다면 당신이 자신을 만나지도 않을 거라는 걸 현명한 황은 잘 알았다.

집으로 초대를 받은 건 처음이어선지 황은 스무 살 청년처럼 수줍어하며 프리지어를 내민다. 프리지어 꽃의 진한 노란색이 순결해 보여서 당신은 왠지 섬뜩하다.

"황사가 심해. 목구멍에 달라붙은 황사를 삼겹살 기름으로 씻어 낸다는 말들이 괜히 떠도는 헛소리가 아니야."

당신은 엉뚱한 말로 꽃 받은 화답을 하며 꽃을 노인 방에다 갖다 놓는다. 목을 빼고 빈방을 들여다보려는 황의 얼굴을 밀어내고는 당신은 문을 닫는다.

상추 한 장을 손바닥 위에 펼친 후 지글지글 기름진 삼겹살을 얹고 그 위에 쌈장과 고추 그리고 마늘을 올려 상추로 감싸면서 힘껏 입을 벌려 붉은 혓바닥 위로 그 푸릇한 쌈을 밀어 넣는 일련의 동작들을 반복하며 황은 가끔 당신을 향해 웃는다.

"아버지랑 이렇게 둘이 앉아서 저녁 먹었겠네?"

황이 묻는다. 그러고 보니 황이 음식을 먹는 모습은 노인과 닮았다. 경음악 선율이 흐르는 4인용 식탁에 노인과 기역자로 앉아 있는 당신의 모습이 홀로그램처럼 눈앞에 보

인다. 상차림이 끝나면 당신은 식기 건조기 아래 옵션으로
달린 라디오를 틀어 FM 세상의 음악에 주파수를 맞췄다.
야야, 시끄럽다는 노인의 말을 무시하며 당신과 노인은 세
상의 하루를 마감하는 저녁을 먹었다.

　"뭘 그렇게 넋을 놓고 있어? 아버님 요양원 보낸 거, 잘했
어. 첨엔 불편해도 곧 익숙해질 거고."

　황의 말에 당신은 기억 속에서 빠져나오며 적어도 서로
얼굴 맞대고 미워하진 않는다고 황망하게 말한다.

　"오늘 뉴스 봤어? 치매 모친 데리고 오십 대 딸이 지하철
로 떨어진 거. 그 딸도 심각한 우울증이었대. 남 얘기가 아
니야."

　"그래 나라도 내 늙마를 짐 지우기 싫어서 뛰어내릴 거
야."

　"그거 보니깐 겁나데. 우리도 늙어간다는 사실이 겁나더
라고. 아직 장가도 못 갔는데 벌써 이러면 어떡하냐? 사십
나일 헛먹었어."

　"사십대는 늙지도 젊지도 않는 나이래. 당신은 아직 마흔
살 총각이잖아."

　"당신은? 육십 대 할머니처럼 말하고 있는 거, 알아?"

　황이 웃는다. 당신은 소주를 들이켜며 황의 웃음을 피한
다. 당신의 볼이 술기운으로 발그레해지자 황은 술꽃이 피

었다며 당신의 얼굴을 쓰다듬는다. 그의 손길이 당신의 목을 타고 내려가 가슴 속으로 미끄러지는 것을 내버려둔다. 오늘 당신은 그 어느 때보다도 황의 손길이 필요했다. 걸치고 있던 검은 세타의 단추를 열고 황은 이내 당신의 가슴에 코와 입을 묻는다. 문득 빈방에서 훔쳐보는 노인의 시선이 느껴져서 당신은 오싹해진다. 그러나 단단히 닫힌 방문을 떠올리며 안심한다.

황의 손길에 당신은 온몸이 간지럽다. 가쁘게 차오르는 숨결에 당신의 몸은 항아리에 넘치는 물처럼 출렁거린다. 성급한 황의 욕망은 곧 쏟아져 내리리라. 땀에 젖은 손길로 황이 당신의 손을 잡아준다. 당신이 기다렸던 순간이다. 이제 황은 항아리 바닥에 가라앉는 먼지처럼 고요해진다.

"감자탕을 끓였어. 저번 토요일 황사비가 내렸던 날, 당신 생일이었잖아. 기억나지? 집에서 기다리고 있을 노인 때문에 내가 중간에 일어섰을 때, 당신은 화나지 않았다고 하면서도 병째 술을 마셨어."

황과의 잠자리가 끝나면 늘 그랬듯 당신은 천천히 누구에게도 하지 못했던 얘기를 시작한다. 문밖에서 두런두런 들려오는 듯한 당신의 목소리가 조용한 방안에 어둠처럼 스민다.

그날…… 식탁에 감자탕 그릇을 올리자마자 노인은 무

섭게 들쭉날쭉한 등뼈 속을 한 치 빈틈도 남기지 않고 핥아 먹었다. 바쁘게 우물대는 긴 인중, 돼지 뼈에 붙은 살에 가 있는 집중된 노인의 시선을 바라보며 당신은 입맛이 당기지 않아 탕 속의 시래기들만 휘휘 저었다. 노인 앞에 뼈들이 수북한 더미를 만들었다.

그날 당신은 술까지 건네며 노인의 비위를 맞추려 애를 썼다. 어떻게든 오늘은 언니 얘기를 들어야 한다고 다짐했다. 맛있네. 카하, 소리를 내며 노인은 단숨에 술잔을 비워냈다. 다시 술잔을 채우며 당신은 노인에게 어떤 질문부터 할 것인지를 가늠했다. 사실 당신은 그 전날 밤부터 고민하며 노인에게 질문할 내용의 목록까지 준비했다.

"아버지, 제가 이쪽 집으로 오기 전에 다른 데도 가 있었죠?"

"그래, 큰 집에 잠깐, 작은 집에도 잠깐씩 안 가 있었나. 내가 일 때문에 다른 지방에 가 있는 동안 니 엄마가 아주 못된 짓을 했다. 시장통 포목점 주인 놈하고 바람나서 며칠씩 집도 내꼰지고 다니는 걸 동네 사람들이 연락해 준 기라."

"예, 저도 자라면서 눈치로 알아챘어요. 근데 엄마가 무슨 병이 있었나요?"

"병은 무슨! 술병이제. 내가 밖으로 나돌아서 그랬다고 니 엄만 날 탓했지만, 그거 술병 고쳐보려고 생고생했다. 거다 바람까지 피워 자식새끼 거지로 내몰았지. 그걸 우예 데리고 살겠나."

술술 말을 뱉어내는 노인을 보며 역시 감자탕을 끓이기 잘했다고 당신은 생각했다. 언니에게 전화 왔다는 얘길 할까 하다가 입을 다물고는 얼른 고기 뼈를 한 국자 퍼주며 술도 한 잔 넘치도록 따랐다.

"그 술지랄에 니가 엄청 맞았다. 술만 먹으면 정신을 놨으니까."

"어릴 때 기억인데 우는 어린애 모습이 가끔 떠올라요. 누군지 아세요?"

"어린애? 니지. 니밖에 더 있나. 니가 태어날 때부터 실실 자주 아팠다. 잘 생각하믄 기억이 쪼매 날기다. 니 언니가 맘고생 심했다. 니를 노상 엎어 안 키웠나."

노인은 천천히 말했지만, 눈에 띄게 입을 쩝쩝대는 행동이 빨라졌다.

"니 에미가 널 집어 던지기까지 했다. 오줌 대야 엎었다고. 그년이 미쳤지. 오줌에 세수하면 얼굴 하얘지고 곱고 뭐, 그래싸서 그랬단 얘길 들었다."

"예에, 그랬군요. 우는 어린애가 저라니……. 악몽일 거라 짐작은 했지만, 히히, 그래도 아버지랑 옛날 얘기 하니까 재밌네. 진짜 연속극이잖아. 그죠?"

당신은 데데거리는 말들을 쓸어 담으려 애쓰며 소리 내 웃었다.

"니 언닌 커서 덜 맞았는데. 니 에미가 못된 기라."

"언니라고 뭐 나았겠어요? 오십보백보지. 언닌 왜 안 데려왔어요?"

당신의 질문에 노인은 연달아 헛기침을 했다. 노인은 지금 무엇으로 고통스러운 걸까? 노인에게 가장 치명적인 기억도 언니일 거라는 생각이 들었다. 그러나 당신은 모른 척했다.

"그때 데려올 수 없었제. 니 에민 술병이 심했고. 니는 죽으라 날 따라 나선 기고. 니 언닌 이쪽 집 애들하고 나이도 겹치고. 그래서……, 기억도 늙는다 안 카나."

"아버지, 제발 기억 안 난단 말은 하지 마시고요. 자, 한잔 더 드세요."

"해서 잠시 고아원에 맡겼……는데 그걸 참지 못하고 고아원 도망쳐서 니 에미한테로 간기라. 걀 내가 고아원에 맡겼는지, 니 에미가 그랬는지 잘 기억 안 나."

"언니가 고아원에요? 언니가 고아원까지 간 줄은 몰랐어요. 그러고 보니 저 어릴 때 아버지가 날 버릴까 늘 무서웠는데. 그게 왜 그런진 몰랐는데……. 어떻게……. 아버지, 저는 왜 데려오셨어요?"

"못된 거어! 니가 지금 날 데리고 쇼하는 거, 내가 모를 줄 아나? 내가 니 언닐 내다 버렸다고, 이래 아픈 사람한테 몰아붙여 놓고 정작 니 속셈은 딴 데 있는 거제? 나, 요양원 절대 안 간다. 아구, 독한 거."

말을 마치자마자 노인은 지팡이를 내려찍으며 걸어갔다. 얼굴이 벌게진 채 당황한 것은 당신도 마찬가지였다. 당신은 식탁 위에 널브러진 면 행주를 들어서 얼굴을 벅벅 문질러 닦았다.

"예, 아버지, 저 지금 쇼하는 거예요."

떨리는 입술 사이로 삐져나오는 말들을 귀찮은 듯 뱉어 냈다. 그래도 마음이 진정되지 않아서 당신은 노인이 쌓아 놓은 돼지 뼈 하나를 거머쥐고 베란다 창문을 향해 팔매질을 했다.

"당신, 당신은 나를 몰라. 내가 새엄마 집에 처음 왔던 날 말이야. 어머, 니가 순희구나. 말을 건네 온 아줌마에게 나는 앞뒤 가리지 않고 엄마, 라고 불렀어. 약삭빨랐지. 어린 나이에 징그러울 정도로. 눈치 하난 끝내줬거든. 아유, 착하구나. 근데 내가 아니고 저어기 아줌마가 엄마라고 옆집 여자가 웃으며 정정해 줬어. 부끄러웠어. 그걸 감추기 위해 더 약삭빨라야 했겠지. 속으로는 왜 나를 낙태시키지 않았냐고, 세상을 원망하면서 말이야. 그래선지 내게 손을 내미는 어떤 사람도 난 진정으로 받아들인 적이 없어. 대학 때 첫사랑도 그렇게 끝냈어. 혈연, 지연, 학연, 난 어떤 관계도 원치 않아. 당신도 마찬가지야. 이젠 그만 떠나. 그렇지 않으면 당신은 앞으로 계속 병째 술을 마셔야 할 거고. 알콜 중독으로 병원에 감금될지도 몰라. 난 죽을 때까지 이 방을 떠날 수 없어. 이게 내가 사는 방법이니까."

당신은 말을 마치고 황을 건너다본다. 황은 낮은 숨을 들이쉬며 잠이 들어 있다. 잠결에도 황은 당신의 손을 잡고 있다. 당신은 황의 가슴에 코를 박으며 잠을 청해 보지만 잠을 잘 수 없다.

당신은 일어서서 수면제를 찾아낸다. 당신의 불면은 상습적이다. 독신으로, 이제 막 사십대에 들어선 당신이 가장 두려워하는 것은 흔들림이다. 당신의 의지로는 통제할 수 없는 한순간의 흔들림, 모든 인연의 끈을 아무렇지 않게 놓아 버릴 수 있는 망설임 없는 충동. 그러나 14층 높이의 어둠을 조심스럽게 흩뜨리며 들려오는 노인의 지팡이 소리는 당신의 충동을 여지없이 깨트린다. 당신은 힘껏 노인의 방문을 연다. 누워있던 노인이 고개를 들 듯 빈방의 형세가 천천히 눈에 들어온다. 누우나? 누구냐? 노인의 겁먹은 목소리가 황에게 들릴 것 같아 당신은 서둘러 노인의 방문을 닫는다.

노인의 잠은 깊지 못했다. 하룻밤에 네댓 번은 쿵쿵거리
며 소변을 봤다. 지금쯤 요양원의 어둠을 지팡이로 내리찍
으며 노인이 무슨 생각을 할지 떠올리다가 당신은 노인에
게 가장 필요한 것도 수면제일 거라고 생각한다. 당신은 노
인의 침대에 걸터앉아 무릎 위에 얼굴을 묻는다. 어릴 때부
터 마음에 담았을 노인에 대한 미움과 그 미움보다 더 무서
웠던 게 노인이 당신을 버릴지도 모른다는 두려움이었다는
사실이 또렷하게 떠오른다.

　교활하죠, 아버지! 낙태 수술을 끝낸 여자들이 전신 마취
에서 깨어난 순간 아랫배부터 더듬으며 짓던 낯빛이 그대
로 당신 얼굴에 떠오른다. 무심을 가장한 냉정과 숨겨진 두
려움의 표정. 텅 빈 자궁보다 더 황막한 빈방을 가슴 깊이
숨겨야 하는 여자들의 눈빛은 휑하게 비어 있었다. 어떻게,
사는 게 고작 제 가슴 속에 빈방을 만들고 그 방의 문을 꼭
꼭 걸어 잠그는 일이어야 하는지, 아버지는 아세요? 당신
은 중얼거리며 상체를 숙여 그악스럽게 아랫배를 움켜 안
는다. 출산은 물론 낙태 경험도 없었지만, 환자들에게 수술
결과를 얘기할 때면 당신도 덩달아 아랫배가 쑤욱 내려앉
듯 허전해져서 더욱 냉정해지려 애를 썼다. 당신은 마치 환
자를 대하듯 아랫배를 틀어 안은 당신을 바라본다.

'부재의 존재'에 관한 사유

김효숙(문학평론가)

첫 소설집 『기억의 빛』에서 백미주 작가는 '부재의 존재'에 관한 역설적 존재론을 펼친다. 인간관계 간 분란의 동기를 세심히 응시하면서 갈등을 조정하는 방식을 고안하고, 탄생과 죽음 사이에 놓인 예측 불능의 변곡점들에도 주목한다. 그러면서 거기에 '기억'이 있다는 감각으로 연인 간, 부부 간, 부모-자녀 간, 사제 간, 친구 간, 이웃 간 관계의 내밀한 심리에 주목한다. 희망을 품어 볼 수 없게 된 사랑, 기다림이 길어질수록 폐허가 되는 삶, 같이 울어 줄 사람을 찾고 있거나 혼자 울다 죽은 사람, 있으나 없는 사람들 간 관계의 뒤얽힘 속에서 '부재의 존재'들을 발견할 수 있다. 작가는 그중에서도 특히 아이들과 청소년의 마음을 짚어내는 일에 각별히 마음을 기울인다. 이는 어른 중심의 세계관에서 무 인격체로 배

제되기 쉬운 상대에게 마음을 쓰는 작가 의식의 반영이다.

실 존재라면 누구나 이유도 모른 채 세계-내에 던져졌다는 감각과 미아 의식을 지닌다. 예외 없이 고독하면서도 상호 투쟁의 대상이기도 한 세계-내의 단독자들이 타자의 관심과 사랑을 기대하는 이유도 여기에 있다. 백미주 작가가 마음을 쓰는 대상도 이 같은 범주의 사람들이다. 지난한 삶의 과정에서도 자기 존재감을 앞세우기보다 상대방의 처지부터 배려하는 아이와 어른들, 분란의 주동자로 지목당하면서도 양심을 내면화한 채 타자에 대한 관심을 놓지 않는 이들이다. 뿐만이 아니다. 오해의 매듭을 풀어내어 이것을 상호 연결의 끈으로 바꾸는 마음 씀의 주체들, 선의의 경쟁자가 상황의 변수 때문에 적수가 되는 사회에서도 인간에 대한 믿음을 놓지 않는 이들도 있다.

작가가 형상화한 인물들의 삶은 한시도 평온한 적이 없는 파란 그 자체다. 이들이 꿈꾸는 삶의 조건도 현실의 표면에 짧은 시간 동안만 고정된다. 관계들 간 욕망이 첨예하게 교차하면서 이 세계는 황량해지고, 살아내려는 극렬함이 도리어 죽음을 불러들이는 기이한 힘이 되기도 한다. 삶의 무게를 죽음만큼의 중량으로 실감하는 이들에게 양자는 같은 품에서 떼어낼 수 없는 현상이기도 하다. 그래서 작가는 사랑도, 타자에 대한 이해도 배우지 못한 이들의 심리에 더욱 밀착한다.

이렇게 이 소설집에서는 서사의 줄기를 따라가는 것만으로는 간과하기 쉬운 인물들의 심리 지층을 곳곳에서 만날 수 있다. 언행의 동기를 짚어가며 유추하다 보면 우리의 인식에도 어느덧 변화의 순간이 찾아온다. 실존의 이유와 의미를 다 알지 못하는 어린 자아에서부터 성숙한 이들까지의 생애 곡선을 따라가면서 그 맥락을 짚어낼 수 있다. 인물들은 누구나 예외 없이 타자와 연결점을 갖고 있는데 이는 정작 매우 반어적이다. 이별은 사랑과 관심의 후발 현상이므로 여기에 비례하는 만큼의 상처를 남기게 된다. 그러나 백미주 작가는 사랑과 관심의 외부에는 이별이, 삶 바깥에는 죽음이 있다는 이분법을 넘어서는 세계 이해의 방식을 내면화하고 있다. 되도록 의미를 유보하면서 무거운 주제를 차분하게 감당해 나가고, 성숙한 작가 의식으로 우리의 삶에 부수되는 욕망을 주시하면서, 관계들 간 연결과 단절 지점에 주목한다.

1. 기억을 환수하는 방식

기억은 과거의 소속이기만 한가. 그렇다면 이는 현재와 미래에 반향하지 않는, 죽은 거나 다름없는 사물이라 해야 한다. 기억은 살아 움직이는 마음의 형식으로 우리의 심리를 지배하지만 그 비가시성으로 하여 막연하고 불분명한 어떤 마음의 작용이다. 더구나 거기에 시간이 간섭하면 변형되거나 순서가 뒤바뀌고, 왜곡되고 조작되기 쉬우므로 절대성을 보장하기도 어렵다. 그럴지라도 우리는 기억을 믿고 싶어 하며 이것을 현재의 문제를 풀어나갈 방향타로 삼기도 한다. 이때 기억은 과거의 소속을 헤치고 나와 현재적 파장을 만든다.

백미주는 몇 편의 작품에서 기억 문제를 형상화하면서 우리를 과거에서 현재로, 다시 현재에서 과거로 데려다 놓는다. 기억으로 만들어진 사람, 기억으로 만들어진 사물이라 할 만큼 그의 작품에서 기억과 관련한 은유의 힘은 막강하다. 예컨대 "만두는 기억이었다."에서 보듯이 기억의 형상화는 구체적인 사물과 인물을 빌려서 말하는 특별한 미학적 방법론이다.

만두는 기억이었다. 모든 걸 하나둘 떠나보내는 세월이었지만 기억은 보이지 않는 흔적으로 남아 있었다. 과거를 향해 절실하게 손을 내밀며 그때는 할 수 없었던 용서와 화해를 지금에서야 다시 채워 넣고 미완의 시간을 완성하고 있다는 만족감이 있었다.

— 「만두」에서

「만두」에서 엄 여사가 자신의 생일을 앞두고 빚어내는 만두는 50년 가까운 시간을 초극한다. 불순한 자를 색출하고 배제하고 대상화하면서 훈육으로 인간을 개조할 수 있다고 믿은 야만의 시대. 고교생 형무는 그 체제에서 타자화된 혐오 대상이었으나, 젊은 시절의 엄 교사와 위험에 처한 이 아이의 만남을 매개하는 건 손수 빚은 따끈따끈한 만두였다. 엄 여사는 30년간 재직한 전직 교사라는 사실을 숨기고 살면서 만두 표상으로 형무의 과거사를 견인한다. 이 음식은 미진하게 종료된 제자와의 만남에 이입된 것으로, 이후 엄 여사의 만두 나누기 자선 행위가 형무에 대한 부채감의 일환임을 짐작하게 한다.

타자에 비추어야만 '나'가 보이는 이치는 이 작품에서도 여실하다. "우와, 맛있겠다. 소파에 걸터앉은 남편과 소파 뒤에선 아들과 딸이 모두 입을 벌려 감탄했다."는 문장에서 만두를 바라보는 시선은 가족사진 속 인물들의 것이다. "기억이 눈을 뜨고 그녀를 바라보는 순간"에 사진 앞에 홀로 앉아 만두를 빚는 엄 여사의 형상은 지금 가족 바깥에 외따로 나앉은 것처럼 보인다. 이전에도 가족이 바라봐 주는 시선, 맛있겠다며 추임새를 넣어 주는 딸의 응원이 없었다면 그녀의 만두 빚기는 명분을 잃고 말았을 테다. 같은 이치로, 경찰에 쫓기다 숨어든 엄 여사의 집에서 황급히 빠져나가며 만두 먹으러 다시 오겠다고 말했던 형무의 마지막 목소리가 없었다면 지금 엄 여사의 만두 빚기는 인근의 주민들에게 인심 좋은 이웃을 각인시키는 효과 이상은 아닐 것이다.

이 서사에서 엄 여사의 기억은 쿠데타로 정권을 잡은 군부가 출범한 "1980년 9월"과 현재를 왕래한다. 예외 없이 불량자 색출이 행해진 지방 도시 소재의 "ㅇ공고"생 형무가 살아 돌아오지 못한 사정에 임시교사로 3개월간 근무했던 엄 교사가 얽히게 되는데, 이로써 형무의 죽음에 대한 교사의 윤리를 질문하고 있다. 그러나 이것이 상명하달 시스템에 의한 불가항력이었으므로 이 문제에 대한 답변과 과실은 국가로 귀속된다. 비가시적인 구조 속에서 정치권력의 주체들은 영구히 안전을 꾀하지만, 구조 바깥의 개인은 국가가 "너무 무섭고 멀"어서 연약한 개인들 간에, 그리고 "동료" 간에 가해자를 만들며 "병신 짓"을 했던 시대. 작가는 그때를 지금 여기로 소환하여 개인의 피눈물 나는 고투와 양심을 복원함으로써 동시대인에 대한 윤리적 책임을 묵묵히 감내했던 사정을 형상화한다.

이어지는 「고백」도 교사와 학생의 생사 문제에 착안한다. 제재는 여전히 기억에 생생한 선박 침몰 사건이다. 서사는 교사의 일인칭 고백 형식으로 일관하는데, 그는 상징계와 실재계의 혼란 속에서 실재와 가상을 구분하지 못하는 외상 후

스트레스 장애를 앓고 있다. '라나'의 담임을 맡은 적이 없으면서도 맡은 적이 있다고 확증하며, 더 문제적인 것은, 그 누구의 기억에도 없는 라나를 그가 유일하게 기억한다는 점이다. 라나와의 마지막 접촉을 인정하지 않는 그의 심리 기저에는 우울과 불안이 눌어붙어 있다. 교실의 빈자리 하나에 라나가 앉아 있다면서 이 여중생의 실존을 확신한다. 그러나 다음 문장에서 작가는 라나가 실존 인물이 아님을 명시한다.

생각해 보니 S 여중 첫 출근 날, 라나를 봤던 기억이 그제야 떠올랐어요. 학교 중앙 현관에는 커다란 거울이 세워져 있어요. 그 거울 속에 라나가 두 손을 허리 뒤쪽으로 맞잡고 조금 수줍은 듯 서 있더군요. 마치 전신상 사진처럼요. 돌아봤죠. 차분하면서도 밝은 눈빛과 어깨에서 나붓거리는 머릿결이 인상적이었어요. 초록색 가방을 메고 있던 것도 기억나네요. 안녕하세요? 마치 오래 알고 지낸 사람처럼 인사해요. 난 기분이 좋았어요. 낯선 학교가 금방 친근하게 느껴지더군요. 담임 반에 들어갔는데 라나가 제일 끝번으로 앉아 있었어요.

—「고백」에서

라나는 "거울 속"에 있는 거울상이다. 우 선생이 여중에 첫 부임하는 날부터 그의 상징계에 침투하여 줄곧 의식을 지배

해 왔다. 실존 인물인 우 선생과 달리 라나는 선생의 실재계에 자리하는 트라우마—공포—불안, 그리고 그가 라나의 손을 놓칠 수밖에 없었던 실제 상황에서의 안타까운 감정 등을 두루 투사하는 대상이다. 여중에 첫발을 디디던 날 중앙 현관과 교실에서 그 아이를 보았다는 고백은 그의 말만으로는 결코 포착할 수 없는 것, 심리의 저층에 있는 감정과 자신만이 느꼈던 감각을 고백하는 차원의 것이다.

라나는, 우 선생이 고교생이었을 때 같은 배 사고를 당한 이름 모를 아이. 물속에서 구원자처럼 그의 손을 잡아 주었던 아이. 그 후 그의 기억 속에서 다시 태어난 아이이다. 그 누구일 수도 있으면서 라나라는 이름으로 불리며, 우 선생을 미친 자나 헛소리를 하는 자로 여기지 않아야만 용인할 수 있는 존재다. 우 선생은 "그때 라나 얘기를 꺼내지 않았다면" "영원한 부재가 되었"을 라나를 연일 호명함으로써 이 아이를 되살려낸다. 여기에 라나의 앞 번호인 25번 학생 나미가 개입한다. 환상을 조성하여 두려움과 공포를 벗어나려는 우 선생에게 실체를 직시하게 하여 그 경험을 구체적으로 말하게끔 유도하는 아이다. 이것이 종국에는 우 선생에게 트라우마 극복의 계기를 확실하게 안겨 준, 매우 효능감이 높은 심리 치료 방식이 된다.

나미는 라나를 아는 유일한 학생이라고 자처하는데 그 이유가 "그냥, 샘을 인정해 드리고 싶"어서다. 선생이 라나에 관하여 마음껏 이야기할 수 있게 하는 것도 같은 차원에서 치료 효과를 높인다. 나미가 지극히 개인적인 "물적 증거가 될 만한 기억을 찾으라고" 선생에게 권유하는 것도 그에게 실체를 직시하게 하여 환상으로 도피하는 것을 막으려는 의도다. 기억의 실체를 끌어내게 한 조력자 나미는 우 선생의 환상이 조성하는 기대와 공포가 얼마만 한 것인지를 간파한 것이다. 자신이 부인하느냐 이해하느냐 사이에서 라나의 존재가 실제이거나 허구가 될 것을 잘 아는 이 영리한 학생이 우 선생 편에 서서 그의 복잡한 심리에 대하여 이해를 택함으로써 고백 효과를 최대치로 끌어올린다. 이는 동종의 경험자만이 상대의 공포와 두려움을 가장 잘 간파할 수 있다는 점에서 나미의 공감 능력은 실제 경험에 의한 것이고, 그 모든 견디는 일들의 실재에 이 아이도 연루되어 있음을 시사한다.

이 밖에도 여러 편의 작품에서 작가는 기억의 심층을 파고든다. 지금까지 본 작품이 기억을 현재화하는 방식이었다면, 「기억의 빛」은 과거의 공간으로 돌아가 그곳의 골목들을 몸소 밟으며 지난 시간을 되살려낸다. 집과 골목들은 낡았고, 살던 사람들의 자취도 사라졌으나, 기억만은 죽지 않고 살아남아 그를 이곳저곳으로 끌고 다닌다. 낡아가기만 하는 "집들의 묘지"인 어느 도시에는 노쇠한 원주민들, 오래전 실향민으로 정착한 이들, 그리고 외지인이 혼재하며, 재개발 투자라는 경제 논리에 포섭된 외지인들은 오직 물질 가치만을 좇는다. 그 와중에도 곧 사라질 위기에 처한 전통의 모습을 그림에 담으려는 정 선생이 있다. 그는 풍경의 일부인 건축물들이 만드는 쇠락의 현장을 자기만의 예술 형식으로 박제 중이다.

위와 유사한 맥락에서 「플라워 고물상」은 새로이 도래하는 것과 사라지는 것에 대한 문제의식을 드러낸다. 최첨단 기술을 탑재한 우주선을 우리 기술로 발사하는 시대에 고물상을 가업으로 물려받게 된 젊은이로부터 건강한 작가 의식을 읽을 수 있다. 직업을 기준으로 분류된 존귀와 비천에 매임이 없이 누구든 날아오르는 꿈과 꽃처럼 피어나는 꿈을 꿀 수 있다는 가능성과 잠재성이 그것이다. 급속히 사라지는 직업과 부상하는 직업이 교차하는 세태를 반영한 이 작품은 성공이냐 실패냐는 투쟁적인 삶을 전경화하지 않는다. 꿈과 기대를 싣고 날아오르기, 자기만의 분야에서 우뚝 서는 꿈을 꾸는 이가 과연 누구냐는 질문을 여러 곳에 심어 놓았다.

2. 가족 해체와 형성 사이

재개발지에 대한 외지인의 경제 감각이 지방 도시로까지

확산하는 상황에서도 「기억의 빛」의 화자에게 이 도시는 경제 논리와 무관한 곳이다. 한 시절 사랑했던 여자와 머물렀던 곳, 그 이후 관계의 진전이 없었던 것만큼이나 안타까움이 서린 곳. 오랜 세월이 흐른 뒤 다시 찾아들어 기억을 더듬어 보지만, 아이와 관련한 것만은 묻어 두고 싶었던 곳. 포르트–다 놀이를 하듯이 "그렇다와 그렇지 않다 사이에서" 머뭇거리며 아이의 태생에 대한 부정과 긍정 사이, 불안과 안도 사이를 오간 시간에서 해방된 적이 없게 한 곳이다. 화자가 식당에서 만난 여자가 편모 가정에서 자라며 어머니에게서 늘 들었던 "특별한 아이"라는 긍정의 말은 그녀에게 당당하게 삶을 대면하는 자세를 암암리에 가르친다. "잊을 수 없는 기억들은 하늘로 올라가 별이 된다"고 어머니에게서 들었던 아름다운 말을 식당 여자가 화자에게 들려줄 때는 옛 연인 은욱을 떠올리고, 식당 여자가 아버지를 "그 작자"라 불렀을 때는 아이를 생각한다. 은욱과의 사이에서 태어난 아이인 것 같으나 단 한 번도 본 적이 없으며, 끝내 성립할 수 없었던 가족 단위에 대한 회한과 죄책감을 안기는 아이다.

「두 아이」, 「빈방」은 일군으로 묶어 읽을 수 있는 작품이다. 탄생과 죽음 사이에서 수많은 일들이 교차하지만, 행복한 기억을 동반하는 일 중 단연 으뜸인 것은 결혼이 아닐까. 하지만 문학은 행복만을 말하지 않는다. 불행과 행복의 궁극을 말하기보다 과정의 삶에 밀착하여 양자의 의미를 알아가게 한다. 인물이 감당해 내는 일들이 전적으로 사실일 수는 없더라도 소설은 인물의 언행에 경험적 진실을 담아낸다. 그리고 그것이 이 세계에 속한 당대인의 보편적 윤리라는 점에서 확산성을 지닌다.

이 작품들은 인간 개체의 자유나 해방 감각보다 타자를 향한 마음 씀, 양심 회복의 계기들을 실감 나게 재현한다. 인간 윤리에 대한 회의를 거쳐 나왔을 인물들을 내세워 보편적 인간이 지닐 법한 타자에 대한 윤리를 환기한다. 특별할 것 없는 일상사일지라도 경험 주체에게는 단 일회적 사건이다. 누군가의 행위 동작이 아무리 사소할지라도 강력한 메시지였음을 사후적으로 알게도 된다. 특히 작가가 가족 해체를 보여주는 데 그치지 않고 새로운 가족 형성의 여파를 아이 중심으로 이야기하는 이유를 생각해 보아야 한다. 부모 중 한쪽의 혈통을 이어받은 이 아이들의 자리는 새로운 가족 형성 시 커다란 수렁이 된다. 그러나 아무리 어린아이라 할지라도 자기 몫의 삶을 감당하는 주체이며, 부모의 선택을 부정적으로 타자화하지 않는다는 점을 다음 예시문에서 확인할 수 있다.

사람들은 수란이 옛집으로 가고 싶어 한다고 생각했다. 하지만 그때, 수란은 옛날로 돌아갈 수 없다는 걸 잘 알았다. 새

아빠와 오빠와도 잘 지내야 하고, 그게 엄마를 지키는 거라는 것도. 다만 그 마음이 뿌리내리는 데는 시간이 필요했는데 억지로 하다 보니 마음에 구멍이 생겼다는 건 좀 더 커서 알았다.

생각에 빠져 걷다가 수란은 놀라 뒤돌아섰다. 다행히 좀 떨어져서 소원이 오고 있었다. 소원도 시간이 필요할 거였다. 가끔 주변을 살필 뿐 아이는 시든 꽃처럼 자기 발만 내려다보며 걸었다. 문득 수십 년의 시간을 건너 아이가 오고 있는 거 같았다. 수란은 요란스럽게 손을 흔들었다. 아이가 뻘쭘해 하며 가까이 왔을 때, 수란은 다시 걸었다.

— 「두 아이」에서

"당신, 당신은 나를 몰라. 내가 새엄마 집에 처음 왔던 날 말이야. 어머, 니가 순희구나. 말을 건네 온 아줌마에게 나는 앞뒤 가리지 않고 엄마, 라고 불렀어. 약삭빨랐지. 어린 나이에 징그러울 정도로. 눈치 하난 끝내줬거든. 아유, 착하구나. 근데 내가 아니고 저어기 아줌마가 엄마라고 옆집 여자가 웃으며 정정해 줬어. 부끄러웠어. 그걸 감추기 위해 더 약삭빨라야 했겠지."

— 「빈방」에서

「두 아이」에서 서사의 큰 줄기는 초면인 여자 어른(수란)과 여자아이(소원)의 만남을 따라간다. 이들은 어린 시절에 아빠의 이른 죽음을 경험했고, 엄마가 새 가정을 꾸리게 되면서 분리 불안에 사로잡혔던 경험을 공유한다. 수란은 자화상처럼 소원을 대하면서 아이의 마음과 감정에 가닿으려 애쓴다. 소원은 태어나자마자 엄마에 의해 "베이비 박스"여야 했고, 그 후 엄마의 재혼으로 외가에 맡겨진다. 이 아이는 두 차례의 유기 아 경험으로 하여 불안이 무의식화되어 있다. 이런 점은 수란의 심리와 유사하다. 엄마를 따라 새 가정에 편입된 수란이 분란의 당사자가 아니길 애쓰며 낯선 환경에 적응하려 고투했던 경험이 그것이다. 이 점이 소원과 수란의 우연한 만남에서 확인되면서 두 사람이 겪은 공통적 불안의 실체가 가족 해체에 뒤이은 새 가족 형성의 여파임을 보여준다. 음식 대신 흙을 집어 먹는 이식증, 아무 말도 하지 않는 함구증을 겪고 있는 소원에게는 수란의 경험을 녹여낸 진정 어린 말만이 흡수력을 지닌다. 수란은 간혹 자신의 경험을 과장하여 수란에게 들려주기도 하지만, 이는 아이가 외가에 마음을 붙여 살면서 미래를 긍정적으로 준비할 수 있게 하려는 방편이다.

이처럼 부모 중 한쪽의 사고사 – 병사 – 가출 등의 사건은 남은 가족에게 불가항력으로 닥쳐든다. 아이는 그 힘에 흔들리지 않으려 하지만 점차 가중되기만 하는 외력의 발원지는 다시 아이의 외부다. 수란의 엄마가 꾸렸던 새 가정이 그 당사자의 병사로 해체되는 불상사. 그리고 「빈방」에서 어린 순희가 아버지 주도 하에 꾸린 새 가정에서 눈치 빠르게 처신하며 새로운 환경을 잘 견뎌내지만, 새엄마가 병사하면서 다시 가족이 와해하는 악순환 고리에 놓이는 경우는 매우 유사하다. 이처럼 상처의 층이 깊어질수록 「빈방」의 순희는 모든 인간관계에 빗장을 걸어 놓고 폐쇄적 삶을 이어간다. 그녀가 "혈연, 지연, 학연, 난 어떤 관계도 원치 않아."라고 말하는 근거도 결혼제도를 부정하는 심리에 연유한다. 동침은 허락하면서도 상대에게 "이젠 그만 떠나."라고 단호히 말할 수 있는 것도 같은 심리에 근거를 둔다. 아버지에게 버림받을까 봐 두려웠던 아이가 성장하여 상대가 자신을 버리기 전에 먼저 놓아 버리는 분리 법칙으로 상처를 최소화하려는 방편이다.

극단까지 밀렸을 때에야 다시 시작할 수 있는 지점도 바로 그곳임을 알게 되는 주체가 인간이다. 백미주의 소설에서 가족 해체의 요인은 대체로 부부 중 한 사람의 과오나 죽음이다. 그러나 그 여파가 다음 세대의 정체성과 가치관에 혼란을 안기므로 이 공동체의 존립 문제는 개인의 경험에 그치지 않는 확장성을 지닌다.

나를 지탱해 주는 것은 무엇일까? 이 질문은 「기차는 다시 오지 않고」에서 '미지'가 세 남자에게 각각 과거, 현재, 미래의 표상인 점을 통하여 차츰 구체화한다. 기차 동호회 회원인 이들의 관계에 개입하는 것은 차용금 200만 원이다. 자본 논리를 앞세우는 세태로 하여 가족 형성이 어렵기만 한 현실, 인명을 놓고 수지타산을 따지는 세태를 풍자하기도 하지만 이는 작가의 의도를 차지하는 큰 부분이 아니다. 일회적 삶을 작가가 편도 기차에 비유하고 있듯이, 세계-내-존재의 전체성은 죽음이 아니고서는 확보하기 어렵다. 경춘선 운행 종료와 미지의 죽음을 같은 시간대에 놓고 기억을 끌어내는 세 남자의 경우에서도 보는 것처럼, 과거에서부터 현재를 거쳐 미래로까지 달려가는 기차는 시간 표상이다.

이 소설은, 삶은 죽음으로 달려가는 과정임에도 불구하고 인간을 지탱케 하는 것은 타자에 대한 모종의 채무감이라고 말한다. 친구를 반드시 만나 이전에 진 빚을 갚아야 한다는 의지와 기대를 삶의 마지막 시간까지도 놓지 않았을 미지는 그 친구에게도 언제나 변함없이 "내 앞에 존재"하는 사람이었다. 미지는, 그녀와 데이트를 했던 수완에게는 과거의 사람, 미지가 죽지 않고 잘살고 있다고 생각하는 호철에게는 현재의 사람, 미지는 호철에게서 빌린 돈을 다시 진기에게 꾸어 주었기에, 채무감을 부여안고 살아가는 진기에게는 미래의 사람이었다.

3. 살아내는 일과 예술 미학의 얽힘

어머니이면서 소설가의 정체성을 늦은 나이에 지니게 된 이를 우리는 얼마만큼 이해할 수 있을까. 백미주의 소설을 읽으면 이 질문은 우리가 어머니-소설가를 얼마나 오해하고 있는지로 바뀐다. 「꿈」에서 어머니냐 소설가냐는 문제의식은 어머니 당사자가 지닌 것이 아니다. 어머니는 이제껏 살아온 방식으로부터 자신을 구원하는 글쓰기에 당당히 투신할 뿐이다. 어머니의 글쓰기가 허세라는 반응은 타자가 재단한 것이며, 몰이해의 결과다. 그 와중에도 최 여사처럼 긍정해 주는 이가 단 한 사람이라도 있을 때 어머니는 변화를 일구는 자신의 삶에 더 힘을 낼 수 있다.

아들은 거듭되는 실패로 삶의 의욕을 잃고 피폐해지는 자신을, 어머니는 글 쓰는 이유를 이해받고 싶어 한다. 아들은 어머니의 절대적 관심이 필요하지만, 어머니는 자신의 글쓰기가 아들의 관심 범위 바깥에 있다 하여 낙담하지는 않는다. 반면에 아들은 어머니의 글쓰기를 자신과 세차게 분리되는 또 하나의 현실로 받아들이고 있어서 어머니와는 다른 내면을 지닌다.

삶이란 누구에게나 타자의 오해와 이해 사이에서 구성된다. 오해가 깊어져 감정이 첨예해진 뒤에야 상대를 이해하려 애쓰지만 이미 깊어진 오해를 이해로 전환하는 일은 하나의 세계를 다시 얻는 일만큼의 중량을 지닌다. 이 작품에서 아들은 엄마를 소설에 빼앗겼다고 여기므로 엄마는 아들이 바라는 정체성을 회복하고자 몸부림친다. 아들을 낳던 날의 어머니로 돌아가 그 귀한 생명을 다시 처음부터 살게 해주고 싶을 만큼 절박한 심정이다.

이 소설집은 존재를 부재의 감각으로 치환하는 상상력으로 존재적 사건과 그 의미를 심도 있게 그려낸다. 우리 곁에서 떠나가 이후 종적 없어진 사람들에 대한 기억, 이해와 오해의 간극이 깊어진 나머지 이해를 포기한 채 벽을 만들며 살아온 이에 대한 기억은 지금 여기에 부재하는 이들과 연결된다. 그러면서도 편재한 죽음 현상이 도리어 삶을 돌아보게 하므로 그 어두운 그림자는 죽음 쪽으로만 놓여 있지는 않다. 주제의 무게를 감당해 나가는 작가의 사려 깊고 유려한 필력의 도움으로 '부재의 존재'의 심연을 차근차근 돌아 나올 수 있다. 질 들뢰즈가 상징계에 포섭되지 않는 존재를 부재의 존재라 칭하며 이들을 사유한 것처럼, 백미주도 지금 여기의 삶을 가능케 하는 기억 속의 인물들을 불러낸다. 삶을 존재의 '펼침', 죽음을 존재의 '접음'이라 할 때, 이 소설집은 펼침과 접음이 같은 공간에서 만드는 주름을 만져내게 한다. 지금 여기에 부재하는 자가 존재를 일깨워 주므로 가능한 일이다.

최근에 쓴 몇 편을 제외하고 이 글들은 오랫동안 떠돌았다. 무심한 주인을 만나 묵은 시간 속에 방치돼 있었다.

그동안 나는 나를 믿지 못했다. 내가 쓴 글을 불신했다. 내가 지금 제대로 쓰고 있는지를 의심했다. 내 글이 나에게 주는 위로, 그 이상의 가치에 대해 회의적이었다. 글이 너무 쉽게 써지는 건 아닌지 불안해했고 내 글이 적당히 현실을 모방한 정도일 뿐 현실을 넘어서는 글이 될 수 없다는 생각을 많이 했다.

한때 글을 쓰지 못했거나 의도적으로 쓰지 않았던 시기도 있었다. 그럼에도 나는 늘 글쓰기의 어떤 과정에 있었고, 글과 나와의 관계에 대한 확신이 필요했다.

내가 쓰는 글이 내 삶의 가장 소중한 무엇이라는 생각을 버리고서야 다시 글을 쓸 수 있게 되었다. 그저 지금 쓰고 있고, 앞으로도 쓸 것이라는 나를 받아들였다.

오래 묵혀둔 글이라 세상에 내놓는 게 쉽지 않았다.
그럼에도 굳이 발간을 생각한 것은 육십이라는 나이가 앞서서 나를 이끈 셈이다.

글을 쓸 때 기억에 대해 많이 생각한다. 기억은 기록이고 연대이다.
과거는 기록과 연대를 통해 현재로 회귀하고 미래로 도약할 수 있다.
개인의 삶은 한 사회와 시대를 통과한다.
그래서 기억은 사적이면서 공적이다. 기억을 기록하기 위해 소설의 양식을 빌린다.
잊어버리지 않으려 글을 쓴다. 잊어버리면 안 되는 것들을 쓰고 싶다. 그래서 그 글들은 내 기억이면서 다른 누군가의 기억이다. 특별했던 시간과 공간이 한 개인의 기억과 연결되고, 연대와 상상을 통해 변화를 끌어낼 수 있다고 믿는다. 그런 글들을 쓰고 싶다.

이제 내 글들에게 부끄럽지만, 소박한 집 하나 지어줄 수 있어 그저 다행일 뿐이다.

앞으로의 시간은 그 부끄러움을 조금씩 고쳐나가는 시간이 됐으면 한다.

가까이서, 멀리서, 곁을 함께 하는 오랜 벗들에게 감사하다.

배회하던 글들을 모으고 다시 읽어 주고 세상에 내놓을 수 있게 도움을 준 이순원 선생님과 실천문학사에 감사의 말을 전한다. 처음 책을 내는 낯선 과정을 지나며 지금껏 썼던 글과는 다른 글을 쓸 수 있겠다는 생각도 하게 됐다. 그 모든 것에 감사할 뿐이다.

도원리로 가는 길과 그 길 위의 산과 나무들에게도 감사를 보낸다.

실천문학 소설

기억의 빛

2025년 12월 15일 1판 1쇄 박음
2025년 12월 28일 1판 1쇄 펴냄

지은이   백미주
펴낸이·편집장   윤한룡
디자인   윤려하
관리 영업   이소연
홍보   고 우

펴낸곳   (주)실천문학
등록   10-1221호(1995.10.26)
주소   남양주시 퇴계원읍 퇴계원로 52 405호
전화   02-322-2161~3
팩스   02-322-2166
홈페이지   www.silcheon.com

ⓒ 백미주, 2025

ISBN 978-89-392-3188-7 03810

강원특별자치도 강원문화재단

이 책은 강원특별자치도, 강원문화재단 후원으로 발간되었습니다.